KB121774

합정동 당근녀의
인생 갱신기

합정동 당근녀의
인생 갱신기

김소정 지음

읽고쓰기연구소

* 일러두기
  이 책에 나오는 인물들의 이름은 모두 가명입니다.

글쓰기를 하면서
처음 만난 세계

아! 드디어 끝났다. 나를 공공연하게 드러내는 일은 죽기보다 싫고, 카카오톡 외 모든 SNS는 닫아둔 채, 익명성이란 단어를 21세기 최고의 가치라고 믿는 내가 왜 글쓰기 제안을 받아들였을까. 재능이 없는 것은 당연하고, 딱히 배운 적도 없는 나에게 편집장 하영 씨는 "쌤! 지금 저에게 이야기하듯 쭉쭉 써나가시면 될 것 같아요. 말하듯 그냥 편하게 쭉쭉 쓰세요." 하며 글쓰기를 권했다. 그녀의 꼬임에 넘어갔던 걸까. 아님, 내 마음 깊은 곳 욕망의 불씨가 인생의 책 한 권쯤 내는 것이 삶의 명예라는 생각에 들러붙은 것일까. 암튼 말로 밥벌이를 해온 나는 불멸의 자국을 님기게 될지도 모를, 이 무서운 글쓰기라는 것에 마침내 도전하고야 말았다.

글이 쭉쭉 써지기는커녕, 쓰는 동안 한 열 번 이상의 엄청난 갈등과 좌절을 경험한 것 같다. 문장력 부족에서 오는 어려움도 문제였지만, 중간중간에 내 인내심이 금세 바닥을 보이는 것도 문제였다. 견디다 못해, 30대 초반에 두 권의 책을 출간한 어느 유튜버 말에 의지해야겠다는 생각을 하게끔 됐다.

"글을 써서 책을 내겠다고 결정했다면, 잘 써야겠다는 생각은 무조건 버리세요. 일단 시작했으면 끝장을 보는 것, 그것이 더 대단하다고 생각합니다."

'그래 맞아! 내가 무슨 유명 작가도 아닌데 이렇게 고뇌에 차서 써야 되나. 제안은 받아들였으니 마침표만 찍으면 돼. 편집자가 기다리는 문장이 아니라면 세상에 내보이지 않으면 그만인 거고, 한편으론 만약 책 출간이 된다면 나같이 평범한 사람도 책 한 권은 낼 수 있다는 걸로 사람들한테 용기를 주는 거지.' 이런 배짱으로 자신을 설득하며 그렇게 마침표를 찍었다.

이 책의 이야기가 시작되는 오십이라는 나이는 몸과 마음의 변화가 무서운 속도로 빠르게 진행되어 때론 자신이 낯설게 느껴지는 시기다. 아! 이제 늙으려나 봐! 몸은 늙음과 노후라는 단어를, 정신은 고립·단절·외로움이란 단어들을 떠올리게 만들고 있었다. 유토피아만을 꿈꾸며 선택했던 퇴직과 동시에 찾아온 엄청난 정신적 변화를 겪어내야만 하는 시기였다. 한편 '이대로 당할 수만은 없지' 하는 생각으로 내가 이 변화에 대처 가능한 인간인가를 알아내려 스스로 몸부림쳤던 십 년의 세월이었던 것 같다.

글쓰기를 제안받는 순간부터 수많은 생각이 솟아나기 시작했다. 잠자는 시간 빼곤 생각 속으로 깊이 빠져들었다. 한강공원을 걸으며 문득 멋진 문장이 떠오를 때면 마치 내가 진짜 작가가 된 양, 홀로 으쓱거리며 '와 나 좀 멋있는데? 어찌 이런 생각을 했지?' 하며 얼른 핸드폰 메모장에 끼워 넣곤 했다. '나'와 '내 생각'만이 존재하는 몇 달의 시간이었다. 또한, 나만의 새로운 우주를 한 장 한 장 만들어 가는 날들이었다. 두려움이 없었다면 거짓말이다. 그러나 외롭지 않았다.

몇 달을 날마다 쉬지 않고 책 생각만 하니, 점점 나 자신이 어떤 사람인지 또렷하게 느껴지기 시작했고, 타인을 의식하며 살았던 세월의 때가 벗겨지는 느낌도 들었다. 생각이 풍부해지니 뭔가 떼돈을 번 것처럼 '나 생각 부자란 말이야, 이제 나는 돌부리에 걸려 넘어져도 나를 발딱 일으켜 세울 수 있는 나만의 언어가 있다고!'라고 말할 수 있는 용기가 쑥쑥 올라왔다.

지금의 세상은 매일 새로운 모습을 보여주고 있다. 나는 십 년어치의 글쓰기 내공을 통해 매 순간 새로움을 받아들일 수 있는 힘이 생겼음을 느낀다. 며칠 전 회갑을 지낸 나는, 이 이야기의 시작점이었던 오십보다 글쓰기를 시작한 육십에 더 온전한 자신으로 당당히 세상을 살게 될 것 같다. 나는 이제 내가 누구인지를 기억하니까 말이다.

21세기, 내가 사는 세상, 그리고 내가 맞이하는 노년은 말 잘해야 먹고사는 '말하기 언어'의 세상에서 서서히 '글쓰기 언어' 소통 시대로 변화해가고 있음을 절감한다. 하여, 어설픈 글쓰기를 시작했지만, 그래도 나를 좋아해주는 독자가 계신다면 감히 이렇게 말하고 싶다.

'노후 준비는 읽기와 쓰기로 하세요. 일찌감치 많이 읽고, 많이 쓰는 훈련을 하세요. 인생이 달라지는 걸 느끼실 거예요. 나만의 우주가 생성됨을 생생히 느끼게 되실 겁니다. 그리하여 21세기의 최고의 소통가(the best communicator)가 되어보세요. 그러면 우리가 사는 이 글로벌 시대에 리버럴한 정신으로 사람과 만남이 멋지게 확장되고, 책을 통한 마음의 여행에서든, 길 위의 도보여행에서든 최고의 것들을 가져갈 수 있을 거예요.'

이것이 내 글을 쓰면서 만나게 된 세계였다. 책이 나오는 오늘 이 순간부터 나는 나를 '에세이스트'라 부르고 싶다. 용기로 맞이하여 인내로 넘은 내 인생의 갱신기 끝에서 얻어낸 결과물, 또 하나의 새로운 직업이다. 나 아직도 일한다.

이 글을 마치는 순간까지 나의 응석을 받아주고, 글쓰기를 그만둘까 하는 갈등의 시간 시간을 맞난 커피와 달콤한 수제 맥주로 응원해준 이하영 편집장님께 감사의 인사를 전하고 싶다.

아! 다 썼다. 통쾌하다!

2023년 8월
김소정

차례

1장

제1라운드가
끝나다

49세였다. 학교를 졸업하기도 전에 입사한 곳에서 26년을 일한 나는
퇴사시 1년치의 연봉을 보너스로 주겠다는 회사측 제안을 순순히
받아들였다. 아날로그 세대는 비키라는 신호였을까, 앞만 보고 달려온
나에게 거는 브레이크였을까.
회사는 그만두었지만, 그대로 일을 놓아버릴 순 없었다. 이대로 주저앉기
엔 너무도 멋진 세상이다. 나는 결심했다. 나를 찾고, 다시 살아보겠다고.

너, 아직도 일하니?

만나는 사람마다 묻는다. "너, 아직도 일하니?" 오랜만
에 만나 근황을 묻는 지인들의 한결같은 질문이다. "그래,
아직도 일한다. 나 올해 36년째 일한다." 이렇게 대답하고
나면, '아유, 지겹지도 않냐? 일하는 거!' 하며 혹시 내가
경제적으로 파산했거나, 빚에 허덕이고 있는 상황은 아닐
까 하고 슬슬 의심하기 시작한다.

'그래, 내가 왜 일해야만 하는지 말 좀 해야겠다!'

- 은퇴(강퇴: 디지털 시대의 루저)

은퇴의 사전적 의미를 구글에서 찾아보니, "노후, 또는
특정 직업에 맞지 않는 나이에 도달했을 때 좋든 싫든 간

에 직업에서 물러나는 것"이라 한다. 아, 이런 해석은 사실 기분 별로다. 그래서 모두들 은퇴라는 단어보단 그냥 '정년, 정년 퇴임'이라고 부르나 보다.

생각해보니 올해 나도 26년간의 항공사 업무를 청산하고 '조기 퇴직'을 한 지 꼭 11년째가 된다. 퇴직 당시 나의 심정은 어느 은퇴자의 말로 대신 표현할 수 있을 것 같다. "은퇴를 앞둔 5년 전부터는 넥타이를 매고 회사를 나가는 것이 꼭 도살장에 끌려가는 기분이었다." 나도 조기정년을 결정하기 3년 전쯤부턴 그와 비슷한 기분이 들기 시작했던 것 같다. 매일 보는 같은 얼굴, 같은 업무, 같은 이야기, 비슷한 상황들…. '아! 지겹다!'를 외치는 마음도 문제였지만 사실 그만둬야 했던 문제는 또 다른 곳에 있었다.

2000년대 들어오면서 사람들은 뭔가 빠르게 달라져야 한다는 강박에 시달리듯 모든 것에서 빠른 변화를 기대하고 있었다. 항공업계 역시 예외는 아니었다. 예약, 발권은 모두 온라인 시스템을 갖춘 여행사(당시의 최고의 온라인 여행사는 누구나 들어 알 수 있는 인터파크였다)로 슬슬 넘어가고 있었고, 사내 거의 모든 시스템은 컴퓨터를 통한 디지털화되었다. 손 빠르고, 머리 빠른 후배들이 점점 주요 업무를 맡기 시작했다. 월급 많고 직책 높은 우리는 소위 독수리

타법으로 어린 후배들에게 물어물어 겨우 하루의 업무를 마감해야 하는 처지가 되었다. 말하자면 디지털 시대의 루저인 것이다.

보다 못한 회사에서는 드디어 정년을 목 빼고 기다리는 우리들에게 한 가지 제안을 해왔다. 근무 연수가 20년이 넘은 직원 중 나이가 만 50세가 되기 전에 조기 퇴직을 받아들이는 사람에게는 1년 반의 연봉을 퇴직금에 넣어준다는 무시무시한 유혹이었다. 우리 동기 열 명 모두가 그 유혹을 받아들이고 싶어 했다. 그러나 동기 중에는 당시 IMF 시기에 갑자기 백수가 된 남편 대신 가장이 되어버린 다섯 명이 있었다. 1980년대 중반에 함께 입사한 열 명 중 반은 남기로 결정하고, 다섯 명의 동기는 함께 손을 들었다. 그 중에 일등으로 손 든 사람은 나다. 이런 날을 기다렸다! 야호! 지금부턴 자유다!

너무 무서운 인생 2막

자의 반 타의 반 조기 퇴직을 선택하게 되면서 아쉬움
과 허탈감이 없었다면 거짓말이다. '그냥 뭉개고 있을 걸
그랬나? 그렇게 많은 연봉을 팽개치고 퇴직을 선택하다
니!' 퇴직 직전의 연봉이 8,800만 원이었다. 10년 세월이
지난 지금 물가에 견줘도 결코 적지 않은 액수다.

내가 선택한 일이 잘못된 것일까 봐 두려웠다. '내 앞에
놓인 시간이 어떤 길인 줄 알고 이렇게 빠르게 결정했나?'
하는 생각이 드문드문 들기도 했다. 그러나 어떤 날은 어
느 카피라이터의 말처럼 "무엇이든 다 할 자유, 아무것도
안 할 자유"가 주어진 내 앞의 삶이 달콤하게 느껴지기도
했다. '아니야! 괜한 생각 할 것 없어. 충분해. 충분히 열심
히 일했어. 놀 권리가 있다고! 암!'

처음 한 달은 딸아이가 제 아빠에게 대학 입학 선물로 받은 모닝을 끌고 사정없이 돌아다녔다. 내가 대학 다닐 무렵 자주 듣던 아바Abba의 노래를 틀어놓곤, 서울부터 시작해서 경기 지역까지 골목골목 다녔다. 그야말로 '혼광: 홀로하는 관광 투어'였다. 유명한 맛집, 젊은이들의 핫플레이스 이대, 신촌, 홍대, 인사동, 삼청동, 강남의 가로숫길, 동대문 쇼핑거리 그리고 수원화성, 한국 민속촌, 용인 에버랜드까지 사람들이 많이 찾는 웬만한 관광지는 거의 다 다녀보았다. 매일매일 활기가 넘쳤고 행복한 시간이었다. (이렇게 돌아다니며 놀았던 시간은 내가 새로운 직업을 시작할 때 정말 많은 도움이 되었다. 세상에 버릴 것은 없다더니!)

직장 시절 바쁘다는 핑계로 연락이 뜸했던 지인들, 친구들에게도 나의 퇴직 소식을 알렸다. '나 이제 자유의 몸이다. 시간 무진장 많다. 같이 실컷 놀아보자. 내가 쏠게!'

때론 홀로, 때론 지인들과 함께 놀러만 다닌 시간이 석 달 가까이 되었을 즈음, 나와 놀기만 해줄 사람들은 점점 사라지기 시작했다. 다들 돈벌이든 자원봉사든, 무언가 하면서 시간을 보내고 있었다. 나도 슬슬 놀기만 하는 건 재미없어졌다.

어느 날 소파에서 낮잠을 자다가 깜짝 놀라 일어났다.

갑자기 가슴이 답답하면서 알 수 없는 공포감이 몰려왔다. 아니, 우울감이라고 해야 할까? 마치 커다란 산이 내 앞을 가로막고 있는 느낌이랄까? 뭔가 고립된, 알 수 없는 외로움이 휙 스쳐지나갔다. 가슴이 서늘해졌다. 이런 쓸쓸한 기분, 뭐지? 예상치 못한 감정이 몰려오면서 며칠간 나 자신의 몸과 마음의 변화에만 몰입해 고민해보았다.

지난 몇십 년 동안 내게는 눈 뜨고 일어나면 해야 할 의무적인 일들이 있었다. 회사에선 상사가 시키는 일, 가정에서는 가사와 육아의 책임이 있었다. 도와주는 분이 계셨다고는 하나 언제나 빈틈 없이 바쁜 나날들이었다.

딸아이는 대학에 들어가면서 일찌감치 독립했다. 밥하고 빨래하는 일도 주부로 돌아온 내게 의무라면 의무지만 그런 일로 하루라는 시간이 만족스럽게 채워지지는 않았다. 아! 퇴사한 후의 평화롭고 안정된 삶이란 단조로운 일상을 의미하는 것일까? 답답한 마음에 주위에 누군가에게 말이라도 하고 싶었지만 배부른 소리라는 소리만 들을 것 같아 참고 몇 주를 보냈다. 잠이 잘 오지 않아 멜라토닌을 먹게 됐다. 술을 마시고 잠을 청하는 날도 늘어났다. 집안에 남자 형제밖에 없다 보니 몸 상태를 털어놓고 말할 사람이 없어 생각다 못해 엄마에게 전화를 했다.

엄마에게 전화하던 그날은 어느 퇴직자가 고립과 외로

움을 견디다 못해 식구들이 없는 시간에 자살을 선택했다는 쓸쓸한 뉴스가 들려온 날이었다. 갑자기 심장이 빨리 뛰면서 숨쉬기조차 편치 않았다. 뉴스의 내용을 슬쩍 말하면서 나의 상태를 70대 엄마에게 털어놓았다. 직장 생활이란 고작 처녀 때 3개월 출판사에서 일했다는 엄마.

"가시나야! 니 나이가 지금부터 갱년기 아이가? 니 그렇게 집에는 못 있는다! 니 솔직히 일 중독자인기라! 여자가 26년 직장생활 했다 카모 전시 놀래 자빠진다. 니 노는데 얼매나 훈련이 필요한가 아나? 주변에서 잘 함 살피 봐라! 커피 한잔 놓고 커피숍에서 세 시간 네 시간씩 수다 떨고 시간 보내는 사람들 있다 아이가. 그 사람들 모두 고수인 기라! 그기 보통 훈련해서 그리 되는 기 아닌 기라. 니는 그랄 사람도 주위에 엄꼬 훈련이 안 되가, 그래 시간 몬 보낸다. 니는 일삐 할 기 없다, 이 말이다."

돌직구를 잘 날리는 엄마의 전화 대화에 하도 기가 막혀 어안이 벙벙했지만, 틀린 말도 딱히 없었다. 노는 데에도 훈련이 필요하다는 말이었다.

대학 시절에 좋아했던 독일의 철학자 쇼펜하우어의 말이 갑자기 생각났다. "마치 교도소의 간수처럼 시간이 몽둥이를 들고 우리의 등 뒤에 서 있는 것도 괴롭지만, 남아도는 시간으로 지겨워 쩔쩔매는 사람에게도 시간은 똑같은 고통을 안겨준다."

　내가 딱 이 표현에 맞는 두 가지의 경우를 겪고 있었다. 여러 생각이 마음속으로 올라와 요동치기 시작했다. 생각의 정리가 필요했다.

약이냐 술이냐 일이냐

　그랬다. 아침이면 화장하고 나가서 적당히 긴장하며 내 몸의 에너지를 직장에서 뽑아내며 산 세월이 26년이었다. 일을 안 한다면 잠도 안 온다는 결론이었다. 약을 먹든, 술을 마시든, 다시 일터로 나가든 셋 중에 하나를 선택해야 했다.

　워커홀릭! 그게 바로 나였다. 무슨 일을 어떻게 다시 하나? 내가 뭐 전문직으로 일하다 퇴사한 것도 아닌데? 계속되는 생각에 머리가 깨질 듯이 아팠다. 잠은 계속 안 왔고 심장도 불규칙적으로 두근거리는 증세가 계속됐다. 숨쉬기도 불편했다. 도저히 더는 견딜 수가 없어 목동에 있는 마음 병원을 찾아갔다. 우울증 진단받고 약국에 들러 약을 받고 나니 눈물이 주룩주룩 흘러내렸다. 창피한 마음을 무릅쓰고 직장 다닐 때 동종업계 동료로 만나 베스트프랜드로 지내는 윤경 씨에게 연락했다. 나랑 커피 한잔만 같이 마셔달라고.

'나는 누구인가? 나의 삶은 어디로 가고 있는가? 뭐 이런 건가? 오십 평생 열심히 일만 한 죄밖에 없는데 왜 이제 와 이런 걸 찾아야 하느냐고요? 왜 이제서야 이런 문제로 괴로워해야 되느냐고요!'

숨도 쉬기 불편한 정도의 우울감이 한 달 이상 계속되면서 드는 생각은 단 한 가지였다.

'에라 모르겠다. 일단 살고 봐야지. 다시 집밖으로 나가보자!'

내 인생의 첫 아르바이트

"소정 씨! 자기 인사동에서 아르바이트 한번 해볼래? 자기, 무슨 일이라도 한다 그랬지? 우울증 약 먹는 대신 무슨 일이라도 한다며?"

정신과에서 우울증을 진단받고 약(자**)을 손에 들고, 병은 소문내야 한다기에 동네방네 소문 한번 내봤더니, 일터로 다시 나가라고 용기를 준 친구 윤경 씨가 일자리 연락을 해왔다. 인사동 노점상 판매 아르바이트!

2월 엄동설한에 노점상이라니! 아! 진짜 미쳐버리겠다. 친구에게 해놓은 말은 있지, 집에는 못 있겠지, 죽는 것보다는 낫다는 생각으로 오케이를 했다. 한편은 약간의 에너지를 빼고 오면 잠은 잘 오겠지, 그런 생각도 하면서 면접을 보러 나갔다.

그런데, 면접을 본다는 가게 주인은 면접 내내 내 얼굴은 보지 않고 다른 곳만 보면서 인사동 노점상의 특징을 비롯해 근무 시간, 시간당 수당과 기타 주의사항을 말해주는 것이었다. 그러다 갑자기 고운 색동 한복을 입고 옆에 서서 일하는, 나보다 두세 살 연상일 것 같은 언니에게 묻는다.

"경자 씨! 여기 좀 봐, 여기 소정 씨 어떻게 생겼어?"

"엄청, 이쁘게 생겼어요! 누가 보면 노처녀라고 하겠어, 히히 몸매도 좋구먼!"

'아! 그렇구나! 사장님이 눈이 안 보이시는구나!' 그제야 사장님 사정을 파악한 나는 노점 여기저기 붙어 있는 홍보용 사진들을 죽 둘러보았다. 눈이 불편한데도 자로 잰듯 반듯한 강정을 손수 만들어 파는 사장님 모습이 놀라웠다. 그 맛 또한 기가 막힌다고 소문이 나서 〈생활의 달인〉이라는 TV 프로그램까지 출연하신 분이었다. 그 외에 여러 방송국의 '체험현장' 프로그램에서 촬영해간 사진자료들이 노점 앞뒤로 가득 붙여져 있었다.

노점상 판매보조

인사동 사거리 노점상으로 출근하는 첫날은 20대 초반

에 항공사에 합격해 첫 출근하던 날보다 더 떨렸다. 부들
부들!

'괜히 하겠다고 했나? 가서 못 하겠다고 해볼까? 노점
일 하다 무슨 일이라도 당하면 어떡하지? 인사동이라는
데가 국적 불문 이상한 사람은 다 모이는 곳이라던데….'

인사동 노점 상인들의 출근, 소위 장사 시작은 11시 경
이다. 인사동 입구에는 노점수레를 보관하는 대형 창고가
있고, 일이 파하는 순서대로 수레를 정리하고 덮어서는 그
곳에 차례로 보관한다. 현재 약 50개 정도의 노점이 있다.
본인에게 장애가 있거나 가족 중에 장애인이 있는 경우 종
로구청에 신고하고, 등록하고, 허가를 받아야만 노점을 열
수 있다. 물론 장소가 장소이니만큼 자리 경쟁도 치열하
고, 등록 후 기다려도 자리가 쉬이 나지는 않는단다.

약속한 출근 시간인 11시에 도착하니, 경자 언니는 벌써
지난 번 면접 때 봤던 것보다 더 화려한 한복을 입고 장사
준비를 하고 있었다. 그녀는 나를 보자마자 "소정 씨! 이거
선물이야!" 하며 색동저고리를 컨셉으로 디자인된 앞치마
를 건넸다.

"언니! 이거 꼭 입어야 해요? 안 입으면 안 되겠죠?"

"당연하지, 나도 한복 입었잖아. 이 앞치마는 뭐랄까, 자
기가 항공사 다닐 때 입던 유니폼이랑 같은 거지. 오후에

사장님은 머슴 콘셉으로다가 한복 입고 강정 만드실 거야. 말하자면 퍼포먼스지! 그래야 장사가 잘돼! 한복 입고 강정 만드는 쇼를 한다 이거지. 빨리 입어!"

'아! 미치겠다. 유니폼 지겨워 벗어제꼈더니, 또 다른 유니폼이 나를 기다리고 있었구나!'

점심시간이 가까워지니, 추운 겨울인데도 사람들이 조금씩 인사동 사거리로 들어오기 시작했다. 식사한 후에는 달콤한 것이 당기는 법이라 강정을 잘라서 시식 접시에 놓기 바쁘게 없어지기 시작했다. 앞치마에 손을 넣고 노점 가판 뒤에 서서 머쓱하게 주변을 돌아보고 있는데 강정을 사려는 사람들이 이쪽을 향해 다가오는 게 보였다.

"언니들! 맛 좀 보고 가세요! 우리 집 강정 맛 대한민국 최고여요. 여기서 직접 이 언니랑 달인 사장님이 만드는 거예요. 핸드 메이드 강정입니다. 여기 보세요, 〈생활의 달인〉에도 출연하셨어요. 맛은 보장합니다!"

멘트를 준비한 적도 없는데 본능처럼 내 입에서 말이 팍팍 터져 나왔다. 오후에는 일본인 단체가 지나갔다.

"오갸사마! 고찌라에 도죠! 아지미니 시데 구다사이 마센까? 스고쿠 오이시데스요! 핸도메이도데, 강곡쿠노 덴토데끼나 오카시데스요!"

순간 스무 명가량의 일본 관광객이 내가 쏟아낸 일본

어에 끌려 돌아보았다. 그 모습이 지금도 생생하게 떠오
른다. 그들은 일제히 가게 앞으로 모여들었고, 순식간에
50만 원 가량의 매출을 올렸다. 갑자기 앤돌핀이 확 솟구
쳤다. 옆에 놓아둔 현금통에 엔화가 수북이 쌓이면서 엄청
난 성취감이 몰려왔다. 월급이 통장에 숫자로 찍혀 들어올
때와 달리, 현금을 받고 잔돈을 거슬러 주는 등의 현실성
있는 경제행위가 나에게 생기를 불어넣고 있었다. 돈의 색
깔이 다르게 보였다. 현금 냄새를 맡으니 내 돈이 아닌데
도 내가 부자가 된 기분이었다. 6,000원으로 구두 계약한
최저 시급이 하루 만에 8,000원으로 올랐다.

　강정 가게 사장이신 이영석 달인은 인사동 사거리의 수
제 강정 달인으로 미디어에 많이 소개되었다. 나도 강정
이 새로 만들어질 때면 군침이 돌아 한두 개씩은 집어 먹
곤 했다. 먹기 적당한 두께에 단맛도 강하지 않은 게 먹을
때마다 감탄하게 하는 강정이었다. 사장님의 시력은 사람
이 가까이 있어도 형체만 흐릿하게 보일 정도라는데 손의
감각만으로 조청에 버무린 강정을 쫙 펴놓고 척척 잘라내
시는 모습은 보기만 해도 놀라웠고, 함께 일하고 있다는
사실만으로 자랑스러움을 안겨주었다. 검은콩, 호박씨, 라
즈베리 아몬드 강정, 땅콩강정, 깨강정 등 종류도 다양해
서 포장하여 가판 위에 올려놓으면 너무도 매력적인 색깔

로 오후의 행인들을 유혹한다. 그중에 최고는 단연코 오란
다강정이다. 가장 많이 팔리는 강정이기도 하고, 달인 사
장님 최고의 작품이기도 하다. 이미 국민 간식으로 알려진
오란다 강정을 달인의 솜씨로 매일 즐길 수 있다는 것도
출근의 동력이 되어주었다.

인사동 친구 경숙 씨

　인사동 아르바이트를 하면서 만난 친구 경숙 씨는 내가
일하는 노점과 가까운 식당에서 시간제 아르바이트를 하
고 있었다. 한번은 내가 화덕 위로 조청을 들어 옮기려는
데 경숙 씨가 갑자기 나를 확 밀치더니 솥단지를 한 손으
로 번쩍 들어서 올려주었다. '아! 진짜 힘 좋고 마음 고운
여인이로다!'
　이후 그녀와 통성명을 하고, 나이도 텄다. 거리에 사람
들이 뜸할 때면 우리는 '진상 고객' 흉을 보며 종알거렸다.
인사동 아르바이트생들에게 인기 있는 가성비 최고의 맛
집 정보도 나누었다. 그러던 어느 날이었다. 그녀가 뭔가
이야기를 할 듯 말 듯 뜸을 들이더니 마침내 자신의 정체
를 털어놓았다.
　"소정 씨! 나, 사실 고백할 게 있는데, 나 트랜스젠더야.

눈치 못 챘어? 히히히 그리고 부탁이 있는데, 나 화장하는
법 좀 알려주라."

오 마이 갓! 그동안 경숙 씨를 보면서 무슨 운동을 하는
데 그렇게 힘이 장사냐며 킬킬거리기만 했지 남자 출신이
라는 건 전혀 눈치를 못 채고 있었다. 팔다리가 나보다도
가느다란 그녀가 남자였을 거라고는 짐작조차 하지 못했
다. 인사동은 워낙 문화적 다양함이 넘치는 공간이니 그녀
의 커밍아웃에 놀랄 일은 아니다.

"경숙 씨, 나 편견 같은 거 없는 사람이야. 그냥 자기는
좀 다른 문화에 속해 있는 거겠지. 암튼 말 안 했으면 모
를 뻔은 했어. 그나저나 몸매 관리는 어떻게 한 거야? 킬킬
킬."

그녀는 노점에 자주 들러 힘들었던 시절 이야기도 가끔
꺼내놓았다. 내가 해준 건 늘 새빨갛던 입술색을 다른 색
으로 바꿔준 것뿐이다. 그곳 일을 그만둘 때까지 우린 계
속 사이좋은 친구로 지냈다. 그녀 덕분에 생애 처음으로
성 정체성이란 단어에도 관심을 가져보게 되었다. 그해 초
여름에 열리는 퀴어 페스티벌을 위한 영화에 잠깐 출연한
일도 있었다. 이따금 코로나 이후 중단된 퀴어 페스티발
얘기가 뉴스에서 들리곤 했는데, 그때마다 그녀의 얼굴이
떠올랐다.

만 원만 돌중 아저씨

인사동 거리를 돌아다녀 본 사람이라면 이 돌중 아저씨를 만난 적이 있을 것이다. 이름하여 '만 원만 돌중'이다. 아침 마수걸이를 하기도 전에 쓱 나타나 "자기야! 나 만 원만!" 한다. 종로2가 인사동 입구에서 안국역 6번 출구 방향까지를 수십 차례 왔다갔다 하면서, 내·외국인 가리지 않고 만 원 구걸을 한다. 구걸 멘트를 수십 개국 언어로 대상에 맞춰서 하니 멀리서 봐도 이따금씩, 몇십 달러나 수만 원을 받는 모습이 보이곤 했다.

조계사와 경복궁은 서울 투어의 출발지이다. 외국인 관광객들은 이곳을 방문하고 나서 대부분 인사동에서 점심을 먹고 쇼핑도 하게 된다. 오전 투어를 끝마칠 시간 즈음이면 그들에게 한국의 첫인상이 아름답고 풍요롭게 자리 잡고 있을 터. 종교를 빌미로 한 돌중의 돈벌이는 꽤 짭짤했다.

"아유! 이 인간아 그만 좀 해! 그렇게 사기 치다 경찰한테 딱 걸린다!" 노점 앞에서 얼쩡거리는 그를 볼 때면 경자 씨가 짜증 섞인 소리로 가끔 한마디씩 하지만 돌중은 전혀 개의치 않았다. 오히려 아침부터 재수 없게 군다며 길에 침을 탁 뱉고 유유히 지나갔다. '도둑놈에게도 배울 것은 있다'고 했던가, 사실 그 돌중에게서 나도 배운 것은 있었다.

  조계사 옆에 자리 잡고 있는 우리 노점은 사월 초파일 즈음에 열린 대규모 불교행사인 연등행사 덕을 톡톡히 본다. 최고의 인파가 모이는 이날, 해질 무렵이 되면 연등 행렬이 서서히 인사동 가운뎃길로 들어선다. 취타대를 시작으로 코끼리, 사천왕, 사오정, 저팔계, 삼장법사 등, 불교 경전에 등장하는 온갖 동물과 캐릭터 연등이 인사동 거리 한가운데로 들어오고 뒤이어 몇십 개의 불교 사찰의 불자들이 자신들의 테마로 준비한 연등과 함께 독특한 차림을 하고 들어온다. 멋과 흥이 온 거리를 뒤덮는다. 이 연등 행렬이 들어오기 몇 시간 전부터 우리 노점 뒤로 좋은 자리를 차지하려는 사람들이 몰려들었다. 이들은 노점을 가로막은 데 대한 미안함과 옆에서 만들어지고 있는 강정 맛의 궁금함 때문에 강정을 여러 봉지씩 집어 들었다. 그날은 만드는 속도가 파는 속도를 따라가지 못했다. 주문한 강정이 만들어지기를 하염없이 기다리는 사람도 있었고, 돈부터 건네고 나중에 행사 끝나고 가져간다고 예약하는 사람도 있었다. 이게 웬일인가 싶었다. 그중에는 외국인 관광객도 많아서 그날 나는 5개국 이상의 언어를 사용하여 강정을 팔았다. 노점 옆에 자리 잡은 사람들이 신기해하며 지켜보았다. 우리 이영석 사장님도 강정을 만드는 바쁜 손 길에 흥이 실렸다.

"우리 가게 판매원은 5개 국어를 거뜬히 한다니까! 하하하! 우리 소정 씨는 언어 천재란 말이지! 우리가 엄청 어렵게 모셔왔다니까!"

다들 그런가 하고 고개를 끄덕였다. 나는 사장님이 옆에서 내 자랑을 할 때마다 배꼽이 빠졌다 들어갔다 했다. 이 5개 국어 영업용 멘트의 노하우는 인사동 구걸맨 만원만 돌중 아저씨를 따라 한 것이었다. 사실 영어와 일본어는 항공사에서 밥벌이하느라 어느 정도 익혀놨던 언어지만 중국어, 러시아어, 스페인어는 호객 행위를 위해 따로 준비했다. 종이에 우리 말로 적어놓고 해당 국적의 손님이 올 때마다 마구 읊어댔다.

"맛있어요! 맛보고 가세요! 전통 한국 수제 과자입니다. 디스 이즈 코리안 트라디셔널 디저트! 핸드메이도데스! 예전에는 로열패밀리만 먹을 수 있었던 품격 높은 과자랍니다! 볼쇼이 스빠씨바! 무쳐스 그라시아스!"

노점상 매상을 위한 내 나름의 얄팍한 전략이었지만 결과는 대단히 성공적이었다.

"경자 언니! 나, 연등 행렬은 태어나 첨 봐요! 와! 정말 대단하다. 너무 멋져! 너무 멋져!" 태평소를 울리며 인사동

가운데 길로 들어서는 연등 행렬을 보고 있자니 너무 흥분
되어 소리를 마구 질러댔다.

"그래? 그럼 장사 그만하고 여기 올라가서 봐!" 하며 경
자 언니가 의자 하나를 툭 던져준다. 시원한 초여름 달빛
아래 형형색색의 연등이 서서히 내 옆을 지나가고 있었다.
인사동 노점 아르바이트생이 누리는 엄청난 특권이었다.
이 불교 연등 행사가 유네스코 인류 무형유산에 등재됐다
는 소식을 몇 년 전 뉴스에서 들었던 것 같다.

사월 초파일에 우리 노점 매상은 최고를 찍었다. 다른
노점 사장님들의 질투가 쏟아질 만큼 대단한 금액이었다.
지나가는 사람이 뜸해지자 사장님은 경숙 씨네 식당에 음
식 주문을 잔뜩 넣으셨다. 우리들의 노고를 치하하고 옆
노점상 사장님들의 질투를 달래며 그날 성공의 피날레를
장식하려는 것이다.

"자 이제 장사 끝내고 여기 좀 오셔요! 우리도 이제 목
좀 축입시다.!"

가슴이 뻥 뚫리는 시원한 생맥주 맛과 파전 냄새, 그리
고 흥을 돋운다고 경자 언니가 틀어놓은 가수 홍진영의
〈사랑의 배터리〉만 생각하면 지금도 가슴이 떨리고 기분
이 좋아진다. 나는 전통 앞치마를 걸치고 트로트 리듬에
맞춰 궁둥이를 흔들면서, "저는 인사동 노점 아르바이트가

천직인가 봐요, 사장님!" 하며 맥주잔을 높이 치켜들었다.

　내 앞에 놓인 알 수 없는 두려움들이 한 발짝 물러가는 느낌이었다.

저 사람 직업은 뭘까?

진열대 위에 강정이 초여름 햇살에 서서히 녹고, 낮 동
안엔 지나가는 발길도 뜸한 시간이 인사동에도 오고 있었
다. 사장님 한 분만으로도 판매와 강정 제작이 가능한 상
황이었다. '이제 다른 일 좀 찾아봐야 할 텐데…' 이런 생
각을 하면서 사장님께 노점 아르바이트는 그만둬야겠다
는 말을 할 타이밍을 살피고 있던 어느 일요일이었다. 우
리 노점 앞에서 예닐곱 명의 초등생과 그들을 인솔해온 선
생님으로 보이는 여성 한 분이 우리 역사를 강의하는 모습
이 눈에 들어왔다. 물통과 팜플렛 정도의 얇은 책을 옆구
리에 낀 초등학생들은 무언가를 노트에 적기도 하고, 주변
을 둘러보기도 하면서 선생님 말씀을 귀 기울여 듣고 있었
다. 선생님이신 분은 나보다 약간 젊어 보였다. '학교에서

역사 선생님이 아이들과 현장 학습 나오셨나?' 그렇게 생각하기엔 아이들의 수가 너무 적었고, 더군다나 그날은 주말이었다. 다가가서 물어볼까 어쩔까 잠시 망설였다. '아니다. 학생들 지도하고 계시는 분 업무 방해하면 안 되는 거지. 나중에 검색 한번 해봐야겠다.'

뜻이 있는 곳에 길이 있다고 했던가. 초록 검색창에 '여성 취업, 역사 현장'이라고 입력하자 바로 '경력단절 여성의 재취업 프로젝트-서대문여성인력개발센터'라고 뜨는 게 아닌가! 모집 내용란에는 역사문화 체험학습 전문강사 교육과정에 스무 명의 지원자를 모집한다고 되어 있었다. 마감일이 임박한 것도 알게 되었다. 나는 서운해하시는 사장님의 만류에도 불구하고, 그날 바로 인사동 노점 아르바이트를 그만뒀다. 강정이 녹으면서 판매에 대한 내 마음의 열정도 서서히 녹기 시작했다고 할 수 있겠다.

새로운 직업을 갖게 될 거라는 기대에 들떠 마감 직전에 체험학습 전문강사 훈련과정에 겨우 신청은 했으나, 며칠 후 합격자 명단에 들지 못했다는 연락을 받았다. 하지만 그대로 포기하기에는 아쉬움이 너무 컸다. 담당자에게 전화라도 해서 내 심정을 전하고 싶었다.

"담당자님! 인사동에서 아르바이트했던 경험이 역사체험이 아니고 뭘까요? 제가 합격하면 이론 공부는 밤을 새서라도 할 거구요. 도서관에서 살다시피 역사 공부 열심히 할게요. 절대 실망시켜 드리지 않고 자격증까지 따서 멋진 강사가 되도록 하겠습니다. 비록 오늘은 불합격이어도 대기하고 있을 게요."

나의 예상대로 결국 스무 명의 교육과정 합격자 중 한 분이 개인 사정으로 포기하면서 나는 대기 순번 1번, 합격자 중 꼴찌로 일단 강의실로 갈 수 있게 되었다. 교육 첫날 복도에서 그때 전화 받은 담당자를 만났다.

"선생님 열정이 너무 대단하셔서 다시 뵙게 될 것 같았어요. 그런데 자격증 따셔도 돈을 많이 벌거나 그런 직업은 아닙니다."

"네. 알고 있습니다. 그런 건 상관없어요. 그냥 역사 공부 다시 한다 생각하니 너무 신납니다!"

교육과정을 참여하게 되면서 알게 된 사실인데 역사문화 체험학습 전문강사 지원자 가운데 역사 전공자도 아니고 교육 관련 경험도 없는 사람은 나뿐이었다.

그해 뜻밖의 정부 발표가 있었다. 2017학년도부터는 한국사가 대학수학능력 시험의 필수과목으로 들어간다는 내용이었다. 이 발표 이후 초등생이나 중학생을 둔 학부모들이 역사에 폭발적인 관심을 보이기 시작했다. 박물관, 미술관, 한양도성과 궁궐, 세계문화 유산이라는 주제로 역사 현장에서 우리나라 역사와 문화를 이야기로 풀어내는 이 직업도 각광받게 되었다. 초등학생의 눈높이에 맞춰 쉽고 재밌게 전달할 수 있는 역사문화 전문강사라는 직업은 여성들의 재취업 유망직종으로 주목받았다. 역사 문화체험 학습을 위한 전문강사의 수요도 많아지고 역사문화 테마의 교육 프로그램 또한 빠르게 다양해지고 있었다. 관련 전문업체도 계속 생겨나는 상황에서 우리 교육생들이 교육을 수료하고 자격증을 따기를 기다리는 곳도 많았다. 당시 내가 서대문여성인력개발센터에 지원했던 프로그램은 3개월 과정으로 정부의 지원을 받는 교육과정이었다.

"아이 엠 어 럭키 걸!(I am a lucky girl.) 나 정말 운 좋은 여자다, 이 말이지!"

역사문화 체험학습 전문강사

막상 강의를 같이 듣는 지원자들의 면면을 보니 살짝 긴장이 몰려왔다. 첫 시간은 오리엔테이션. 첫날 강의 시작 전 담당자가 말한다.

"선생님들! 스크립트를 짜서 현장시연도 해야 하고, 역사문화에 관한 탐방 기획서도 제출해야 합니다. 그리고 자격증 시험도 있으니까 끝까지 열공 하세요!"

'어머, 수험생 정도로 힘들게 공부해야 하는 거구나! 거기다가 난 컴맹인데 문서작업은 어떻게 하지?'

교육과정에 붙여주어 좋기만 했던 감정은 사라지고 걱정이 몰려왔다. 삼십대 젊은 강사님들의 힘찬 강의를 듣고 나니 첫날부터 거의 탈진할 지경이었다. 다섯 명의 강사가 역사 내용을 중요 시기별로 나누어 강의했고 종교, 특히 불교와 유교 문화는 한 분이 따로 맡아 강의하셨다. 교육생들의 강의 시연 날이 곧바로 정해졌다. 역사체험 장소는 교육생들끼리 의논하여 정하고 각자 장소가 정해지면 원고를 쓴 후 보고하라고 했다. 주위를 둘러보니 이미 이런 걸 해본 경험이 있는지 다들 여유로운 표정이었다. '나만 긴장하고 있나?'

네 시간의 강의가 끝나자마자 곧바로 교보문고로 달려갔다. 《조선왕조 오백 년》과 《쏭 내관의 재미있는 궁궐기행》시리즈 세 권을 사 들고 집에 와서 수험생 모드로 읽어 나가기 시작했다. 서울에 있는 5대 궁궐의 역사를 시대적 사건을 배경으로 쉽고 재미있게 소개하는 책이어서 역사 초보인 나에게는 안성맞춤이었다.

역사문화 체험학습 전문강사는 조선 역사를 기본으로 이해해야 하는 것은 물론이고 현존 문화재에 대한 설명을 역사적인 맥락과 엮어서, 말하자면 고객의 눈높이에 맞춰서 다시 스토리텔링 할 수 있어야 한다. 공부하면 할수록 양은 점점 많아졌다. 부족한 게 자꾸 늘어가는 기분이 들었고 기억력에 한계를 느꼈다. 그래도 절대 기죽지 말자고 나를 다독였다. '전문강사가 될 정도로 실력 향상이 안 되어도 할 수 없지. 괜찮아! 내가 언제 이렇게 역사 공부 한번 열심히 해보겠어? 시연에서 낙방해도 실망하지 말자!'

내 공부는 느리고, 실력도 별 볼 일 없었지만 강사님들의 강의는 매시간 가슴 벅찬 감동을 주었다. 제일 기억에 남는 분은 '여행이야기'라고 하는 체험학습 전문 에이전시의 대표로 계시는 박광일 강사님이다. 역사의 한 대목을 설명할 때마다 본인만의 관점과 남다른 해석 방식을 보여주었다. 매번 멋져 보였고 너무 부러웠다. 가끔 TV의 역사 프로그램 채널에서 우연이라도 뵐 때면 그 채널을 고정하고 강사님의 해설에 집중하곤 한다.

"여러분은 그동안 무심코 지나다니던 공간들을 새로운 시각으로 보게 되는 자신을 발견할 것입니다. 새로운 지역에 가게 되면 그 지역에 관한 이야기가 궁금해질 것이고 어떤 얘기를 들어도 감동할 것이며 상당히 흥미로울 것이고 매번 재미있을 것입니다. 앞으로 강사가 되어 그 작업을 해나갈 때면 한층 더 즐거운 상황을 맞이하게 될 것입니다. 교실에서 어려운 공부를 하는 것이 아니고, '저 유적

은 무엇이지. 언제 어떻게 만들어진 것이지? 어떤 비하인
드 스토리가 있는 걸까?' 하고 점점 이야기가 확장되는 데
서 기쁨을 느낄 수 있을 것입니다. 책에서 알려주는 것 외
의 또 다른 의미와 생명력을 그 역사물에 부여하는 흥미로
운 여정을 이 직업에서 누리실 것입니다."

강의 시작 전 우리에게 이런 이야기로 에너지를 불어넣
어 주시던 그분의 강의 내용을 많이 기억하지 못하는 것이
지금도 못내 아쉬운 마음이다.

과거의 것을 학습하면서 나는 내 마음이 점차 힐링되어
가는 것을 느꼈다. 이렇게 공부를 시작하면서 퇴직 이후
방황기에 내 홀로서기의 방향이 잡혀갔다. 많이 부족했지
만 나는 그 강의 공간 속에서 점차 변하고 있었다.

인생 멘토 순희 씨와 순영 씨

삼일 정도 강의에 참여하고, 집에 와 혼자 책을 읽는데
가슴도 답답하고 준비과정에 대한 두려움도 생겼다. 함께
공부하는 사람들과의 소통이 필요하다 느꼈다. '이런 데서
사적 친분은 쌓으면 안 되는 건가? 우리 지원자들끼리는
경쟁 관계인가?' 이런 고민을 한 다음 날은 자리에 앉으면
서 옆과 앞뒤 지원자 모두를 돌아보며 마구마구 인사를 했

다. 내가 제일 나이가 많은 것 같으니 먼저 인사하면 좋은 인상을 줄지도 모른다고 생각했다. 거기서 한 술 더 떠서 이런 너스레도 떨어보았다.

"혹시 우리도 반장 같은 거 뽑으면 안 될까요? 반장 자원하심 제가 온 맘을 다해 팍팍 밀어 들어드리겠습니다."

그때 기다렸다는 듯이 "제가 반장 한번 해보겠습니다." 하는 반가운 소리가 등 뒤에서 들렸다. 돌아보니 나보다 나이가 많은지 적은지 알 수 없는 백발의 여성이 손을 들고 미소 짓고 있다. 하얀 백발을 뒤로 쫑긋 묶은, 동글동글한 인상에 부드러운 목소리의 여성이었다. 너무 반가웠다. "와! 좋아요! 너무 감사하네요! 제가 많이 부족한 사람이지만 열심히 반장을 보좌하도록 하겠습니다." 나의 멘토 선생님 순희 씨와의 인연이 이렇게 시작되었다.

"소정 쌤이시죠? 반갑습니다. 제가 머리 염색을 안 하니 액면가가 좀 많이 나가는 편이에요. 호호호!"

이렇게 농담하며 기분 좋게 다가와 준 순희 씨는 역사학과 출신으로 당장 강사를 한다 해도 손색 없는 실력의 소유자였다. 새로운 곳에서 맺어지는 멋진 인연, 이 또한 얼마나 큰 행운인가.

강의가 끝나면 나는 그녀 곁에 껌딱지처럼 붙어서 함께 점심 먹고 차 마시며 역사 공부의 길을 다져나갔다. 우리의 친분을 부러워하며 합류를 요청한 또 한 명의 실력파 순영 씨까지 가세해서 역사문화 체험학습 전문강사 예비 후보 삼총사가 스터디 그룹으로 뭉쳤다. 우리 셋은 센터의 교육 말고도 장소를 옮겨 다니며 역사 관련 강의를 들으러 다녔다. 종로도서관에서는 시즌별로 강사들을 초청해 평생 교육강좌를 개설해놓고 있었는데 그해 잠깐 논어 강의를 들었다. 당장의 강의 시연을 대비한 공부와는 동떨어진 내용이었지만 그 강의를 들으며 고전을 왜 읽어야 하는지를 알게 됐다고나 할까.

국립중앙박물관에서는 일반인 대상 인문학 강의(수요일 2시 강의)를, 경복궁 민속박물관(월요일 2시 강의)에서는 우리 민속문화 강의를 들었다. 강의가 끝나면 강의 중 메모했던 노트를 펼쳐놓고 우리만의 생각을 보태고 자신의 시연 강의 주제에 조금씩 살을 붙여나갔다. 그렇게 카페에 앉아 시연 원고를 준비하면서 새로 얻은 게 한 가지 있다. 글 쓰는 재미였다. 젊은 날에 일기 좀 끄적거려보고 책 읽다 재밌는 문구 메모하는 정도가 지금까지 나의 글쓰기의 전부였다. 그런 내가 친구들의 도움을 받아 어설프게 글쓰기를 시작한 것이다. 배운 내용을 정리해놓은 글들을 다시 읽어볼 때면 나는 조금씩 나은 세상으로 가고 있다는 생각이 들었다. '아! 경험과 생각을 정리하는 것은 정말 중요하구나!' 원고 준비를 위한 매일의 끄적거림은 내가 하고 있는 일을 자세히 들여다보게 했다. 매일의 평범한 일상도 새롭게 보이기 시작했다. 시연을 위한 과제로 시작한 어설픈 글쓰기였지만 이런 훈련이 언젠가 나를 다른 세상으로 데려다 놓을 것만 같았다.

생의 시간을 어느 정도 보내고 자신의 의무가 끝나가는 시간 즈음에 우리는 꼭 한번 다시 공부해야 할 것 같다. 이십대 무렵까지의 맹목적인 공부가 아닌, 인생의 많은 의문점과 살면서 가슴에 켜켜이 쌓아놓은 생각들을 풀어버리기 위한 공부 말이다.

인문학의 매력에 풍덩

하루는 순희 씨가 강의 마치면 얼른 점심을 먹고 중앙박물관에 가자고 했다. 매주 수요일마다 중앙박물관에서는 '박물관 대학'이라는 이름으로 일반성인이면 누구나 참여할 수 있는 강좌를 개설하여 무료 공개강좌를 운영한다는 것이다. 전문가를 위한 것이 아닌 일반인을 대상으로 하고 있어 어렵지 않고 매번 주제도 다르다고 했다. 강사진은 그 분야의 최고의 권위자들이라고 했다.

순희 씨의 안내로 중앙박물관 대강당을 찾아가는 길은,

마치 특별한 초대를 받은 양 들떴다. 코끝에 가을 향기가 물씬 느껴지는 10월이었다.

그날의 강의 제목은 '향가에 관하여'였다. 세 시간 정도의 긴 강의였는데 중간에 한 번 화장실을 다녀오는 휴식시간이 주어졌다. 박물관 지하 1층에 위치한 400석 넘는 대강당이 빈 자리 하나 없이 만석이었다. 휴식시간이면 사람들은 삼삼오오 모여서 간식과 커피를 즐기며 여유로운 분위기를 자아냈다. 우리도 옛날 국어책에서 잠시 배웠던 향가의 매력을 재발견한 감동에 서로 침을 튀겨가며 이야기를 주고받았다.

둘러보니 참가자의 연령대가 대부분 육칠십대였다. 젊은 날에 공부를 하고 싶었어도 그런 현실이 못 되었거나 여러 이유로 시기를 놓쳤을 사람들이 다시금 이 박물관 대학에서 교수님과 공부하는 학생이 되어보도록 배려하고 있었다. 이렇게 외치고 싶었다. '국립중앙박물관 만세! 대한민국 만세!'

대강당 안내데스크에서 안내 책자를 받아 그해 개설된 전체 강좌의 주제들을 살펴보았다. 역사학, 고고학, 미술사, 인류학, 과학사, 사상사에 이르기까지 다양한 주제로 구성되어 있었다.

"유레카! 순희 쌤! 너무 감사해요. 너무 알차고 훌륭한 강의네요. 수요일마다 강의 들으러 와야겠어요."

'이집트의 알렉산더 대왕' '정약용의 유배지에서의 서한 전시 및 강의' '이슬람 문화 바로 알기' '한국, 일본, 중국의 고대 건축의 특징과 발전' 등 관심 끄는 주제들이 넘쳤다.

'역사 공부 새로 하기'라는 나만의 주제 아래, 이곳을 나의 놀이터로 정하고 수없이 많은 강의를 들으러 다녔다. 박물관 수요강의가 더욱 특별한 이유는 때때로 강의와 전시를 함께 연계하여 지식의 폭을 넓혀준다는 데 있다. 박물관 특별전을 관람한 후, 지하 1층 대강당에서 전시와 관련된 의미와 가치에 대하여 상세히 전문가의 해설을 들을 수 있었다. 예를 들어 '조선 대학자 정약용의 유배지에서의 서한 전시'라는 주제로 전시가 열리면 정조와 수원화성-정약용과 그의 형제들-조선 주자학과 사학 연구-자산어보, 이런 식으로 꼬리를 물듯 넓고 깊게 관련 강의가 이어진다. 이렇게 강의를 듣고 나면 〈자산어보〉(이준익 감독, 2021) 같은 영화가 진짜 재미있어진다. 영화에서 굳이 언급 안 하는 시대적 배경이 있다 해도 배우들의 대사 하나하나 움직임 하나하나에 그 시대의 사건들이 모두 읽힌다.

일단 노년을 즐겁게 보낼 놀이터 한 곳은 확보했다는 생각에 가슴이 뿌듯했다.

가슴 떨리는 강의 시연

　서대문여성인력개발센터에서 제공한 석 달의 교육기간은 빠르게 흘러 프로그램 기획서와 강의안을 제출해야 하는 날이 닥쳐왔다. 기획서 제출을 위한 답사 여행지로 나는 안성을 선택했다. 영화 〈왕의 남자〉를 본 후 남사당패에 꽂혀서다. 경기도 안성지역의 무형문화재인 남사당 줄타기 이 기회에 자세히 알아보고 싶었다. '바우덕이 풍물단' 이야기, 어사 박문수 이야기, '안성맞춤'이라는 단어가 생길 정도로 최고로 평가받는 안성 유기, 그리고 지역 먹거리에 대한 정보를 엮어서 프로그램 기획서를 만들었다. 그 기획서를 담당 강사님께 제출하고 시강해보는 시간을 갖게 되었다. 앞에 앉은 동기들을 앞으로 만날 아동들이라 생각하고 쉬운 표현으로 설명하라는 요청을 받으니 단어 선택이 어려워 계속 웃음이 나왔다. 가보지 않은 곳을 가본 것처럼 하고 더구나 초등학생들이 앞에 있다고 생각하니 마치 연극배우가 된 기분이었다. 그러나 이런 훈련이 인생 2막의 새로운 사회 활동에 얼마나 필요한 일이었는지 시간이 지날수록 깨닫게 된다.

　역사 강사로서 진정한 자질을 평가받기 위한 현장 시연의 날이 다가왔다. 훈련생들에게 주어진 시연의 주제는 모두 달랐다. 나에게는 '발해와 통일신라'가 주어졌다. A4용지 15매 정도의 분량으로 원고를 작성했다. 중앙박물관 1층 통일신라관에서 정해진 날에 실전처럼 강의해야 했다. 서대문여성인력개발센터 담당자님, 강사 준비생 스무 명, 그리고 그동안 우리를 맡아 강의하셨던 분 중 세 분이 평가위원으로 오셨다. 주어진 시간은 50분. 시간을 넘기지 않는 것도 중요한 평가 항목이다. 친구들 앞에서 리허설을 충분히 했다고 생각했지만 막상 실전에서는 머릿속의 원고가 이어졌다 끊어졌다 했다. 멀리서 순희 씨와 순영 씨가 잘하고 있다고 '엄지 척'을 날려줬다. 더 긴장되었던 건 현장의 일반 관람객들이 나를 박물관 도슨트로 생각하고 강의 시연이 끝날 때까지 줄곧 따라다녔기 때문이었다. "아유, 알아듣기 쉽게 설명하시네. 잘 들었어요! 목소리도 좋으시고." 일반 관람객이 우연히 내 강의 시연을 듣고 해준 격려에 힘이 났다. 손에 식은땀이 났지만 해냈다는 상쾌함도 함께 찾아왔다.

내게 던져진 주제는 한국사 공부에선 상당히 중요한 대목이지만 사실 고구려가 망하고 그 후손들이 세웠다는 발해국에 대한 자료는 찾기가 매우 어려웠다. 이곳저곳 검색하고 여기저기 도움을 청하다가 국립중앙박물관 안에 있는 도서관을 찾아가게 되었다. 중국과 일본의 학자들이 발해에 관해 쓴 글을 번역해 묶은 자료를 거기서 찾을 수 있다고 들었는데 당시 나는 국립중앙박물관에 그런 도서관이 있다는 것도 그때 처음 알았다. 도서관에서 찾아낸 발해 관련 자료는 상상을 초월할 정도로 방대했다. 발해의 왕이 일본으로 무역선을 보낼 때마다 두 나라의 돈독한 관계를 위해 왕의 서한을 사신과 함께 보냈고 일본도 그 서한에 답장을 보냈다는 걸 거기서 찾은 자료를 통해 알게 되었다. 어느 일본 학자가 고대사 연구 논문에 발해 왕의 서한 일부가 번역되어 실려 있었다. 중국으로의 무역 통로가 막히자 바닷길을 통해 문화와 경제 영역을 넓히려는 발해왕의 다정하고도 진정 어린 편지들을 읽으니 그 시대로 타임머신을 타고 날아간 기분이었다.

중국 동북지방, 러시아 연해주, 그리고 북한에 걸쳐 있는 지역적인 관계 때문에 우리 학계의 발해사 연구가 쉽지 않다고 들었다. 더구나 중국이 '동북공정'이라는 미명하에 발해를 중국의 동북지방에 편입된 식민지라 주장하며 동아시아 고대사를 재편성하려고 드니 언제쯤 발해는 당당한 주체로서 우리 역사에 제대로 자리매김할까, 안타까운 생각이 들었다. 중국 지역은 접근이 힘들고, 우리 국토는 분단되어 있고, 러시아의 연해주 공동 유적 조사만으로는 충분치 않고… 여러 가지로 답답한 현실이다. 강의 주

제 연구는 억지로라도 해내야 하는 일이었지만 그 과정에
서의 배움은 너무도 컸다. 역사문화 전문강사의 길은 여전
히 멀게만 보였고 준비과정 또한 너무 짧았다는 아쉬움이
있었지만 공부를 통해 나의 삶이 달라지리라는 확신이 생
겨났다. 자격증이 아니라 '역사 공부 바로 하기'로 방향을
틀고 앞으로의 공부를 위해 정신 무장을 해야겠다고 생각
하게 되었다.

　자격증 시험은 무사히 통과했다. 교육과정이 완전히 끝
나고 삼사일이 지나자 업체 한 군데서 연락이 왔다. 같이
일하고 싶은 마음이 있으니 간단히 인터뷰 한번 하자는 반
가운 연락이었다.

　"나 자격증 가진 역사 강사다, 이 말이야." 짐짓 뻐기면
서 나를 올려놓을 또 다른 무대로 달려갔다.

저건 또 무슨 직업이지?

　　역사문화 체험학습 전문강사로서 새로운 직업을 얻은 지 6개월이 되어갈 무렵 나를 흔드는 또 다른 생각이 올라오기 시작했다. 끊임 없이 배우고, 체험하는 자세를 갖게 해주는 이 직업에 대한 자부심은 높았지만, 주말 외에는 일을 할 수 없는 게 단점이었다. 아이들은 주중에는 학교로, 방과 후에는 과외나 학원에서 이어지는 타 과목의 수업을 받으니 역사체험 프로그램은 주말에만 신청할 수 있는 상황이고, 더군다나 체험장소까지 부모님 한 분과 동반해야 하니 주말 시간으로 한정될 수밖에 없다. 주말을 위해 주중에는 자료 준비도 하고 책 읽으며 공부도 했지만, '아! 주중에 일 좀 하고 싶다' 하는 아쉬움이 있었다. 나도 주말이면 가끔 의무적인 대소사를 챙겨야 하는 사정도 있으니 말이다.

하루는 국립중앙박물관 통일신라시대관의 관람과 강의
를 끝내고 나와 아이들과 모여 앉아 휴식을 취하고 있었
다. 강의 내용도 정리해주고, 퀴즈와 문제풀이도 할 겸. 그
때 우리 옆으로 관광객인 듯한 몇 명의 남녀 외국인들이
지나갔다. 그중 한국인 남성 한 분이 외국인들에게 영어로
열심히 뭔가를 설명하는 모습이 보였다. '아! 저분은 직업
이 뭐지? 박물관 관계자분이신가?' 궁금하기도 하고 영어
로 말하고 있는 모습이 부러워 힐긋힐긋 쳐다보았다. 그날
박물관에 같이 수업을 나와 있던 순영 씨를 불러보았다.

"순영 쌤! 나 오늘 외국인들한테 영어로 역사 설명하는
아저씨 봤어. 그분 직업이 뭐일 것 같아? 멋져 보였어."

"뭐 박물관 자원봉사자거나, 도슨트 선생님 아님, 관광
통역가이드 아닐까요?"

"통역가이드? 가이드가 박물관까지 안내하나? 하기야,
우리도 외국 가면 박물관에서 관광객들이 귀에다 뭐 꼽고
가이드 설명 듣고 있는 거 많이 보잖아! 나 영어 공부 다시
해서 저 직업으로 한번 바꿔보고 싶다. 어떻게 생각해?"

"와! 좋은 생각이세요! 소정 쌤은 해외 경험도 많으시잖
아요. 영어 가이드 진짜 잘하실 듯!"

순영 씨와 함께 '관광통역가이드'라는 단어를 네이버 검

색창에 넣어보았다.

"소정 쌤! 관광통역안내사 자격 시험과목이 네 과목이
네요. 그중에 한국사도 있다. 와! 필기 한 과목은 거저 갖고
가는 거네요. 얼른 도전해보세요. 호호호!"

이렇게 응원을 받으며, 그날 오후 역사문화 체험학습 전
문강사라는 직업을 떠나보냈다.

"쌤들! 내가 혹시 업종 변경해도 연락 끊고 그럼 안돼
요! 좋은 강좌가 있다거나 동기 모임 같은 거 하게 되면 연
락 꼭 하고!"

눈에서 멀어지면 마음에서도 멀어질까 봐, 우리의 짧은
이별을 걱정과 아쉬움 섞인 말로 다짐 또 다짐했다. 그들
은 재취업 교육장에서 처음 만나 새로운 분야로 진입할 때
까지 나의 부족함을 채워주고 의지처가 되어준 든든한 동
반자들이었다.

한국관광통역안내사

성격 급한 것이 장점인지 단점인지 성급히 또 한 개의
직업과 작별하고 다른 지식을 습득하기 위한 장소를 찾기
급급했디. 이 직업은 준비하는 데 시간이 좀 많이 필요할
거라는 생각에 학원에 등록해보기로 했다. 초록창에 검색

해보니 종로에 있는 '현대번역통역어학원'이 제일 먼저 튀어나왔다. 몇 개의 다른 학원도 있기는 했지만, 인사동 바로 옆이라는 것이 왠지 반가웠다. 결정한 다음 날 학원에 찾아가자 창구의 직원이 한마디 한다. "어휴! 왜 이렇게 늦게 오셨어요? 강의 시작이 1월인데, 5월에 오시다니요."

"오 마이 갓!" 9월이 필기시험이고, 필기에 합격하면 11월에는 영어면접이 있다고 했다. 그뿐만이 아니었다. 어학시험을 보고 일정한 성적이 나온 후에 등록하는 것이 순서라고 했다. 토익시험에서 760점 이상을 받았다는 증명서를 1차로 준비하지 않으면 필기시험 볼 자격이 주어지지 않는다는 거다. 1차 토익 성적표, 2차는 네 과목 필기시험 합격, 3차는 영어면접 준비라는 세 개의 관문을 통과해야 하는 쉽지 않은 과정이었다. 심란해하는 내 표정을 본 학원 창구의 직원이 이렇게 제안했다.

"음, 1년 치 학원 수강료는 일단 내시고요. 올해 떨어지시면 내년에도 강의 들으실 수 있도록 수강 기간을 연장해 드릴게요."

그동안 두 개의 아르바이트를 해서 모아놓은 돈으로 백만 원이 조금 넘는 학원비를 냈다. 인터넷 강의를 들으며 독학으로도 취득할 수 있는 자격증이라고는 하나, 함께 공부하는 동지들도 만나고 싶었고 무엇보다 학원에서 제시

하는 공부 방향이 궁금했다. 현장 경험이 있는 강사의 생생한 이야기도 듣고 싶었다. 시간이 부족하다는 걸 알게 됐지만 긴장되거나 초조하지는 않았다. 학원에 등록하고 나니 오히려 새로운 길에 대한 흥분이 사르르 몰려왔다.

버스를 타고 집으로 오는 내내 시간이 부족할 때 시도할 수 있는 공부 방법이 뭘까 머리를 굴려보았다. 독서실! 좋았어! 몰입도를 높이기 위해 학습 방해요소가 하나도 없는 공간은 독서실이다. 예전에 공항으로의 출퇴근이 불편하여 급히 운전면허를 딴 경험이 있다. 그때 연차를 이틀 내고 독서실에서 필기시험을 준비했다. 효과 만점이었다. 집과는 두세 정거장 떨어진 곳에 있는 독서실로 정했다. 마음 약해져 금세 집으로 돌아갈 수도 있으니 일부러 조금 거리가 있는 데로 정했다. 장소 설정이 너무 좋았다. 망원시장 입구에 자리한 독서실. 중간에 점심 먹기도 환상적인 곳이다. 아침 설거지를 대충 끝내고, 책가방 안에 텀블러와 책상 달력을 챙겼다. 버스에서 내려 근처의 카페에서 아메리카노와 바닐라 향 와플을 샀다. 공부하다 당 떨어질 때 먹으려고.

"저, 7개월짜리 다인실 이용권 주세요."

"어머! 공인중개사 시험 준비하시나 보다."

내 또래로 보이는 독서실 여사장님이 호기심에 묻는다.

재밌다. 간단한 주의 사항을 듣고 개인 사물함 키를 건네 받았다. 여성 전용 다인실에 자리 배정을 받고 들어갔다. 커튼을 젖히고, 머리 위 개인 서랍에 물건을 넣고 앉으려는 순간, 발밑에 뭔가가 물컹한 게 닿는 것이 느껴졌다.

"아휴 놀래라! 학생! 자는데 미안한데, 나, 이 자리 배정 받았거든요!"

"아, 네! 죄송합니다."

학생은 덮고 있던 이불을 몸으로 돌돌 말아서는 애벌레 기어가는 모드로 잽싸게 움직여 옆 열의 의자 밑으로 옮겨 갔다. '재수생인가? 여기를 고시텔 삼았나?' 웃음이 나왔다. 7개월을 동고동락할 파트너와의 첫인사를 그렇게 했다. 사실 독서실 들어오기 전에 개인 독서실 이용자들의 인터넷 커뮤니티 게시글을 몇 개 읽고 왔다. 소위 개인 독서실 빌런 모임이라는…. 내 파트너 정도는 그저 귀엽다. 계속 푹 주무시길.

텀블러 뚜껑에 커피를 붓고 책상 달력의 그림을 휘리릭 넘겨 보곤, 달이 지난 달력 네 장을 죽 찢어 배정받은 독서실 자리 옆면부터 붙이기 시작했다. '최고의 휴양지'라는 문구에 걸맞게 그리스의 산토리니, 인도의 타지마할, 사이프러스 등이 눈앞에 펼쳐졌다. 고개를 들면 마주치는 자리에는 해질 무렵의 타지마할 사진이 붙었다. '기다려라! 타

지마할! 합격하고 꼭 만나자.'

다섯 달 정도 남은 날짜를 모두 더해서 어학 점수 획득과 필기시험 공부의 분량을 대충 나누기하여, 하루에 해야할 공부의 양을 달력에 네임펜으로 일일이 표시했다. 오전 9시에서 오후 5시까지는 독서실, 오후 6시부터는 신촌 YBM어학원에서 토익 강의를 듣고, 주말에는 현대번역통역어학원에서 관광통역안내사 필기시험 준비, 이렇게 대략의 시간표를 짰다.

토익준비를 위해서 해커스 토익 교재 첫 장을 꾹 눌러 접으며 수험생 모드로 자세를 가다듬는데 그 순간 나의 내면에서 짜릿한 흥분 같은 게 올라왔다. '그래, 이렇게 다시 공부하는 시간으로 돌아올 수 있구나!'

먼 길을 한참 돌아, 인생의 의무를 모두 끝내놓고, 뭔가 제자리로 돌아왔다는 알 수 없는 희열 같은 게 몰려왔다. 책을 펼치는 순간, 내면이 고요하고 차분해지면서, 대학 도서관에서 나름대로 지적인 재미를 추구하던 스무 살 무렵으로 돌아간 것 같았다. 이번 해에 자격시험에 합격을 하느냐 못 하느냐 하는 심리적인 불안은 전혀 느낄 수가 없었다. 이 조그마한 공간에 앉아 무언가 목표를 두고 온전히 집중하는 시간이 축복처럼 느껴졌다. 매일 공부하는 재미와 즐거움에 빠져 진도는 앞으로 죽죽 나아갔다. 독해

지문의 모르는 단어를 찾아 해석해나갈 때마다, 그 내용 자체가 내 뇌세포들을 확장시키는 것 같았다. 나한테 무슨 결핍이 있었던 것일까. '인생에서 공부는 때가 있다'라는 말 따위는 듣고 싶지 않다. 매일 조금씩 공부에 열중하니 기억력도 좋아지는 듯했다. 생각해보니 어느 책에서도 읽은 것 같다. '시간은 빠듯하고 공부할 분량이 많으면 뇌에 과부하가 걸리면서 아드레날린이 솟구치고 그것은 곧 초인적인 기억력을 발휘하게 해준다.'

그날 정면에 붙여놓은 타지마할 사진 밑에 이렇게 썼다. "가랑비에 옷 젖듯이."

토익시험은 한여름이 시작되는 7월에 영등포에 있는 선유중학교에서 봤다. 수험번호를 보니 자리는 맨 앞줄이었고 왠지 운이 좋을 것 같았다. 결과는 870점. 예상을 넘는 점수였다. 순전히 자리 운이었다는 생각도 들었다. 결과가 안 좋으면 8월에 재시험을 치르리라 맘먹고 있었는데 바로 실기시험에 집중할 시간을 벌었다. '그래, 1차는 통과했구나.'

한국사, 관광법규, 관광개론, 관광자원해설의 네 과목 시험을 위한 학원 수강은 주말에서 주중의 오전 시간으로 옮겼다. 오후에는 독서실에서 모의 문제풀이 및 암기를 다져나갔다. 필기시험이 있던 9월에는 여행사에서 임시 가이드를 모집한다고 학원을 통해 연락이 왔다. 자격증을 받기도 전에 관광 시장에서 러브콜이 오는 것을 보니 합격 후 취업 걱정은 없겠구나 싶었다.

9월의 필기시험은 한국사 공부를 미리 해놓은 덕인지 쉽게 합격 평균을 넘겼다. 2차 필기시험 결과(88점)를 받고 몹시 들떠서는 영어면접도 치르기 전에 관통사(관광통역안내사의 준말) 자격증을 받은 양 가족과 친구들에게 전화를 걸어 자랑질을 해댔다. "내 직업은 이제 한국 관광통역안내사란 말이지."

면접도 시험이라고?

추석 연휴의 빨간 날짜가 지난 바로 다음 날, 학원에서 필기시험 합격 여부를 묻는 전화가 왔다. "저! 합격했어요" 하며 축하받을 생각에 들뜬 목소리로 대답했다.

"아! 합격하셨구나. 그런데 왜 면접시험 준비하러는 안 나오세요?"

"면접은 괜찮아요! 젊을 때 입사 면접은 여러 번 경험 있어서 자신 있어요."

"어! 아니던데요. 면접에서 많이 떨어지던데요. 면접 떨어져서 2년씩 공부하시는 분들 우리 학원에 꽤 많아요."

아차 싶었다. '어, 이게 무슨 소리지? 내가 뭔가 잘못 알고 있나?' 하면서 다음 날 바로 학원에 갔다. 필기시험에 합격한 사람들이 모여 면접 준비한다는 교실로 들어가니 서른 명 정도의 사람들이 모여 있었다. 오랫동안 아는 사이인 듯 서로 반말하는 사람들도 있었다. 앉을 자리를 살피며 둘러보니 20대에서 60대까지 다양한 연령대가 느껴졌다. 면접 리허설을 하는지 한 사람은 묻고, 한 사람은 답하는 식의 훈련을 하고 있는 모습이 보였다. '어머! 내가 생각한 단순한 인터뷰가 아니고 영어로 하는 구술시험인가 보네. 그래서 영어면접을 3차 시험이라고 부르는구나!'

필기과목 강의실에서 본 한 명을 빼곤 아는 사람이 아무도 없어 괜히 주눅이 들었다. 맨 뒷자리에 가방을 껴안은 채로 앉는데 사십대 초반 즈음의 목소리 발랄한 여성이 말을 걸어왔다. "어머! 언니! 안녕하세요. 오늘 처음 나오셨나 봐요. 왜 그동안 안 나오셨어요? 인터뷰 시험 독학하셨나요?"

그때 뒷문이 뒷문이 드르륵 열리면서 굵은 남성의 목소리가 내 귀를 파고들었다. "뭘 독학했겠어, 면접이 어떤 건지 모르고 안 나온 게지." 그는 반말 비슷하게 비아냥대더니 "굿모닝! 에브리바디!" 하며 모두에게 인사를 했다. '음, 선생인가 보군! 치! 나 같은 사람 본 적 있다 이거지.'

아니나 다를까 그는 면접 전문 영어 강사였다. 면접 예상 문제가 실린 듯한 프린트물을 학생들에게 돌리며 이렇게 말했다.

"어이! 반장! 그동안 내가 공부하라고 나눠준 자료들 있지? 저기 새로 온 여자분께 좀 빌려드려! 반장이 그런 역할도 하는 거지 뭐! 지금 오셔서 경쟁자는 안 될 것 같으니 안심하고 빌려드려!"

이런 얄밉고도 재수 없는 말을 오늘 처음 온 학생에게 하다니!

"그리고 오늘 새로온 키 큰 여학생! 세상에 공짜 없수. 알죠? 내가 쓴 교재도 있으니 그것도 좀 구입하시구랴."

강사의 말투는 얄미웠지만, 늦게 온 내게 길을 터주고 있는 것 같아, 구세주를 만난 기분이었다. 더 고마운 건 내 앞에 앉아 있던 미숙 씨다. "여러분! 오늘 이 언니가 밥 산대요. 점심 약속 없는 사람은 다 같이 가요. 장소는 내가 가성비 좋은 곳 알아요! 그리고 밥 얻어먹은 사람은 공짜 없수! 뭔 뜻인지 알죠?"

내 어색한 처지를 배려해 나를 사람들 속으로 넣어주려는 것이다. 눈물겹게 고맙고도 감사한 첫날의 만남이었다. '좋은 인연이 여기서 또 시작되는구나.'

미숙 씨는 아침 강의에서 만날 때마다 나에게 여러 면

접 정보를 알려주었다. 부지런한 그녀는 주말마다 지방으로 현장학습도 자주 다녀오곤 했는데, 경주나 안동 같은 주요 관광지를 다녀올 때면 관광지도, 가이드북, 주변 관광지 안내 책자 등을 잔뜩 챙겨 와 나눠주곤 했다.

교실 안 면접 준비생들의 대부분은 이미 백 문항 정도의 예상 질문을 뽑아놓고 영어 답변서를 준비해놓은 상황이었다. 영어신문, 잡지 또는 위키피디아, 관광 해설 웹사이트를 뒤져가며 만든 책 한 권 정도의 분량을 손에 쥐고 맹훈련 중이었다. 때때로 정해진 짝꿍과 묻고 답하는 식으로 실전 연습을 해나가고 있었다.

그날 나는 필기시험 이후 자만에 빠져 출입도 안 하던 독서실로 터덜터덜 돌아갔다. 사물함 열쇠를 돌려 담요를 꺼내 찬 기운이 느껴지는 의자에 깔고, 한참 동안 생각에 잠겨 있었다. '그래, 질문 하나하나에 맞춰 간단한 원고를 써야 하는 거구나. 이런 거라면 역사문화 강사 준비할 때 조금은 연습을 해두지 않았나. 하지만 이번 면접은 그때보다 시간제한이 있으니 특정 맥락으로 최대한 간단하게 써야 할 것 같은데.' 이런 생각을 하면서 학원에서 받은 예상 질문지의 첫 번째 문제부터 뚫어져라 쳐다보았다.

1. 경복궁과 창덕궁을 시대별로 구분하고, 차이점과

그 특징을 각각 설명하시오.

2. 독도가 우리 땅이라고 할 수 있는 역사적 근거는 무
엇이며, 그 위치를 상세히 설명하시오.

3. 조선 시대에 종묘제례가 갖는 의미와 가치에 대하
여 설명하시오.

4. 당신이 생각하는 서비스의 정의는 무엇인가?

준비 없이는 답하기 어려운 질문들이다. 면접장에서 내
게 어떤 질문이 던져질지 모른다. 전국에 산재해 있는 문
화재와 관광지를 대부분 꿰고 있어야 하고, 이슈가 되고
있는 국제관광 관련 행사, 심포지엄과 박람회 장소도 알고
있어야 한다. 백 개의 이상의 예상 질문을 보고 또 보니, 첫
문제만 해결하면 그다음은 비슷한 구조로 영어 답안을 만
들어나가면 될 것 같았다. 역사문화 체험학습 강사로 일할
때, 아이들에게 설명을 해나갔던 그 순서가 어렴풋이 기억
도 났다. 문화재가 제작된 시대를 설명할 때 그 특징은 예
술적 관점에서, 제작된 이유는 시대 필요적 관점에서 설
명한다. 그런 다음 내 생각을 말하고 마지막에는 꼭 학생
들의 생각과 의견을 묻곤 했다. '그래! 내 나름대로 순서를
정하자. 제작 연도와 이유- 차별성(예술적 관점)-나만의 생
각과 의견 순으로 써보면 될 것 같네.'

그렇게 가닥을 잡고 나니, 문화재청에서 월간으로 발행하는 정기 구독잡지를 모아둔 게 생각났다. 자리에서 벌떡 일어나 집으로 달려가서는 그동안 한번 펼쳐보지도 않았던 잡지들을 카트에 담아 택시를 타고 독서실 내 자리로 돌아왔다. 독서실에서는 짤막한 영어 답지를 쓰고, 집에 와선 문법상 어색한 곳은 없는지 구글 번역기를 돌리며 점검했다.

정신없이 시간이 흘러 어느새 단풍이 들락말락하는 10월 중순을 넘어가고 있었다. 하루는 학원 강의실에 들어서자마자 "여러분! 저도 준비됐어요. 오늘 저랑 면접 짝꿍하실 분 누구 없어요?" 하고 자신감 있게 외쳐보았다. "오! 소정 쌤! 저랑 연습하시죠?" 하는 굵은 남성의 목소리가 들렸다. '아 저분은 직업이 변호사라고 했던 것 같은데, 나 참! 하필이면 저분이 손을 든담!? 예리한 질문 나오는 거 아니야? 아니지 오히려 잘됐어! 이런 분과 연습 좀 해야 현장에서 안 떨지.'

나의 긴장을 눈치라도 채신 건지 장 선생님은 부드러운 미소와 함께 질문을 건네셨다. 원고를 부지런히 쓰기는 했지만, 입에선 계속 엉뚱한 방향으로 답이 나왔다. 장 선생님의 답변에는 해박한 역사 지식과 그분만의 관점이 들어 있었다. 서론·본론·결론이 딱 떨어지게 내용이 정리된 홀

륭한 답변들이었다. 장 선생님은 내 답변의 수정할 부분을
알려주고 첨가해서 좋을 내용은 직접 영작도 해주셨다. 사
람을 대하는 그분의 태도에서 좋은 기운이 뿜어져 나왔다.

　면접 당일, 내게 던져진 질문은 세 가지였다.

> 1. 정조 대왕이 수원화성을 건설하게 된 역사적 배경
>   에 대해 말하라.
> 2. 경복궁과 창덕궁의 역사적 의미를 임진왜란 전후로
>   나누어 비교 설명하라.
> 3. 당신은 왜 관광통역안내사가 되려고 하는가, 그리
>   고 관광통역안내사에게 어떤 자질이 필요하다고
>   생각하는가?

　내가 한 대답이 괜찮았는지 면접관 한 분이 미소를 보
내주셨다. '이런 분위기라면 합격 아닐까?' 왠지 김칫국부
터 마시고 싶었다. 문을 닫고 나오는데 자신감이 솟구쳤
다. '느낌 좋아! 느낌 좋아! 나 합격이야!'라고 외치고 싶은
심정이었다.

　인터뷰가 끝나고 면접 동기생 모두 학원 옆 카페 '민들
레영토'에 모였다. 어떤 질문을 받았는지, 반장이 부지런
히 묻고 내용을 취합했다. 아마도 다음 해 수강생을 위한

학원측의 정보 요청이 있었을 것이다. 합격자 발표가 있던 날, 동기생들은 인터넷으로 합격자 명단을 확인하고 종로에 모여 재취업을 위한 단결을 외치며 거나하게 축하주를 마셨다. 크리스마스가 오기 전 한국관광공사에서 발급한 자격증을 손에 넣게 될 것이었다.

내 연습 파트너였던 장 선생님은 영어로 외국인에게 우리의 것을 안내하는 이 직업을 당신의 본업보다 더 좋아하셨고 꼭 해보고 싶다고 하셨다. 하지만 관광통역안내사 자격증을 함께 받은 지 일 년도 못 되어 하늘나라로 가셨다. 지금도 장 선생님의 미소가 또렷이 기억난다. 새로운 꿈 앞에 들떠 있는 그분을 61세라는 나이에 데려간 하늘이 원망스럽다.

합격자 명단 발표 후 을지로에 있는 한국관광공사로부터 12월 5일에 자격증을 받으러 오라는 안내 문자를 받았다. 갑자기 마음이 급해졌다. 자격증을 받음과 동시에 취업하게 될지도 모른다는 생각에서였다. 당시 관광 수요는 한국 드라마와 K-팝의 인기 탓에 폭발적으로 증가하고 있었다. 모자라는 숙박시설을 위해 일반 모텔도 프론트만 호텔 같은 형식으로 개조하면 관광호텔로 인가해준다는 정부의 발표도 여러 차례 있었다.

자격증을 받기까지는 약 3주 정도의 시간이 있었다. 우리는 삼삼오오 짝을 지어 서울을 시작으로 주요 관광지와 문화재 사전 답사해보기로 했다. 서울의 경복궁, 창덕궁, 인사동, 서울 타워를 시작으로 용인의 한국민속촌과 용인 드라미아, 수원화성도 가보았다. 주말에는 안동 하회마을, 전주 한옥마을, 경주 양동마을, 조선시대의 유교 중심 교육기관인 서원에 이르기까지 많은 곳을 다녔다.

여러 답사 지역 중 특히 서원 답사에선 그 위치에 감탄하곤 했다. 처음 간 곳이 퇴계 이황 선생이 말년에 후학 양성을 위해 세우셨다는 도산서원이다. 그곳에서 멀지 않은 곳에 임진왜란 후 그 유명한 《징비록》을 쓰신 류성룡 선생의 병산서원이 있다. 그 외 몇몇 다른 서원들도 대부분 최고의 풍광을 자랑한다는 곳에 세워져 있었다. 이런 곳이 풍수지리에서 말하는 명당이라 말하는 곳인가? 풍수의 의미는 잘 모르지만, 서원의 입구에선 우주의 기운 같은 게 느껴졌다. 도산서원과 병산서원은 낙동강이 한 폭의 치마처럼 휘감고 도는 형상 속에 자리 잡고 있었다. 깎아지른 듯한 산의 절벽 위 서원에서 아래를 굽어보면 가슴이 뻥 뚫리는 듯 시원했다. 그로부터 몇 년 뒤 한국의 서원이 유네스코 세계유산으로 등재되었다는 소식을 들었다. 그 시절 답사 때의 경이로움을 생각하면 놀랍지도 않다.

답사를 다녀보니 관광통역안내사라는 직업도 '우리 역

사 바로 알기'라는 내 공부 주제와 잘 맞아떨어진다는다는 생각이 들었다. 더 열심히 관찰하고 더 자세히 보고 늘 공부하는 자세라야 우리나라를 찾는 외국인에게 우리 것을 제대로 설명하고 보여줄 수 있을 것이다. "사랑하면 알게 되고 알게 되면 보이나니, 그때 보이는 것은 전과 같지 않으리라." 유홍준 교수님의 말도 생각났다. 조계사 내 불교박물관에서 열리는 '한국 문화유산 답사' 특강 때마다 유홍준 교수님은 이 구절로 강의를 시작하신다. 관광통역안내사인 나는 유 교수님의 이 명언을 가슴에 새기고 있다. 조선시대에도 이와 비슷한 구절을 명언으로 남긴 학자가 있었다고 들었다.

영어면접 전에 예상 답안을 만들어본 경험과 문화재 사전 답사를 다니면서 영어 원고를 자주 쓰는 습관이 더해지니 역사나 문화에 대한 어휘력이 점점 풍부해지는 것이 느껴졌다. 처음 가는 답사 장소에서도 마치 외국인 관광객이 옆에 있기라도 한 듯이 저절로 입에서 영어가 줄줄 흘러나왔다. '이제 슬슬 새로운 일터로 나가봐도 되겠지.'

'한국 역사문화 전문 관광통역 안내사'가 대한민국 지도와 함께 내 명함에 새겨넣은 나의 직함이다.

무엇이든 다 할 자유
아무것도 안 할 자유

이력서와 자기소개서를 작성하고 인터넷 구직사이트 잡코리아^{Job Korea}에 올려놓으니, 여행사 두 군데서 면접을 보러 오라는 연락이 왔다. 당시에는 외국인 관광객을 대상으로 하는 한국 관광은 모두 내가 면접을 본 일일 시티 투어^{One-day city tour} 형식의 여행사가 전부인 줄 알았다.

면접 요청이 온 당일, 오전 오후로 나누어 두 군데 모두 면접을 봤다. 회사 이름이 예쁜 썬버스트(Sunburst: 구름 사이로 햇살이 눈부시게 비침) 여행사라는 곳을 선택했다. 내가 여행사를 선택했다고 하니, 조금은 배부른 소리인 듯 들리나 당시에는 자격증 소지자가 턱없이 부족한 상황이어서 외국어만 할 줄 알면 (살짝 불법이긴 해도) 일할 수 있는 에이전시가 상당히 많았다. 말하자면 수요와 공급이 불균형한 상태였다. 한류 열풍이 어느 정도인지 직업을 통해 생생히 체험할 수 있었다는 것은 지금 생각해도 행운이었다. 예전에는 관심 없던 드라마와 딸아이 또래들이 좋아할 듯한 노래를 열심히 찾아 들었다. 인기 가수와 배우 이름도 달달 외웠다. 내 고객이 사랑하는 한국 스타를 모른다고 할 수는 없으니까.

시티 투어 여행사의 가이드 실무 담당자는 내 업무 훈련을 위해 사흘간 연속으로 OJT(On the Job training, 현장 업무 훈련)를 시켜주었다. 3일 동안을 같은 장소로! 바로 임진각과 제3땅굴이었다. 관광 상품 이름은 'DMZ: 비무장지대'. 관광통역안내사 면접 준비를 하면서 어떤 곳인지를 간단히 공부한 적은 있어도 무려 3일 연속 현장실무 훈련이 필요한 곳이라곤 여겨지지 않았다. 훈련 기간 내내 마음이 무거웠다.

훈련 첫날, 버스 맨 앞좌석 선배 가이드 옆에 곁 타기를 했다. DMZ 여행상품을 신청한 외국인 관광객들을 여러 호텔을 돌며 픽업하여 탑승시킨 뒤 간단히 가이드 소개를 했다. 그날의 사수이자 선배 가이드는 임진각에 도착하기까지 50분 내내 한국 분단의 현실과 6.25 관련 전쟁사를 쉬지 않고 영어로 이야기했다. 도착 후 제3땅굴 진입 시의 주의사항과 함께 꼭 봐야 할 전쟁 영화와 전쟁기념관에 대한 설명이 더해졌다. 끝으로 "외국인 서울 투어의 70퍼센트가 DMZ 투어를 택하며 그만큼 한국의 분단 현실은 외국인들이 꼭 알아야 할 대한민국 역사의 중요한 부분"이라고 했다. '아! 그렇구나! 서울 관광 상품 신청자의 70퍼센트가 우리 분단의 아픔을 알고자 하다니!'

　교육 첫날 경험한 현실은 그동안 관광통역안내사로서 준비했던 것과는 많이 동떨어진다는 느낌으로 약간 혼란스러웠다. 하지만 어쩌면 내가 한국 관광에 관한 현실적인 면을 너무 모르고 있다는 생각이 들었다. 새로운 직업군이니 더 힘차게 뛰어들어야겠다는 생각으로 마음을 다잡고, 한국 분단의 현실과 전쟁사 그리고 영화나 책에서 접했던 이야기에 심지어 엄마에게서 들은 피난민 얘기까지 넣어 나만의 원고를 작성하기 시작했다. 학원 동기들도 그즈음에 몇몇 여행사와 프리랜서로 계약하고 일을 시작한 상태였다. 이따금 임진각에서 동기들을 만날 때면 가이드로서 직업적 어려움과 전쟁역사에 관한 스토리텔링에 가슴앓이한다는 얘기를 자주 주고받았다. 비슷한 처지의 우리는 이 고난을 함께 타파해야 한다면서 단톡방을 통해 함께 뭉쳐보기로 했다. 마침 재취업의 시작점이 비수기인지라 우리는 일이 없을 때면 카페에 모여 6.25 관련 영어 원고를 쓰는 데 힘을 모았다. 원고가 서서히 머릿속에 자리를 잡아갈 즈음 나는 본격적으로 DMZ 관광 상품에 배정되기 시작했다. 그후 6개월간은 주 3회 이상 임진각과 땅굴을 들락거렸다.

실전 통역가이드

드디어 관광통역안내사로 홀로서기를 하게 된 날. 버스에서 혼자 마이크를 들고 다국적 손님들 앞에 섰다. 곧 시작될 나의 이야기에 귀 기울이려고 나를 뚫어지듯 쳐다보던 큰 눈들이 지금도 생생히 기억난다. 내 소개를 하고 본격적으로 긴장된 마음을 부여잡고 얼마간 멘트를 했는데 갑자기 콧물이 주룩 떨어졌다. '아! 왜 이러지 창피하게! 웬 콧물이 갑자기 나오냐고요.' 얼른 뒤를 돌아 버스 기사 옆에 놓인 티슈 통에서 휴지 한 장을 뽑아 얼른 코를 훔쳤다. 당황한 상황에서 바로 이야기를 이어갈 수도 없고 너무 창피하기도 해서 어찌할 바 모를 때, 그런 상황에 대처할 방법은 한 가지밖에 없다. '에라 모르겠다. 솔직해지자.'

"신사·숙녀 여러분! 제가 너무 긴장한 탓인지 콧물이 막 나오네요. 중간에 스토리가 끊어져버려 죄송합니다. 솔직히 말씀드리면 저, 오늘이 이 직업을 시작한 첫날이에요. 아마추어 가이드가 실망을 드려 다시 한번 사과드립니다."

그때 갑자기 뒤에 앉은 누군가가 박수를 보냈다. 그러곤 큰소리로 외쳤다. "오! 좋아요! 좋아요! 아주 잘하고 있어요. 아주 엑설런트 합니다. 조금 쉬었다가 나머지 이야기도 들려주세요."

이 첫날의 망신을 동기들에게 들려주니 몇몇이 비슷한 상황을 겪었다며 자신의 사례를 들려주었다. 마이크를 들고 설명하는 도중, 영어 원어민의 예리한 질문을 받고는 너무 긴장하여 다음 내용이 머리에서 사라져 중간에 해설이 끊어지는 일이 다반사였다. 영미권과 서유럽권 손님들의 질문은 상당히 예리하다. 특히 독일 관광객의 질문은 답하기 힘든 것이 많았다. 국제 정세를 세계사적인 측면으로 넓게 이해하고 공부하지 않으면 대답하기 어렵다.

'왜, 너희는 북한을 한 번도 공격하지 않나?'

'통일에 관한 당신의 생각은 무엇이지? 우리 독일은 통일하고 세금도 더 많이 내야 하고, 여러 모로 살기가 더 힘들어졌다. 남북통일이 하고 싶은가?'

우리와 비슷한 분단 경험이 있어서 때문일까. 마치 한국 역사를 예습하고 온 듯 아는 것도 많았고, 질문 역시 수준이 엄청났다. DMZ 투어에 배정받으면 소름 끼치게 긴장되고 매번 도전받는 느낌이었지만 그 시간은 나를 세계사 공부라는 새로운 학습의 길로 인도했다. 투어가 없는 날이면 늘 교보문고 도서관(이렇게 부르기로 했다. 교보문고는 코로나 전까지 해도 일반인을 위한 독서 코너를 마련해두어 넓은 책상에서 개인 조명 아래 책을 읽을 수 있었다)에 가서 두세 권의 세계사 관련 책을 펼쳐 놓고 읽었다. 역사라는 말이 붙은 서적은 모조리 찾아 읽겠다는 듯 덤볐다. 읽다가 사들고 온 책도 수없이 많다. 예술의 역사, 철학의 역사, 음식의 역사, 여성직업의 역사, 종교의 역사, 약의 역사, 언어의 역사 등 흥미로운 역사의 세계로 정신없이 빠져들었다.

디엠지(DMZ) 투어란 무엇인가

해외 관광객들이 DMZ 투어를 신청하는 방법은 호텔 프론데스크에 비치되어 있는 수많은 투어 부로슈어 중 하나를 집어 들면서부터다. 전화를 직접 여행사로 하는 경우도 있고, 호텔 직원에게 부탁하여 예약하는 경우도 있다. 이들의 명단이 출발 전날, 가이드에게 전달된다.

가이드는 꽤 이른 시간인 오전 7시부터 호텔을 돌면서 준비된 차량과 기사를 동반하여 손님들을 픽업하기 시작한다. DMZ는 민간인 출입이 제한되는 곳이다 보니, 반드시 국적을 묻고 여권(신분증) 챙기는 것을 잊지 말도록 해야 한다. 예약된 명단은 버스에서 출발 전 한 번 더 체크한다. 빠른 발권을 위해 가이드는 버스에서 명단을 작성한다. 명단 작성이 끝나면, 기사님께 마이크 볼륨을 올려달라 요청하고 간단히 가이드 소개를 한 후, 일일 투어 목적지에 대한 설명을 시작한다.

굿모닝, 레이디즈 앤 젠틀맨!

지금부터는 제가 국가 안보 지역 출입에 대한 주의사항을 포함하여 DMZ에 관한 여러분의 이해를 돕기 위해 몇 가지 정보를 드리도록 하겠습니다.(As we are heading to the civilian control area(CCL) where there are tourist attractions, we need passports. And also now it's time to give you some information about DMZ.)

여러분은 DMZ가 무엇을 줄인 말인지 아시나요?(Do you know what DMZ stands for?)

네, 맞아요. 비무장 지대를 말하는 것이지요.(Yes. That's correct. Demilitarized Zone).

하지만 여기는 세상에서 가장 무시무시하게 무장되어 있는 장소랍니다.(But it's one of the heaviest militarized zone in the world.)"

'비무장 지대Demilitarized Zone'를 '무장된 지대Militarized zone'로

순식간에 바꾸면 바로 웃음이 터지면서 어색함이 사라진다. 여기서 다시 한번 겁을 준다.

"어쩌죠? 이렇게 무장된 곳을 방문하시는데 떨리지 않나요? 저는 너무 떨려요. 더구나 돈을 내고 여기를 신청하시다니요! 무사히 다녀와야 할 텐데 걱정이네요."

다시 한번 손님들의 웃음소리가 커진다.

DMZ는 1953년 한국 전쟁이 휴전에 들어가면서, 휴전협정을 맺으면서 탄생한 곳이다. 당시 다시 또 전쟁이 터질 것을 우려하려 남과 북이 휴전선(38선)을 중심으로 각각 2킬로미터씩 뒤쪽으로 물러나면서 생긴 소위 중립지대(Buffer zone)이다. 서울특별시보다 넓은 면적이며, 정확히 한반도를 반으로 갈라놓은 형상이다. 70년 이상 사람의 발길이 닿지 않아 희귀 동식물의 천국이 되었다고 한다. 국내외 많은 생물학자들이 한반도가 통일되면 제일 먼저 관심 가질 곳이 이곳이라 말하기도 한다. 철조망과 탱크로 둘러싸는 곳을 관광객이 방문하는 것은 물론 아니다. 민간의 출입이 제한적으로 허락되는 '민간인 통제구역'이라는 곳(이곳 역시 Buffer Zone으로 지정되어 있음)을 관광객과 함께 다녀오는 것이 DMZ 투어이다.

DMZ에 관한 지역적 설명이 필요한 데는 또 하나의 이유가 있다. 이 투어를 신청한 상당수의 외국인이 여행사의 DMZ 상품과 판문점(JSA-공동경비구역) 상품을 혼동하는 경우가 있기 때문이다. 이 두 장소는 엄연히 다른 곳이며 가격과 신청 방법 또한 다르다. 판문점은 우리에게 〈공동경비구역 JSA〉(박찬욱 감독, 2000)라는 영화로 기억되고, 해외 관광객에게는 몇 년 전 도널드 트럼프 미 대통령이 한 개의 선(남과 북의 경계선)을 훌쩍 넘어 북한의 김정은과 악수했던 곳으로 유명해진 곳이다.

DMZ 관광은 임진각(지금은 임진각 평화 누리 공원이라고 부름)에서부터 시작된다. 임진각에 도착하면 손님들과 가이드는 일단 여행사 차량에서 모두 내린다. 가이드는 빠른 발권을 위해 매표소로 향하고, 손님들은 가이드가 돌아올 때까지 근처 식당에서 개별적으로 간단한 아침 식사를 한다. (김밥, 어묵, 핫도그, 라면 등등.) 잠시 후 우리는 다시 모여, 군 당국이 허가한 민간인 통제구역으로 가기 위한 셔틀버스로 갈아탄다. 임진각—도라산 전망대—도라산 기차역—제3땅굴—통일촌—임진각을 2시간 30분간 돌아보는 관광이 바로 DMZ 평화관광이라는 부르는 상품이다. (순서는 현지 사정에 따라 바뀔 수 있다.)

하이라이트는 제3땅굴이다. 이곳은 한 북한 귀순자가 첩보한 내용을 근거로 땅굴 공사 장소를 다년간 추적하여

1978년 10월 17일에 발견한 곳이라 안내되어 있다. 이곳은 내국의 안보의식 강화를 목적으로 'DMZ 안보 견학' 장소로도 지정된 곳이다. 외국인들도 땅굴에 들어가기 앞서 모두 영상관에 들어가 땅굴 발견 시기, 디엠지 생태계 모습, 한국 전쟁 관련 내용을 보여주는 영상을 관람해야 한다. 그런 후, 옆 전시관으로 발길을 옮겨 전쟁 관련 사진들과 총기류, 제3땅굴에 관한 전시물, 전쟁 전후의 한국지도들을 보며 한반도의 분단 상황을 충분히 이해한 상황에서 제3땅굴로 향한다. 전시관의 하이라이트는 판문점 모형이다. 많은 외국인이 이 모형물 앞에서 카메라 셔터를 여러 차례 누른다.

제3땅굴을 걸어서 내려갔다 오기가 생각만큼 간단치 않다. 73미터 지하에 위치한 땅굴 시작점까지 들어가 265미터를 한번 더 주욱 들어가야 한다. 폐쇄공포증이나 심신 허약자는 가급적 입장하지 말라는 안내를 반드시 해야 한다. 일단 땅굴을 내려가기 시작하면 끊임없이 뒤따라오는 행렬을 거슬러 돌아오기가 쉽지 않다.

걸을 때마다 땅에서 올라오는 냉기와 함께 '철벅철벅' 물 밟는 발소리가 귓전을 울린다. 키가 큰 외국인들은 천장에 머리가 닿을 새라 고개를 구부정히 숙인 채 걸어야 한다. 끝도 보이지 않는 좁은 길을 앞사람의 보폭에 맞춰

가면서…. 출발 전에 관광객들에게 안전모를 쓰도록 안내하면서 '사진 촬영은 금지'라는 주의사항을 강조한다. 긴장을 풀고 운동하듯 다녀오자고 격려한다. 여기서 나만의 조크를 또 던진다.

"땅굴이 끝나는 곳에서 김정은이 여러분을 기다리고 있답니다. 그에게 해줄 말이 있거나, 물어볼 말이 있는지 생각하면서 걸으세요."

이런 내 농담에 이렇게 응수하는 사람이 있었다. "나, 그에게 물어볼 말이 많다. 특히 그의 헤어 스타일을 담당하는 미용사가 누구인지 정말 궁금하다."

돌아와서 소감을 말하는 순서에서는 '너무 농구만 좋아하지 말고 기아에 허덕이는 아이들 좀 돌보라'고 김정은에게 충고하고 왔다며 농담하는 이도 있었다.

DMZ 투어 가이드를 하는 동안 이 코스를 매번 처음부터 끝까지 관광객들과 함께했다. 땀에 흠뻑 젖어 올라와서는 "나는 헬스장 비용이 따로 안 든다. 여기서 오늘 운동 다 했다!" 하며 긴장을 풀어내곤 했다.

직업으로서의 투어가이드

관광통역안내사로 활동을 해나갈수록 동기들은 가이드라는 직업의 현실적에 회의를 품고 갈등을 겪었다. 특히 '민간외교관'이라는 이상을 품고 공부하여 자격증을 취득해낸 젊은이들의 방황이 심한 것 같았다. 충분히 이해가 되었다. 더군다나 소속이 없는 프리랜서라는 것도 불안 요소의 하나일 것이다. 관광업을 '계절 장사'라고 부를 정도이니. (팬데믹 상황에서 제일 먼저 쓰러진 것도 관광업이었다.) 즉, 프리랜서로서 가이드라는 직업은 본인이 직업의 장단점을 잘 파악하고 거기서 자신이 버리고 취할 부분을 판단하여 자신만의 원칙과 방향을 잡아야 무장해야 흔들림 없이 해나갈 수 있다.

관광통역안내사로 즐겁게 오래 일하려면 첫째, 외국어를 잘하고픈 목마름이 있어야 한다. 둘째, 한국이라는 곳에서도 타 문화에 노출되는 상황이 많다는 것을 장점으로 여기고 그 속에서 넓어지는 세계관과 그에 따른 호기심을 즐길 줄 알아야 한다. 셋째, 한국문화에 대한 애정이 있어야 한다. 내 입으로 전달되는 수많은 이야기에 얼마만큼의 진실성을 담을 수 있을 것인가, 하는 고민으로 가슴이 뛰는 사람이어야 이 일을 오래 해나갈 수 있을 것이다.

투어 가이드는 우선 봄과 가을 관광객이 몰리는 철에는 단 하루도 쉬지 못하고 불려 나가는 경우가 많다. 여행사는 수요에 따라 프리랜서에게 연락하기 때문이다. 가이드는 4대보험이 보장되지 않는 일용직 근로자이니 건강 관리에도 신경 써야 한다. 실제로 가이드 일을 하면서 건강을 잃는 사람이 많다. 정신과 약을 먹는다거나 성수기 때 번 돈으로 비수기 때 도박을 하며 심신을 망치는 경우도 보았다. 반면 비수기 때인 1, 2월과 7, 8월의 시간을 방학처럼 쓸 수 있다. 이 기간에 아르바이트나 어학연수로 생산적인 휴가를 보낼 수 있고, 해외에서 한 달 살기 등 여유로운 휴가를 즐길 수도 있다. 내가 아는 한 일본어 가이드는 여름이면 신주쿠나 우에노의 초밥 가게에서 한철 아르바이트를 하다가 가을바람이 불 때면 한국으로 돌아온다. 현실적인 상황을 고려하여 다양한 시간 조리법을 운용할 수 있다는 점을 장점으로 활용하면 좋을 것이다.

시티 투어 vs 인바운드 투어

임진각과 제3땅굴을 주 일터로 배정받으며 7개월간 전쟁역사를 스토리텔링하다 보니 나의 투어 방식에 점점 자신감이 붙었다. 투어가 끝나면 같은 업체에서 VIP투어 가이드로 나를 지정해서 부르는 경우가 많았다. 폴란드 치과 협회 한국 초청팀, 구글 임원들, 연세대나 서울대 초청 외국 저명인사 투어 등이 그런 경우였다. 사전에 이런 개별 투어가이드로 지정받으면 손님의 국적과 역사에 관한 공부는 물론이거니와 최근 그 나라에서 있었던 재미있는 에피소드를 메모해 두었다가, 투어 시간이 지루해질 때 중간중간 이야기 소재로 삼곤 했다.

일이 익숙해지면서 긴장감은 많이 줄었지만 한편 반갑지 않은 감정이 찾아왔다. 그것은 투어가 끝나고 찾아오는 약간의 우울감이었다. 아마도 내가 프로의 경지에는 이르지 못했던 것 같다. 아침부터 오후 서너 시까지 전쟁 이야기만 하다 돌아오면 처진 기분을 털어내기가 어려웠다. 다른 동기들은 상황이 어떤지 궁금하기도 하여, 안부를 물어야겠다는 생각에 학원 동기 한 명과 통화해보기로 했다. 언제나 쾌활한 동생뻘 미숙에게 전화했다.

"언니! 시티 투어 팀은 그만해! 땅굴도 그만 가고! 가이드들 거의 다 인바운드 투어로 전향했어! 그정도 연습했음 충분하다 충분해."

미숙이 인바운드 전문 여행사 한곳의 전화번호를 일러주었다.

인바운드는 영어 표현 그대로 한국으로 3박 4일이나 4박 5일의 일정으로 여행을 계획하고 들어오는 외국인 관광객을 의미한다. 우리가 휴가철이면 하나투어, 모두투어, 참좋은여행사 등에 해외 여행 패키지를 신청하듯이 이런 상품을 통해 고객을 내보내는 여행사를 아웃바운드 여행사라고 부르고, 그 고객을 받아서 현지 투어 일정을 짜고 프로그램을 실행하는 현지 여행사는 인바운드 여행사가 되는 것이다.

일감만 있다면 투어 스타일을 바꿔보는 것도 좋겠다 싶었다. 국내 인바운드 여행사들의 패키지 상품이 궁금하기도 했고, 어느 나라에서 어떤 손님들이 패키지로 한국에 들어오는지도 궁금했다. 미숙에게 받은 전화번호로 연락해 영어 가이드라 소개하니 타이밍이 좋았는지 반가워했다. 면접도 없이 바로 팀을 배정해줬다.

첫 인바운드 투어의 추억

연습 없이 받은 인바운드 투어의 첫 팀은 말레이시아 국적의 17인 팀이었다. 그들이 선택한 여행 상품은 서울—남이섬—강원도—설악산—홍대거리—명동 그리고 서울지역 궁궐과 인사동 패키지. 동남아팀 담당자는 식당 리스트와 방 배치 명단을 건네주면서 주의사항을 일러주었는데 그중 하나가 이들은 투어 중간에 한 번씩 기도를 해야 한 다는 것이었다. 알겠다고 하고 간단히 출장 가방을 쌌다.

공항에 도착해서 손님들을 맞이하고 보니 할아버지 할 머니를 중심으로 17인 모두가 한가족이었다. 일곱 명은 성 인이고 나머지 열 명은 모두 15세 미만 아동들이었다. 그 냥 웃음이 나왔다. 여성들은 아이 어른 할 것 없이 모두 스 카프(이것을 그들은 히잡이라고 부른다)를 쓰고 있었다. 생전 처음 보는 스타일의 여성들 앞에서 어색하여 어쩔 줄 몰라 하고 있으니 아주머니 한 분이 내게 조용히 다가와 볼을 갖다 대며 "아살람 알라이쿰" 하고 인사했다. 피부 접촉을 하는 세 번의 볼 키스도 어색했지만, 무슨 말로 답인사를 해야 할 줄 몰라 그냥 영어로 "Good morning! Pleasure to meet you."라고 말하며 미소로 답했다. 여자 분이 건넨 첫인사가 아랍어라는 것도 나중에 공부 좀 하고서야 알았 다. '아, 이 낯설음 어쩌지? 잘해야 할 텐데. 에라 모르겠다. 모두 버스에 타면 사실대로 말해야겠다, 이슬람권 투어는 처음이라고!'

공항에 대기하고 있는 버스에 올라타고 인원을 체크한 후 내 소개를 시작했다. 간단한 한국말과 인사말도 알려주 었다. 마이크를 들고 웃고는 있었으나, 실전 훈련도 없이 처음 맡은 인바운드 투어에 행여 실수라도 할까 가슴이 조마조마했다. 빨리 어색함을 떨쳐버리는 것도 가이드의 능력이라 생각되어 갑자기 노래 한 곡을 불러주겠다고 했다. 우리말 인사 '안녕하세요'를 가르치고 있으려니, 가수 장미화의 노래 〈안녕하세요〉가 생각났다. 갑자기 노래를 부른다고 하니 환호성과 함께 박수를 치더니 카메라를 꺼내 비디오 촬영 자세로 치켜들었다. "안녕하세요. 또 만났군요. 다시는 못 만나나 생각했죠. 어쩐 일일까 궁금했는데 다시 만나 보아 반가워요. 안녕하세요. 반가워요~"

어깨를 들썩이며 이렇게 노래로 인사를 대신하니 버스 안 분위기가 순식간에 뜨거워졌다. 가사를 영어로 대충 번역해주고 다시 한 번 불러주었다. 그런데 이들이 노래를 가르쳐달라고 조르는 것이 아닌가?

"아유, 가이드님. 첫날부터 외국인들하고 잘 노네. 분위기 엄청 좋구먼!" 기사님의 칭찬도 들려왔다. 노래 한 곡으로 뜨거운 호응을 받으니 갑자기 내가 연예인이라도 된 것 같았다. 예상치 못한 반응에 계속 웃음이 나왔다. '그래 뭐 투어가 별건가. 같이 즐겁게 다니면 되는 거지.' 될 대로 돼라 체념하는 기분마저 들었다. 손님들은 잘 웃어주고 내가 하는 설명에 눈 맞추며 고개를 열심히 끄덕여주었다. 시종일관 부드러운 미소를 잃지 않는, 참 예쁜 사람들이었다.

아이들도 크고 예쁜 눈을 반짝거리며 깔깔 웃음으로 큰 리액션을 보내주었다.

첫인사와 한국에 관한 대략의 설명이 끝나고 마이크를 손님들에게 건네며 질문이나 하고 싶은 말이 있으면 하라고 했다. 그러자 나에 관한 사적인 질문이 쏟아졌다. 아이를 몇 명 낳았는지, 어떤 드라마와 어떤 케이 팝(K-POP)을 좋아하는지, 종교는 무엇인지 등등. 마지막에는 손님 중 제일 연장자로 보이는 분이 마이크를 이어받고는 종교에 관련한 주의사항을 내게 당부했다. "미스 소정! 우리는 절대 돼지고기를 먹어서는 안 된답니다. 먹어서도 안 되지만 돼지고기 메뉴가 있는 식당에 가서도 안 돼요. 잘 부탁합니다."

"네, 걱정하지 마세요. 숙지하고 있습니다. 최선을 다하겠습니다." 이번 투어를 배정한 담당자가 투어 전 식당 섭외를 도와주기는 했으나 손님들의 근심 어린 목소리를 들으니 다시 긴장하게 되는 건 어쩔 수 없었다.

투어 첫 코스는 봄꽃을 맘껏 감상할 수 있는 남이섬이다. 주차장에서 내려 10분간 배를 타고 섬에 도착하니 아름다운 봄꽃이 섬 전체를 뒤덮고 있었다. 입구에서부터 탄성이 쏟아졌다. 아이들은 팔짝팔짝 뛰며 사진 찍어대기 바빴다.

남이섬 내에 있는 숯불 닭갈비 집으로 점심 안내를 했다. 섬 전체를 돌아보는 자유 시간을 준 후, 저녁은 섬에서 빠져나와 근처에서 돌솥밥과 생선구이를 주메뉴로 하는 식당에서 한식으로 했다. 다시 버스를 타고 설악산을 향해 출발했다. 설악산의 아름다움은 전설을 살짝 곁들여 설명하고, 쉬면서 갈 수 있도록 알려진 K-팝 중 발라드곡을 틀어주었다. 음악을 들으며 손님들 모두 깊은 잠에 빠져들었다. 다음날 설악산 콘도에서 아침을 맞고 설악산 투어를 시작했다. 케이블카를 타고 권금성에 올라 가벼운 등산을 했고, 신흥사는 입구까지만 산책하듯 다녀왔다.

모두가 흥분하여 버스 안이 시끌시끌했다. 지금까지 찍은 사진들을 돌려보고, 페이스북이나 인스타그램에 올릴 사진을 고르느라 바쁜 것 같았다. 서울로 가기 전에 속초항을 둘러보기로 했고 그곳에서 생선구이, 찌개, 해산물 종류를 한상차림으로 식사를 했다. 손님들의 만족스러운 반응에 나 역시 자신감이 충천했다.

봄기운이 완연한 계절이어서인지 서울로 가는 고속도로는 수많은 관광버스와 나들이 차량으로 정체되는 곳이 많았다. 식사 후 탑승인지라 손님들은 모두 잠들었으니 쉬면서 가면 되겠지, 하는 생각으로 나 역시 잠시 졸았다. 그러다가 느낌이 이상하여 뒤를 돌아보았다. 모두들 웃음기

없는 얼굴로 나를 빤히 쳐다보고 있는 것이 아닌가. 내가
뭐 잘못했나? 화장실은 아까 휴게소에서 다 해결했는데.
알 수가 없었다. 턱에 수염을 살짝 기르신 연세 지긋한 분
이 조용하고도 엄중하게 말씀하셨다.

"소정! 우리 기도해야 하는데. 기도 끝날 시간이 다 돼가
네요. 낮 기도는 5시까지는 마쳐야 하는데."

"아! 네네! 그럼 음악을 끄고 조용히 갈 테니까 기도를
시작하셔도 될 것 같네요."

여자 손님 한 분이 손짓으로 나를 불렀다.

"우리 무슬림 신자들은 기도 전에 먼저 씻어야 해요. 화
장도 지우고 손발 모두 씻고 청결히 해야 기도를 할 수가
있거든요. 우리는 매사에 기도가 우선이랍니다."

'아! 이를 어쩌지? 지금 고속도로인데 어디서 어떻게 씻
고 기도를 한다는 건가? 아! 왜 진작 기도시간에 대해 말하
는 사람이 없었지? 어제는 대체 어디서 기도를 한 걸까?'
여러 가지 생각이 한꺼번에 몰려들었다. '내가 이들 종교
문화에 대해 몰라도 너무 모르는구나! 사전 지식 없이 생
소한 문화권 사람들을 가이드한다고 뛰어든 거로군.'

기도할 시간이 촉박하다는 말에 내 가슴은 사정없이 두
근거렸다. 밀리는 고속도로 위에서 그 어떤 방법도 생각이
나지 않아 쿵쾅대는 가슴을 겨우 진정시키며 운전하시는

기사님께 도움을 요청해보았다. "기사님! 큰일 났어요. 이 분들 지금 알라신께 기도한다고 하네요! 어쩌죠? 기도시간 임박했다네요. 기도 전 반드시 얼굴도 손도 발도 다 씻어야 기도할 수 있대요."

기사님은 바로 내비게이션을 체크했다. "잠깐만, 한번 봅시다. 아, 서울 도착하기 전에 휴게소 하나 나와요. 곧 도착할 거에요. 슬슬 준비하라고 해요." 기사님은 운전석과 가까운 첫 번째 좌석 위 선반에서 돗자리를 몇 개 꺼내라고 알려주셨다.

'오호! 기사님들은 다국적의 손님들과의 동행이 많으니 이번 경우도 금방 이해하시는구나.' 그때의 박 기사님! 나의 구세주! 동남아인 인바운드 투어가 시티 투어보다 만만할 거라고 생각한 건 아니지만 나는 너무 물정 모르고 준비 없이 뛰어든 거였다. 그런 나를 구해주신 고마운 박 기사님. "하하! 소정 씨, 이슬람 투어는 처음인가 봐. 이분들 항상 점심 먹고 바로 기도들 하던데."

그랬다. 서울 출발 전 점심 먹은 식당에서 주인께 양해를 구하고 기도를 했어야만 했다. 그때 나에게 기도 요청을 안 한 것도 살짝 원망스러웠다. 아니면 가이드가 알아서 기도장소를 마련해줄 때를 낯없이 기다린 걸까?

버스가 휴게소에 멈춰서자, 나는 먼저 뛰어가 화장실 위치부터 파악한 후 준비가 되면 휴게소 뒤편 공터로 모이라고 안내했다. 남녀 구분을 해달라는 요청대로 바닥에 큰돗자리 두 개를 좍 깔고는 임시 기도처를 마련했다. 길게 수염을 기른 분이 스마트폰 나침판 앱을 열어 방향을 잡더니 북쪽인 듯한 곳을 가리키자 기도가 시작됐다.

예전에 공항에서 근무하던 시절에도 이런 모습을 본 적이 있다. 탑승구 앞에다 작은 자리를 깔고 기도하던 그때 승객들 모습이 생각났다. TV 뉴스에서도 가끔 보긴 했지만 그 모습이 지금 내 뒤편에서 엎드려 기도하는 사람과 연결된다는 것에 웃음이 나왔다. 이슬람교 하면 곧 아랍이라고만 알고 있던 나의 좁은 세계가 깨진 것이다.

기도가 끝나자 모두들 환한 웃음을 지어 보였다. 나를 둘러싸고 감사하다, 수고했다는 말을 한 사람씩 건넸다. 한 여성은 나의 두 손을 당겨 포옹하며 말레이시아 언어로도 감사를 표했다. "트리마 까시Terima Kasih."

기도가 우선이라 말하는 이들의 문화를 아찔하게 겪고 나니 서울로 오는 버스에서 생각이 많아졌다. '종교와 문화가 다른 특히 이슬람권 투어는 준비가 필요하네. 이슬람권은 음식에서 기도에 이르기까지 많이 특별하군.'

한심하게 느껴졌다. 첫 투어 무대를 이렇게 치르면서 같은 여행 속, 다른 문화를 위한 새로운 공부가 필요함을 절

실히 느꼈다. 첫 투어를 마치고 여행사로 달려가 정산도
빠르게 하고 난 후 바로 교보문고로 달려갔다. 버스에서
함께 노래 부르고 해맑게 웃어주던 예쁜 스카프의 얼굴들
이 기억나 어서 빨리 '이슬람 전문 투어가이드'라는 이름
으로 그들 곁에 돌아가고 싶었다.

　한국사에서 한 발짝 나아가 국경을 넘는 문화 공부가
시작되는 순간이었다.

이슬람을 생각하다

　이슬람. 이 단어를 앞에 놓고 내가 이 땅에 살면서 지금
껏 접했던 이슬람 문화가 뭐가 있었나 잠시 생각해보았다.
그 첫 번째가 《알리바바와 40인의 도적》《신드바드의 모
험》이었다. 너무도 흥미진진해서 어릴 적 밤새워 읽던 이
야기책이다. 머리에 터번을 두른 도적들, 낙타, 카라반의
행렬 등이 기억났다. 또 하나의 기억은 국사책과 국어책
에서 잠깐 보았던 이름 '처용'도 있다. 국어 선생님이 〈처
용가〉를 가르치시면서 이슬람을 언급하신 적은 없다. 역
사 시간에 '처용'은 신라 시대에 건너온 아랍 상인이라는
말 정도를 들은 것 같다. 신라시대부터 적지 않은 페르시
아 상인들이 바닷길을 통해서 신라와의 해상 무역을 했었

다고 아버지가 알려주셨던 기억이 있다. 지구본을 돌려가 며 아랍인들의 해상로를 짚어주시던 아버지는 경주박물 관에 가면 그 유물을 볼 수 있다고 하셨다. 그리고 또 하나 의 특이한 기억으로는 70년대 중반 즈음 갑작스러운 석유 파동으로 한국경제가 위기 상황에 놓여있던 적이 있었는 데 그때 우리도 중동국가와의 국제경제협약 같은 것이 필 요했다는 뉴스를 본 것 같다. 그 대상국이 이란이었고 유 가 파동의 문제는 이란과의 친분을 쌓으면서 해결이 되었 다는 것이다. 강남의 '테헤란로'가 그래서 생겼다는 후문 도 기억이 난다. 이런저런 생각을 곰곰이 하며 궁금한 것 은 그 즉시 파보아야 하는 나의 성격에 불을 질러본다. '그 들의 종교는 어떤 걸까?, 왜 종교적 행동이 일상생활과 이 토록 밀접한 거지? 혹시 아직도 일부다처제인가?, 이 바쁜 현대 생활에서 하루 다섯 번의 기도를 그렇게 고집하는 이 유가 도대체 뭐야?'

그래! 지금은 21세기 아닌가! 그들이 우리 문화에 이토 록 열광하는데 나도 그들을 좀 알아야 해! 그래야 변화하 는 시대를 읽으면서 살아갈 수 있는 것일지도 몰라!

다시 목표가 설정되면서 나의 아드레날린이 뿜뿜 솟구 치는 것이 느껴졌다. 사실 우리가 알고 있는 이슬람이라 는 단어는 뉴스에서 자주 접하는 테러나 전쟁이라는 단어와 무관하지 않다. 그러다 보니 혹여 이 글이 친 이슬람적이라 생각하여 거부감을 가질 수도 있겠다는 걱정도 있었다. 한편 글의 내용도 쓸데없이 길어질지도 모른다는 두려움도 있었지만, 좌충우돌 나의 투어 경험담과 함께 이슬람 바로 알기를 시도한 몇 가지 내용은 써보기로 한다.

1. 제발 '알라신'이라고 부르지 마세요!

우리나라에도 이제는 이슬람교도들이 꽤 늘어가는 추세다. 어느 자료를 읽어보니 약 5만 명 정도가 한국에서 정착해서 살고 있다고 한다. 나도 전체 투어 일정에서 서울 지역 관광을 할 때면 기도는 필수적으로 한남동 이태원에 있는 서울 중앙성원이라고 부르는 이슬람사원으로 손님들을 모시고 간다. 등산을 하듯 숨을 몰아쉬며 언덕길을 죽 따라 올라가야 하지만 도착했을 때의 반응은 마치 이슬람 성지에 온 것처럼 행복해한다. "소정! 서울 한복판에 이렇게 아름다운 성원이 있다니! 그것도 서울 전경이 쫙 내려다보이는 이런 곳에! 한국인들에게 너무 고맙습니다." 보통 이런 반응이다.

서울중앙성원은 1976년에 완성된 한국 최초의 이슬람 성원이다. 가이드가 되지 않았다면 몰랐을 사실이다. 사실 70년대 중반에 세워졌다는 것이 조금 의아해 갈 때마다 그곳에서 자주 뵙게 되는 한국 이슬람교도분에게 자주 묻곤 했다. 이 자리에 서울중앙성원이 생긴 건 1970년경에 있었던 석유파동과 무관하지 않다. 당시 석유가 가장 중요한 천연자원으로 떠오르면서 한국에서도 중동에 투자하기 시작했고, 중동의 유전 건설현장에 한국인 건설 노동자가 많이 보내지는 상황이었다. 1970년대 중반에 이슬람에 대한 관심이 집중되었던 건 당연했고 그래서 이슬람사원 건설의 필요성을 느꼈을 듯싶다.

손님들의 기도가 끝나면 이태원의 인도 레스토랑 '타지 팰리스'라는 곳으로 간다. 하도 자주 가다 보니 주인장 아흐마드는 나한테 언제 개종할 거냐고 농담하며 묻는다. 한국인 여성과 결혼한 인도계 무슬림이다. 친절하고 농담도 잘하고 장사도 끝내주게 잘한다. 인도 카레 본연의 맛을 한국에서도 그대로 느낄 수 있는 이태원 최고의 카레 맛집이다. 식사 후 손님들 반응은 당연히 좋다. 카레 맛도 좋지만, '난'이라고 부르는, 인도식 화덕에 구워 불맛 나는 빵은 정말이지 환상이다.

"소정! 점심 먹고 기도하러 다시 사원에 가야 하지?"라고 아흐마드가 물어서 나는 느긋하게 답했다. "우린 알라신께 벌써 기도 끝내고 왔다니까. 느긋하게 식사를 해도 된다고."

그때 아흐마드가 투덜투덜 잔소리를 한다. "아유! 그냥 알라라고 하라니까! 또 알라신이라고 하네!"

"왜 그래요? 나는 존중하는 뜻에서 부르는 호칭인데!"

식당 주인장인 아흐마드의 설명에 따르면, 알라라는 단어 자체가 하느님을 부르는 아랍어 표기라는 거다. 즉, 우리는 하느님, 영어로는 갓^{God}, 히브리어로 야훼라고 부르는 것과 같다는 것이다. 내가 만일 '알라신'이라고 부른다면 '하느님 신'이라고 부르는 것과 같고 이는 다신교 신자처럼 취급하는 게 된단다. 아흐마드를 나의 이슬람 문화 학습의 선생님으로 임명했다. 내가 종교에 관해 질문할 때마다 신이 나서 알려준다. 향기 좋고 맛난 짜이 한잔과 함께.

2. 돼지 삼겹살, 그 맛난 것을 왜 못 먹게 하는 거죠?

무슬림팀 가이드로 지정받을 때마다 여행사 담당자와 나는 식당 섭외 문제로 예민해진다. 상대편 국가의 여행사에서 '식사는 반드시 할랄('허락됨'이라는 뜻의 아랍어)이어야 할 것. 돼지고기 식사는 절대 불가, 돼지고기를 메뉴로 하는 식당에 가서도 안 됨. 심지어 돼지고기 요리를 위해 사용되었던 칼과 도마 역시 요리에 사용되어서는 안 됨.' 이렇게 필수사항에 언급되어 일정이 나온다. '아니 돼지가 이슬람교도에게 뭔 잘못을 했길래 이렇게 홀대받는 거지?' 이렇게 까다로운 요구를 하니 무슬림팀은 절대로 맡지 않는 가이드도 많다. 80퍼센트 이상이 돼지고기 메뉴를 취급하는 한국식당의 실정상 무리한 요구라는 것이다.

이슬람에서는 《꾸란》에서 허용된 것은 무엇이든 '할랄'이라고 부른다. 이슬람 율법서인 《꾸란》에서 금하는 음식이 돼지고기이다. '죽은 고기와 피, 돼지고기를 먹지 말라'라고 언급되어 있고, 다른 고기들도 모두 이슬람식 방식으로 기도한 후, 칼로 도살한 고기라야 먹을 수 있다는 것이다. 그러면 왜 유독 돼지고기를 먹지 말라고 했을까? 그 이유를 설명해놓은 해설서는 어디에도 없다. 그저 학자들의 추측만 있을 뿐이다.

이슬람 문화 학습을 위해 당시 '이희수 교수님의 중앙박물관 특별강연'도 듣고 그분의 책 《이슬람 학교》(청아출판사, 2015)도 읽어보았다. 모하메드가 이슬람을 창시한 곳이 유목민들이 생활하는 사막 지역이다. 몇 달씩 뜨거운 사막의 태양 아래에서 생활해야 하는 그들에게 실온에서 쉽게 상하는 돼지고기라는 음식은 상당히 위험했으리라. 돼지는 소와 달리 잡식성 동물이고 그러다 보니 몸 안에 해충도 많고, 아무리 좋은 상태에서 말려도 마르지 않고 바로 썩어버리는 성질이 있다. 거기다가 돼지의 게을러 보이는 겉모습까지 더하면 유목민의 의식주엔 대단히 쓸모없는 고기일 것이라 추측하는 설명이 있다. 우리도 돼지고기를 먹을 땐 늘 잘 익혀서 먹어야 한다며 주의하는 분위기가 있긴 하다. 이슬람학자들의 결론은 이렇다.

"돼지고기를 먹지 말라는 진정한 이유는 오직 알라(하느님)만 알고 계신다."

3. 북쪽이 어느 방향이지요?: Where is the Kiblah(the direction of prayer)?

생선구이 식당에서 점심을 먹고 이슬람의 점심 기도시간이 시작될 즈음이었다. 손님 한 분이 묻는다.

"소정! 미안한데 여기서 북쪽은 어느 방향이지요?"

"아! 잠시만요." 하며 모바일 앱에서 내려받은 나침반을 열려는 순간, "가이드님. 저쪽이에요! 제가 저쪽에다 화살표 붙여놨잖아요."라고 외치는 식당 주인의 목소리가 들렸다. 그는 웃으면서 덧붙였다. "이쪽 분들이 한국에 많이 오시니 우리도 이분들을 위한 메뉴도 개발하고 문화도 좀 알아야겠어요. 여기서 기도하시고 화장실도 사용하세요."

식당 주인장의 이런 서비스 정신, 정말이지 대환영이다. 멋져. 멋져. 역시 우리 한국인들은 두뇌 명석하고 액션 한번 빠르구나.

북쪽에는 도대체 뭐가 있는 걸까? 북쪽에는 우리도 잘

아는 나라, 사우디아라비아가 있다. 중학교 때 내 짝 아버지도 사우디에 돈 벌러 가셨었는데. 아무튼! 그 나라에는 메카Mecca라고 부르는 도시가 있고, 그 도시 안에는 한 개의 특정 건물(Kaaba)과 이슬람 사원이 나란히 자리하고 있다. 즉, 이 세상 모든 무슬림은 장소에 관계 없이 'Kaaba'라는 건물을 향하여 기도해야만 한다. 무슬림은 죽어서 영면 상태가 되면 몸도 그곳으로 돌려놔야 하고 무덤 역시 메카를 향한다. 이슬람 신자들은 평생에 한 번은 '메카 순례'를 하는데 사실 동남아 무슬림에게 사우디아라비아는 상당히 먼 곳이다. 재정적으로나 시간상으로나 부담이 따를 텐데 의무로 정해놓고 다녀온다니 메카 순례가 그들의 삶에 얼마나 깊은 의미인지 알 수 있는 대목이다.

공항에서 나를 처음 만났는데 자신이 최근에 '메카 순례'를 다녀왔다며 여행 이야기를 하는 분들이 있다. 거기 가봤다는 사실이 얼마나 감격스러우면, 얼마나 자랑스러우면 처음 본 외국인인데다 종교가 다른 나에게까지 말하고 싶은 것일까!

"오! 축하합니다. 어떻게 누구랑 다녀오셨는지 나중에 경험담 들려주세요. 이제부턴 평화로운 마음으로 평생 지내실 수 있겠네요."

나도 같은 마음으로 같이 기뻐해준다. 문화를 이해해

주는 것만으로도 우리는 금방 가까운 친구가 된다. 처음 만나는 관광객들에게 느끼는 긴장감은 어느덧 사라지고, 4박 5일 여정을 친구와 같이 여행 다니는 기분으로 함께할 수 있게 되는 것이다. 그들도 나와의 만남을 행운이라며 기뻐한다.

4. 바빠 죽겠는데 하루 다섯 번 기도는 너무하잖아?

하루에 다섯 번 기도한다는 걸 알았을 땐 시대에 뒤떨어지는 종교라고 생각했다. 종교를 문화라는 관점에서 본다면, 시대가 변하면 종교적 의식이나 행위도 시대에 맞춰 변해야 한다고 주장하면서 말이다. 그렇게 시대에 맞춰 줄인 것이 1일 5회라는 것이다. 특별히 장거리 여행을 할 때는 다섯 번의 의무 기도를 세 번으로 줄일 수 있다면서 정오 기도와 오후 기도를 합쳐 즉, 저녁 기도 전에는 한 번만 기도를 해도 된다고 했다.

낮 기도처를 안내해주고 이들이 기도를 시작하면 나도 눈을 감고 잠시 휴식한다. 벤치에서나 평상에서나 식당 안의 구석진 어느 공간에서나 나도 눈을 감고 함께 명상에 들어간다. 아! 나쁘지 않다. 그들은 기도하고 나는 잠깐 명상한다. 기도 때문이건, 명상을 위해서건 잠시 쉬어간다는 것, 마음에 평온을 주는 행위이다.

기도하기 전 무슬림은 화장실의 위치를 항상 물어보곤
하는데, 이는 '우두'라는 의식 때문이다. 하느님 앞에 서기
전엔 '청결의식'이 반드시 있어야 한다고 했다. 한국관광
공사, 남이섬, 용인 에버랜드에 가면 이슬람 기도처와 그
옆에 씻을 수 있는 '우두'를 마련해놓고 있는데, 이렇게 마
련된 곳이 아니라면 기도 전 청결의식은 화장실에서 해야
한다. 머리, 손, 발, 팔, 얼굴, 입안, 콧속 등을 씻는 의식이
다. 지금은 우리나라에도 '할랄 식당' 또는 '할랄 푸드'를
내세우는 곳이 있고 이런 식당에서는 식사 후 기도가 허락
된다. 하지만 우두 의식으로 화장실 바닥에 물이 흥건해져
있는 것을 보면 일반 손님들은 눈살을 찌푸리기 일쑤이고
지나가면서 한마디씩 불평을 하는 사람도 있다.

그들의 기도에 필요한 시간은 10분 남짓이다. 일상의
시간 속에 잠시 자신을 비우고, 반성하고 돌아보는 이 의
식이 마음속 평화와 사랑을 지켜준다고 하니, 이런 문화도
존중받아 마땅하다는 생각이 든다. 세계인구의 사분의 일,
약 14억 명 인구가 이슬람을 믿고 있다고 본다면, 이 기도
를 통한 그네들의 결속력과 강력한 문화의 힘을 우리도 결
코 외면할 수 없을 것 같다.

팬데믹 전까지 100팀이 넘는 무슬림 투어를 진행했다.
언제 다시 이들을 만나 함께하게 될지는 모르겠으나, 그

들과의 만남이 내게 남긴 흔적이 있다. 나만의 명상 의식
이다. 분주한 일상에 몸도 마음도 생각도 쉬어가니 평온이
스며든다.

5. 혹시 부인이 두 명? (설마 아직도 일부다처제?)

말레이시아 여행사에서 꼭 나를 가이드로 배정해달라
는 요청이 왔다고 했다. 전체 열한 명으로 이루어진 프라
이빗 투어. 프라이빗 투어란 다른 가족, 다른 팀과는 섞이
지 않은 채 단독 여행객만을 대상으로 한 맞춤 여행이다.
패키지여행과 자유여행의 장점을 살려 자유롭게 일정을
짤 수 있다 보니 시간을 알차게 보내면서 여행객의 요구와
성향을 모두 맞출 수 있다. 당연히 투어 가격은 높다. 가이
드 일비 또한 기본 30만 원 이상으로 책정된다.

사전 준비를 위해 명단을 받아보았다. 말레이시아에서
오는 이번 팀의 구성원은 부부와 아홉 명의 자녀들이었다.
헌데 명단을 자세히 보니 아내분의 나이와 큰아들의 나이
가 너무 가까워 친아들이라 보기 어려웠다. '혹시 부인이
두 명?' 예상대로였다. 두 명의 부인을 두고 있는, 경제적
으로 아주 부유한 말레이시아 남성이 둘째 부인과 그 사이
에서 낳은 아이 네 명, 그리고 첫째 부인의 아이들 다섯 명
까지 열 명을 이끌고 오는 것이었다. '수렵시대에는 족장

이 여러 명의 아내를 거느리고 살기도 했다지만 21세기에 일부다처제를 허용하는 나라가 있다니.'

사실 말레이시아가 일부다처제를 허용하는 국가는 아니지만 어떤 이유와 사정이 있는 경우 이슬람이란 관습 안에서 일부 허용하는 경우가 있다고 한다. 이번 경우는 내가 몰라서 당혹스러운 경우였을 뿐, 구글^{Google}에서 일부다처제에 관한 자료를 찾아보니 아직도 58개국에서 공식적으로 일부다처를 허용하고 있다고 나온다. 이슬람 율법서 《꾸란》에도 특별히 언급된 바가 없는 일부다처를 많은 이슬람국가가 허용한 이유는 따로 있는 것 같다.

이슬람이 종교로서 자리 잡아 가던 초기에는 많은 갈등과 전쟁이 있었고 남편과 아버지를 잃은 과부와 고아들이 생겨났다. 이들을 구제할 수 있는 유일한 방법은 경제적으로 여유가 있는 남성이 여러 여성을 받아들여 그들의 자녀들을 공식적으로 돌봐주는 거였단다. 말하자면 취약계층을 돕는 차원에서 일부다처를 허용했다는 거다. 아내를 여럿 두더라도 모든 부인과 자식들은 동등하게 대해야 한다고 《꾸란》에서도 단서를 달았다고 했다. 이런 공평성이 없으면 이슬람 사회에서 비난의 대상이 될 뿐만 아니라, 아무리 합법적으로 결혼했어도 이혼을 요구할 수 있다고 하니, 시대적인 상황 안에서는 이해해줄 수 있겠다 싶었다.

최근에는 몇몇 아랍 국가들을 제외하고는 많은 이슬람 국가들이 법으로 일부다처제를 금하고 있다고 한다. 여성들의 교육 수준도 올라가고 사회에서의 경제적인 위치도 상당히 상승했으니 머지않아 이 제도는 자취를 감추게 될 것 같다.

내가 진행했던 프라이빗 투어의 이야기로 돌아와 보면 아홉 명의 아이들과 함께한 여행에서 나는 그들의 조용한 질서에 놀랐다. 4박 5일 동안 큰 소리 한번 난 적이 없다. 다른 엄마에게서 태어난 네 아이들은 부드럽고 민첩하게 어린 동생들을 돌봤다. 아이스크림을 대신 사다 준다거나, 기온이 내려가면 모자나 재킷을 입혀주었고, 버스에서 동생들이 졸면 어깨를 빌려주며 잠들 때까지 토닥여줬다. 처음엔 새엄마 눈치를 보느라 저런 행동을 하나 생각도 했었다. 더 놀란 건 친구들에게 줄 선물을 사러 기념품 가게에 가자고 했을 때다. 동생들은 언니·오빠들이 선물 고르기를 마칠 때까지 참을성 있게 기다렸다. 칭얼거리거나 떼쓰는 일 없이 옆에서 같이 골라주기까지 했다.

하루가 지나면서 큰 아이들은 나와 많이 가까워졌다. 곧 대학생이 되는 열여덟 나이의 남자아이와 한 살 터울의 여동생이 호기심 어린 눈으로 뭔가 물어볼 듯 망설이며 가끔 내 쪽을 쳐다볼 때도 있었다. "혹시 한국에 관한 궁금한 것 있으면 불편해하지 말고 물어봐요. 그러려고 가이드가 옆에 있는 거죠. 무슨 질문이든 하세요." 수줍어 눈도 잘 안 맞추려는 예비 대학생을 이렇게 격려하며 대화를 신청해보았다.

"여기 오기 전부터 한국을 좋아했어요. 와서 보니 생각보다 더 좋은 것 같아요. 부모님과 다른 나라도 가봤어요. 작년에는 친어머니랑 그리스와 터키를 다녀왔어요. 그런데, 올해 작은어머니가 한국을 여행할 거라면서 저희를 초대해주셨어요. 제가 매일 K-팝 들으며 한국 한번 가보는 게 소원이라고 했거든요. 지금 말할 수 없이 행복해요. 대학생이 되면 친구들과 한국의 여러 곳을 다시 다녀보고 싶어요. 한 가지 걱정은 한국이 미국과 친구같이 지내는 나라이다 보니, 우리 무슬림을 좀 경계하지 않을까 걱정이 되기도 하거든요? 한국인들은 저희를 어떻게 생각하나요?"

이런 질문에 우리는 어떻게 답하면 좋을까? '한국 드라마를 보고, K-팝을 듣고, K-푸드를 즐기며 보내는 일상이 너무 즐겁다.' 내가 만난 이슬람 문화권 사람들의 한결 같은 말이다. 이제 우리의 한류는 전 세계의 많은 문화권 안으로 깊고 넓게 들어가고 있다. 지금 세계는 여러 다른 생각과 모습을 가진 사람들이 함께 살아가는 방향으로 계속 흘러가고 있다. 이젠 다른 문화를 이해하지 않으면 살아남

을 수 없을지도 모른다. 14억 인구, 55개국에 달하는 이슬
람 문화를 이해하고 존중할 필요가 있다.

우리도 이슬람에 대한 막연한 부정적 편견은 이제 그만
치워야 할 것 같다. 사회의 법과 관습 안에서 살아내야 하
는 우리 모두는 나름의 기준과 공존의 법칙을 받아들이고
만들어내며 살고 있지 않은가. 내가 옆에서 보고 겪은 그
들의 균형 잡힌 삶은 그런 삶을 영위하도록 도와주고 있는
어떤 기준이 분명히 있어 보였다.

이데올로기를 최고의 시대적 가치로 부르짖던 때에 청
소년기를 보낸 나는, 이제 직업을 통한 현장 학습을 통해
글로벌 시대에 걸맞는 옷으로 바꿔 입으며 나를 재교육하
고 있다. '오빠 강남 스타일'을 목놓아 부르며 버스 안에서
함께 즐겼다. 코로나19가 습격하기 전까지는. 요즘은 BTS
의 〈버터^{Butter}〉라는 춤곡을 목청껏 연습하며 어서 빨리 코
로나가 사라져주길 기다리고 있다.

아, 우리 것을 사랑하는 이들이 너무도 많다는 걸 알게
해주는 행복, 이 직업이 내게 선사한 선물이다.

2장

배낭을 메고
떠나다

추위. 더위. 굶주림. 갈증. 바람. 태양의 열기. 등에. 뱀.
이 모든 것을 극복하고 무소의 뿔처럼 혼자서 가라.

— 붓다의 말씀(숫타 니파타)

왜 인도로 가야 했을까?
나는 내가 어떤 인간인지 알아야 했다.
인도는 나에게 엄청난 고난을 주었다.
또한 엄청난 자신감도 주었다.

내 생애 첫 배낭여행

관광통역안내사라는 프리랜서 형태의 직업군에게는 여름과 겨울 두 달의 꿀 같은 비수기(이렇게 표현해도 되는지는 모르겠지만)가 있다. 상당수의 가이드가 비수기의 여행을 한 달 전부터 준비한다. '이번엔 어느 나라를 가볼까?' 하며 서로 정보교환도 많이 한다. 7월이 되면 단체 대화방에 그들이 체류 중인 나라의 사진들이 몇 장씩 올라오기 시작한다. 이만저만 유혹이 아닐 수 없다. 나도 이 비수기를 살뜰히 즐기고 싶었다.

가이드라는 새로운 직업으로 쉼 없이 2년을 내달리다 보니 다양한 국적의 손님들을 만나게 됐다. '우리나라에 한번 놀러 와라, 내가 구석구석 안내해주겠다'며 손님으로 왔는데도 관광 가이드처럼 본인의 나라에 대해 많은 이야기를 쏟아냈다. 이 또한 유혹이었다. '그래. 나도 나가 봐야지. 암. 나도 가야 하고말고. 나는 인도에 가야 해.'

내 인생에 긴 시간 여행이 가능한 때가 온다면 언제나 생의 숙제처럼 해치워야겠다는 나라가 인도였다. 전 직장이었던 항공회사에서 주는 무료 항공권을 이용해 배낭여행이 아닌 패키지 상품 여행(당시는 사찰에서 여행사를 끼고 주최하는 패키지 상품이 유행이었다)으로 남편과 함께하는 인도행을 시도한 적이 있었다. 헌데 두 번 모두 인도의 종교 내란(힌두교도와 이슬람교도 간의 유혈 충돌)으로 무산되고 말았다. '아! 운이 안 따르는구나, 내가 인도만 가려고 하면 내란이 터지네.'

많은 이들이 젊은 시절에 가야 할 필수 배낭여행지로 인도를 꼽는다. 젊은 시절 우리에겐 왜 그것이 허락되지 않았던 걸까. 88올림픽이 끝난 다음 해 1월부터가 해외 자유여행의 시작이었으니 우리 세대는 해외 배낭여행을 꿈꿔볼 수 있는 처지가 아니었다. 내가 항공사에 근무한 지 십 년쯤 지나고부터였던 것 같다. 반듯한 트렁크보다는 커다란 배낭을 메고 카운터에 오는 여행객들이 부쩍 많아지기 시작했다. 긴 여행으로 꼬리꼬리해진 배낭을 저울에 턱 올리는 사람을 부러운 눈으로 바라보았다. '부러워! 너무 부럽다! 시간의 자유가 허락되는 자에게만 가능한 일 아닌

가. 나는 언제쯤일까. 내게도 기회가 온다면 반드시 배낭 한번 매보리라. 기회만 온다면!'

2015년 연말 연초까지 투어 일정을 모두 소화하고 슬 슬 나도 '버킷 리스트 한 개 뽀개기'를 시도하려 마음먹었 다. 인도 배낭여행이 그것이었다. '이 나이에 쉽지 않을 텐 데. 류시화 시인의 글처럼 그렇게 신비롭고 환상적이지만 은 않을 거야. 그런데 뭐부터 준비해야 하지. 그래, 당연히 여행책부터 사야겠지.'

당장 교보문고로 달려갔다. 배낭여행객을 위한 레전드 급 안내서 《World Tour, 세계를 간다》를 집어 들었다. 타 지마할이 정면에 박혀 있는 책을 집어 드는 순간 긴장감이 몰려왔다. 갈 수 있겠지. 해낼 수 있겠지.

그다음에 고민되는 것이 어느 정도 크기의 가방을 준비 해야 하는지였다. 역사 강사 훈련생으로 만나 합격 후 업 체에서 열심히 뛰고 있는 승혜에게 만남을 청했더니 너무 반갑고 오랜만이라며 달려나와 주었다. 사실 배낭여행을 간다고 말했을 때 사람들은 50대 중반 여자가 웬 인도 배 낭여행이냐며 미쳤다는 반응이었다. 하지만 그녀는 다른 반응이었다.

"한번 가보는 거지 뭐. 소정 씨도 젊을 때 등산 자주 했 잖아. 인도가 요즘 대학생들 해외 배낭여행 필수 코스라

2장. 배낭을 메고 떠나다

지. 붐이야, 붐. 가면 한국 사람 무지 만날걸. 호호호.”

승혜는 내 배낭 고민부터 해결해줬다. 내 키와 나이를 고려하여 40리터 크기에, 8~10키로그램의 무게를 짊어질 가방이어야 한다는 것이다. “자긴 역시 전문가야! 백두대간 급 장거리 산악 여행을 자주 하더니 나 정도 배낭 사이즈는 단박에 답 나오는구나. 멋져!”

동대문 어느 빌딩 지하에 있는 아웃도어 매장으로 나를 안내한 승혜는 40리터짜리 가방 세 개를 가져와서는 한 개씩 메보게 했다. 셋 중 가장 편한 배낭이 독일제 '도이터'라는 제품이었다. 빈 배낭을 메고 집으로 돌아오니 떠난다는 실감이 났다.

비자 발급을 위해 한남동에 있는 인도 대사관에 직접 방문했다. 체류 기간 45일을 적어 넣으니 기본이 6개월인데 너무 짧다며 “이 정도 기간이면 네팔은 안 가는 거겠네요?” 한다. '뭐지? 네팔 비자도 인도 대사관에서 같이 발급해 준다는 뜻인가? 인도 간 김에 네팔까지 갔다 오는 사람이 많은가 보군.' 잠시 기다리니, 칠만 원짜리 인도 비자가 발급됐다. 다음은 병원에 들러 여행 안내서가 안내한 대로 A형간염 예방 접종을 했다. 인도 입국의 의무 사항은 아니지만, 생전 처음 먹는 낯선 음식도 있을 것 같아 철저히 준비하자는 마음에서였다.

인도인에게 계절을 물으면, 우스갯소리로 '인도의 3가
지 계절은 Hot, Hotter, Hottest'라고 한다 했다. 실제로
는 우기, 건기, 혹서기로 나뉜다고 하는데 혹서기란 말조
차 우리에겐 너무 낯설다. 즉, 인도의 여름은 초보 여행객
에게는 가당치도 않고 가장 좋은 시기는 겨울이다.

옷 준비가 가장 중요했다. 하지만 쉽지 않았다. 겨울에
는 일교차가 20도나 난다고 했다. 그렇다면 얇은 옷을 여
러 벌 준비하는 것이 좋을 것 같았다. 후드티 위에다가 기
온 변화에 따라 패딩 조끼를 입거나, 얇은 패딩 점퍼를 입
겠다고 생각하면서 이 세 가지를 가장 먼저 챙겼다. (수없이
이 옷 저 옷을 넣었다 빼기를 반복했다. 새 옷은 한 벌도 없었고 어쩌
다 모두 잃어버려도 아까울 일 없는 몇 년씩은 된 오래된 옷으로 준
비했다.)

항공기는 대한항공과 아시아나의 직항편을 고민했지만,
결국 홍콩을 경유하는 케세이 퍼시픽^{Cathay Pacific} 항공으로
결정했다. 겨울 성수기의 항공권은 직항이든 경유든 백만
원을 넘는 부담스런 가격이었다.

할 수 있는 것과 할 수 없는 것

　겨우 45일 일정으로 인도 전 대륙을 일주하는 건 불가능하다. 불교 성지 순례자들이 많이 선택하는 북인도를 중심으로 여행할 것인지, 따뜻한 남인도만 돌아볼 것인지, 아니면 힌두, 이슬람, 불교의 세 개 종교를 모두 접해볼 수 있는 도시 중심으로 여정을 짤 것인지 대한 고민이 남아 있었다. 인도 대륙이 워낙 넓다 보니 한겨울에도 남쪽은 뜨거운 태양 아래 바캉스를 즐기러 오는 사람들로 북적인다. 우리나라는 영하의 날씨일 시기에 인도 휴양지를 갈 수 있다 생각하니 왠지 그곳으로도 마음이 갔다.

　마음 한가운데에는 돌아가신 아버지가 여행 자유화가 되면 꼭 가보고 싶으시다던 곳 '아잔타 석굴'이 자리 잡고 있었다. 그곳은 필수 코스로 넣어두었다. 그리고 세계 10대 관광지에서 1위를 차지하는 타지마할(아그라Agra에 있음)은 어느 루트를 선택하든지 반드시 들러야 하는 곳으로 방향을 잡았다. 마지막으로 우리나라에선 불가능한 사막 투어도 한번 해보고 싶었다. 결국, 도시 하나당 3박 4일 정도의 체류하기로 하고, 수도 델리에서부터 아그라(타지마할 도시)를 거쳐 아홉 개에서 열 개 정도의 도시를 북쪽에서 남쪽 방향(시계 반대 방향)으로 이동해보기로 했다.

준비는 내 스타일에 맞게

배낭 꾸리기를 시작했을 땐 인도 여행 블로그 열 개 정도를 열심히 훑어보았다. 선배 배낭족들의 준비물도 참고했지만 나도 나만의 특이한 준비물 하나 만들어 가져갔다. 얇은 침대 커버다. 지금 생각해보니 무척 아줌마다운 발상이었던 것 같다. 평소 물만 갈아 먹어도 탈이 잘 나는 예민한 몸이라 잠자리 걱정이 되는 건 당연했다. 동대문에 가서 회색의 면 재질의 천을 가로 170cm, 세로 120cm 재어 끊어서 아는 수선집에 가져가 천 둘레를 휘갑치기해달라고 부탁했다. 배낭 여행객의 체면상 만오천 원 이상 되는 게스트하우스는 선택하지 않겠다고 결정했을 때 나온 발상이다. 인도 게스트하우스의 청결 상태를 믿을 수 없었다고 해야 할까. 아무튼, 인도 도착 첫날의 든 생각은 이런 준비가 신의 한 수였다는 거.

신발은 걷기를 위한 나이키 운동화 한 켤레, 사막이나 해변을 갈 경우를 대비한 쪼리 슬리퍼와 샌들까지 모두 세 켤레를 준비했다. 반 자른 빨래비누, 얇은 수건 한 장, 마스크 여덟 장도 준비했다. 어느 블로거가 알려주어 핫팩도 여섯 장 챙겼다. 큰 배낭은 뒤로 멨고, 여권, 여행 안내서, 사진(여권 분실 시를 대비), 그리고 전자 항공권은 크로스

백에 넣고 둘렀다. 통조림 등의 인스턴트 음식과 여러 종
류의 비스켓도 사서 넣었다. 그곳에서 아이들을 만나면 줄
선물용으로 과자와 사탕도 챙겼다. 가방 맨 밑바닥에는 연
필 스무 자루도 넣었다. 연필이 없어 공부하기 힘든 아이
도 만나게 될 것이라고 어느 책에서 읽은 게 기억나서다.

  8킬로그램 정도의 가방을 메고 다닐 걸 생각하니, 이 무
게를 견디는 연습도 필요하다는 생각이 들었다. 출발 일주
일 전부터는 집 안에서도 틈만 나면 가방을 멨다. 빨래를
걸 때도 설거지를 할 때도 가방을 메고 있었다.

인도 가는 길

2016년 1월 12일. 드디어 인도행 항공기를 타기 위해 새벽같이 집을 나섰다. 너무 긴장한 탓인지 1월의 추위가 전혀 느껴지질 않았다. 오전 8시 40분 항공기를 타기 위해 새벽 첫 출발 리무진 버스 4시 50분 차를 기다렸다. 공항버스가 도착하자마자 버스 기사가 만석이라며 문을 열고 빼꼼 얼굴만 내밀더니 확 출발해버린다. 헉! 이럴 수가! 첫날부터 쉽지가 않은걸! 돌아보니 황당해하는 사람들이 나뿐만은 아니었다. 그때 세 명의 여대생쯤으로 보이는 여성들이 내 뒤에서 늦은 탑승을 걱정하는 말소리가 들렸다.

"저! 우리 네 명이 만이천 원씩 모아서 택시로 공항까지 갈까요? 어차피 리무진 버스값도 만 원이니 이렇게 함께 가면 좋지 않을까요?"

"야호! 네네! 그렇게 해요. 너무 좋은 생각이세요."

내가 큰 길가로 다가가 공항 가는 택시를 얼른 잡았다. 택시 기사가 트렁크에 우리 짐을 넣으며 나를 힐긋 본다.

"이 배낭, 아줌마 거요?"

"네! 제 배낭 맞아요. 저 오늘 생애 첫 해외 배낭여행 갑니다."

말이 떨어지자 택시 뒷좌석에서 박수가 터진다.

"와, 너무 멋지세요. 인도 배낭여행이라뇨! 저희는 여름방학, 겨울방학 내내 아르바이트한 돈 모아서 싱가포르 가요. 저희도 생애 첫 해외여행이에요."

예쁘고 귀여운 아가씨들과 도란도란 얘기를 나누며 함께 가니 어느 정도 긴장이 풀렸다. 이런 만남도 인연이라며 공항 도착 후 기념사진을 찍었다.

인천공항에 도착해서 체크인을 끝내고 홍콩 경유 인도 델리 행 두 장의 탑승권을 들고 탑승구로 향했다. 탑승구 주변에는 다양한 국적의 사람들이 몰려 있었다. 한국인, 중국인, 금발 머리 서양인 그리고 터번을 두른 인도인 몇 명도 눈에 들어왔다. 인도 가는 비행기가 확실하다는 생각에 안심이 됐다. 기절하듯 자고 일어나니 경유지 홍콩이었다. 아침부터 서둘러 긴장한 탓인지 출출했다. 공항 내 라운지 카페에서 샌드위치와 커피 한잔을 시키고 가이드북을 열심히 읽으면서 델리공항에서 호텔에 도착할 때까지 나의 행동을 시뮬레이션 해봤다. 숙박은 하나투어를 통해 1박에 5만 원 정도의 비즈니스호텔을 예약했다. 델리만을 예외로 둔 이유는 인도의 분위기에 익숙해질 때까지, 즉 배낭여행의 감을 잡기까지의 며칠은 좀 편히 지내야 할 것 같았기 때문이다.

기내 짐칸에다 작은 가방을 밀어 넣고 자리에 앉으니 두꺼운 뿔테 안경을 쓴 멋쟁이 아가씨가 먼저 반갑게 인사를 한다.

"안녕하세요. 인도에 여행 가시나 봐요? 저는 일주일간 출장 가요. 인도는 처음이라 긴장돼네요. 출장만 아니면 여기저기 둘러보고 싶은데."

"안녕하세요. 반가워요. 저는 한국 사람이에요. 지금 무진장 떨려요. 저도 처음이거든요."

긴장될 땐 역시 대화만 한 게 없다. 둘이 신나게 몇 시간을 깔깔거리며 떠들다 누가 먼저인지 모르게 깊게 잠들어 버렸다.

델리^{Delhi}, 인도의 수도

"나마스테." 두 손을 합장한 승무원의 인사를 받으며 탑
승구를 빠져나왔다. 피곤이 몰려왔다. 경유 시간을 포함해
열 시간 이상의 비행이니 당연한 상황이었다. 피곤해도 정
신을 바짝 차리자. 공항에서부터 소매치기를 당해, 인도
땅 제대로 밟지도 못하고 돌아갔다는 초보 배낭여행객의
경험담이 기억나 크로스 백을 앞으로 당겨 잡았다. 짐이
나오기를 기다리면서 숙소까지의 동선을 고민하고 또 고
민했다. '호텔까지 어떻게 가지? 공항버스를 탈까, 택시를
탈까, 아니면 지하철? 이 밤에 버스나 지하철에서 내려 숙
소까지 혼자 걸어가는 건 안전하지 않겠지.'

입국 수속을 마치고 출구로 나오자 난생 처음 보는 풍
경이 펼쳐져 있었다. 특이한 머리 모양을 한 사람들, 류시

화 시인의 책 속에서 보던 옷차림의 여인들이 보였다. 싸우는 건지 누굴 부르는 건지 알 수 없는 고성에 귀가 먹먹해질 지경인데 코를 찌르는 이상야릇한 냄새가 훅 끼쳐왔다. 여행에 있어선 프로라고 자만을 하던 나도 감당하기 힘들 정도로 충격적이었다. 바로 '프리 페이드prepaid taxi' 택시를 타기로 했다. 숨을 크게 한번 몰아쉬곤 간판을 찾아 두리번거렸다. 나의 이런 행동에서 초보 느낌이 났는지 갑자기 서너 명의 남자들이 내 앞을 가로막고는 "당신 어디서 왔냐? 혼자 왔냐? 어디가 목적지냐? 내가 택시 기사다. 싸게 데려다주겠다." 하며 내 주변을 에워쌌다. 단호히 "익스 큐즈 미!"를 두 번 외치고 그들을 밀쳐냈다. 평소에는 170센티미터의 장신이 만족스럽지 않을 때가 많았지만, 가방을 앞으로 내밀며 세 사람을 밀쳐내는 내 몸의 파워를 느낄 때는 꽤 쓸모 있는 덩치라는 생각이 들었다. '아, 나 참! 인도에 싸우러 왔냐고요!'

프리 페이드 택시는 말 그대로 요금을 미리 지불하고 이용하는 것이다. 공항에서 이름과 목적지를 미리 말한 뒤 사전에 요금을 지불하면, '바우처voucher' 라는 것을 준다. 내가 탈 택시 번호와 바우처에 적인 번호가 일치하는지를 확인하고 승차하면 된다. 기사가 트렁크에 싣겠다는 짐을 살짝 우겨 뒷자리 내 옆에 두고 델리 시내 중심가 '코넛 플레이스^{Connaught Place}'(우리의 명동쯤 되는 곳)에 있는 호텔 위치를 기사와 재확인했다. 프리 페이드 택시를 이용하는 것이 처음은 아니었지만 인도에서 여성 혼자 이용할 때는 이 방법도 그다지 안전하지는 않다고 했다. 그만큼 사고가 많았다는 뜻이기도 하고 특히 동양인은 현금이 많다고 소문나 언제나 먹잇감이 된다고 들었다.

"너 혼자 인도 왔냐? 어디서 왔냐? 인도 처음이냐? 얼마나 오래 있을 거냐?" 방금 전까지 시달렸던 질문이 택시 기사로부터 또 시작됐다. 사실 이런 질문을 다른 나라 기사에게서 받았다면 상당히 친근한 인사로 들렸을 텐데 왜 인도에선 그것이 불가능한 걸까?

"노우! 아니거든. 인도 처음 온 거 아니고 이번이 세 번째 방문이야. 호텔 앞에서 남편이 나를 기다리고 있어. 지금 전화 걸어 택시 번호를 말해줘야겠다. 당신의 택시 번호가 몇 번이지?"

빠른 속도로 영어를 하면서 유심칩도 집에 두고 온 빈 껍데기 전화기로 통화 하는 척을 했다. 긴장하니 거짓말이 술술 나왔다. 택시가 공항을 빠져나와 델리 시내를 향해 내달렸다. 창밖으로 보는 인도는 영화에서도 본 적 없는 낯설고도 낯선 장면늘이었다.

인도에 왔구나. 내가 그렇게도 궁금해했던 곳, 바로 여기! 도착부터 진을 빼서인지 택시가 출발하자 갑자기 몸이 축 처지는 느낌이었다. 낡은 택시 창문 틈으로 델리의 차가운 밤공기가 쉭쉭 들어왔다. 좋아! 여기서 나를 다시 한번 테스트해보는 거야. 택시 기사의 크고 검은 눈이 끊임없이 힐긋거리며 백미러로 나를 본다. 두려움에 휩싸인 내 가슴 속에도 찬 바람이 일렁였다.

호텔에 도착했다는 기사의 목소리가 들렸다. 바우처 위에다 몇 달러를 팁으로 얹어주니 기사가 탱큐를 연발하며 가방도 내려줬다. 몸도 마음도 짐도 무거워 배낭을 질질 끌다시피 하며 프론트로 다가가니 "프럼 코레아, 킴?" 하고 직원이 기다렸다는 듯 묻는다. 장부같이 생긴 커다란 노트를 내밀며 이름, 생년월일, 집 주소, 직업, 여권번호, 결혼 여부까지 지나치게 자세한 기록을 적으라고 한다. '컴퓨터는 뒀다 뭐에 쓰는 거야.' 기분은 별로였지만 뭐 어쩌랴, 로마에 오면 로마의 법을 따르랬다고 순순히 빈 칸을 채웠다. 남자 직원이 키를 건네주며 조식이 준비되는 식당과 방의 위치를 알려줬다. 그러곤 똑같은 질문이 또 시작됐다. 나는 그의 말을 가로채며 단호히 대답했다. "나 오늘 그 질문 열 번도 더 받았다. 지금 내게 필요한 건 오직 휴식이다." 나는 곧바로 방으로 들어갔다. 문 앞에다 커다란 배낭을 기울여놓고 기절하듯 잠이 들었다.

아침 식사를 하러 지하 식당으로 내려갔다. 여행 첫날에 맞이하는 이국적 분위기는 언제나 나를 매료시킨다. 우리가 카레(여기서는 마살라: 각종 향신료를 넣고 끓인 스프)라고 부르는 일곱 종류의 인도의 마살라가 향기롭게 끓고 있었다. 그 옆에는 형형색색의 이쁜 과일들 그리고 차이 티와 커피가 후식으로 준비되어 있었고, 그중에 최고는 여러 종류의 인도 전통 빵이 화덕에서 구워져 나오고 있었다.

음식을 접시에 담고 자리에 앉아 먹으려는 순간, 전날 저녁에 본 프론트 직원이 허락도 없이 앞자리에 털썩 앉는 것이다. "당신이 혼자 온 것 같으니 여행사를 내가 소개해 주겠다. 며칠 동안 어디 어디를 갈 거냐. 왜 혼자 왔냐? 결혼은 했냐?"

어이가 없었다. 아니 아침부터 이거 뭐야! 호텔 직원이 명함까지 내밀며 호객행위를 하다니. "어제도 당신이 사적인 질문을 해서 기분이 나빴지만, 첫날이라 참았다. 나, 이런 식으로 방해받는 것 굉장히 불쾌하다. 예의를 지켜달라." 나는 제법 큰소리로 불쾌감을 드러냈다.

"노우, 프라블렘! 노우, 프라블렘!" 남자는 연신 고개를 좌우로 까딱까딱하더니 급히 자리를 떴다.

첫날의 흥분과 긴장이 몰려왔지만, 천천히 델리 시내를 돌아보기로 했다. 환전이 급하다는 생각이 들어 호텔 근처 여행사가 모여 있는 곳으로 발걸음을 옮겼다. 미화 백 불을 루피로 바꾸고 나니 가방이 돈으로 두둑해졌다.

내 숙소의 위치는 인도가 영국의 식민지로 있을 때 상업적 군사적 편리함을 위해 영국이 철저한 계획하에 건설한 특구였다. 이곳을 중심으로 새로운 도시가 형성되어 사람들은 이 지역을 '뉴델리New Delhi'라고 부르고, 가장 번화가는 내가 머물렀던 코넛 플레이스다.

대사관, 박물관, 여행사, 특급 호텔, 최고급 쇼핑센터, 항공사 등 모든 것이 코넛 플레이스에 자리 잡고 있다. 델리에 해외 출장을 온다면 당연히 이곳에 머물러야 한다. 필요한 모든 것을 한 번에 해결할 수 있는 최고의 편리함이 있기 때문이다. 최첨단 경제도시라는 느낌도 뉴델리 이곳에서만 느낄 수 있다. 다시 말하면, 배낭족들은 여기에 머물지 않는다. 그들은 '올드델리Old Delhi'라 부르는 구시가지에 저렴한 숙소를 정한다. 그런 다음 그 안에 있는 모든 관광지(궁궐, 사원 등)를 걸어서 돌아보고, 근처 전통시장 (찬드니 초크거리)에서 값싸고 맛좋은, 가성비 최고의 식당에서 식사를 해결한다.

나도 우리 부족(배낭족)들이 모여 있는 올드델리에서 첫 여정을 시작했어야 했다. 너무 겁을 먹고 뉴델리에 숙소를 잡은 것이 실수였다는 걸 첫날 구시가지로 건너가 보고 알게 되었다. 하지만 배낭여행 초보자로서 첫날의 안전을 위해선 오히려 뉴델리에 묵은 게 최선이었을지도 모르겠다.

환전을 하고 '랄 킬라: 붉은 성^{Red Fort}'라고 부르는, 무굴 시대의 황제가 거처했다는 궁궐부터 시작해보기로 했다. 우리로 말하자면 경복궁부터 관광을 시작한 셈이었다. 아주 멀리서도 눈에 띄는 오렌지 빛깔의 거대한 성벽이 정문을 지키고 있었다. 입장료를 내고 들어가려는 데 입구에서 중무장한 군인들이 소지품 검사를 무시무시하게 했다. 나처럼 달랑 휴대폰만 쥐고 있는 사람이 아니라면 카메라는 배터리까지 분리해서 보여줘야 했다. 항공기의 수화물 검사 이상의 엄격함이다.

붉은 아치형의 문을 통과하는 순간부터 뭔가에 압도당하는 기분이 들었다. 안쪽으로 들어가니 미색의 대리석 건물들이 연이어 모습을 드러냈다. '아! 너무 아름답다!' 감탄이 절로 나왔다. 황제와 황비의 처소 그리고 황제 전용 모스크가 모두 내부에 있었고 예술미 뛰어난 대리석 조각이 정교하게 둘러져 있었다. 우리와 다른 건축 양식에도 놀라웠지만 일일이 손으로 조각했을 것 같은 벽과 기둥 장식의 세련미에 감탄했다.

'지상에 천국이 있다면 그곳은 바로 여기'라고 시를 읊은 이도 있다고 하니 당시의 화려함은 지금보다 더하지 않았을까.

인도 역사를 대략은 훑어보고 왔다. 11세기에 투르크족이 인도를 점령하고 이후 이곳을 점차 이슬람화해가다가 16세기 즈음에는 인도 전 지역에 이슬람이 전파된다. 이슬람의 전성기가 무굴제국(1526-1857) 시기라고 본다면 이 정도 규모의 이슬람식 궁궐은 최고 전성기 때의 것이 마땅하다고 생각했다. 이런 생각을 하니 무굴제국의 5대 황제였던 샤자한이 아내를 위해 지었다는 '죽은 자를 위한 궁궐 타지마할'이 너무 보고 싶어졌다.

건물 주위를 천천히 돌며 사진 찍기에 열중하고 있으니 몇 명의 남자들이 슬슬 다가온다. "내가 너 사진 찍어줄까? 혼자 온 것 같네." 하면서 내 카메라를 잡으려 한다. 어휴, 이젠 뭐 놀랍지도 않다.

"나 원래 내 사진 안 찍는다. 노우 탱큐." 간단히 거절하고 궁전 밖으로 빠르게 빠져나갔다. 궁전 하나 봤을 뿐인데 마음속에서 성취감이 확 올라왔다. '일단 한 곳은 마스터 했다!'

찬드니 초크(달빛거리)

랄 킬라 궁궐의 정문을 다시 빠져나오니 대로가 쭉 뻗어 있었다. 경복궁을 보고 나오면 자연히 인사동길을 걷게 되는 것과 비슷한 느낌이랄까. 대로를 내려다보니 옛날 황궁에 살던 황제, 귀부인, 고관대작들에게 보석이나 금은세공품을 납품했던 장인들의 거리가 오늘날까지 이어오고 있었다. 갑자기 한 인도영화가 떠올랐다. 전통 결혼식에 신랑 신부 그리고 하객 모두 금과 은으로 만든 장식품으로 치장하고 있던 장면이었다. 금빛 물결 찬란한 양쪽 길가도 정신이 없었지만, 큰길은 그야말로 카오스! 승용차, 트럭, 오토릭샤, 화려한 사리를 입은 여인들을 태운 손수레(수레에 의자가 놓여있음) 그리고 낙타와 코끼리까지 지나갔다. 모든 것이 뒤죽박죽 섞여 있었다. 이건 현실이 아니야! 아래를 보니 분명히 차선이 있었다. 그러나 그걸 지키는 사람은 아무도 없었다.

빨리 대로를 통과해 시장 방향으로 들어가야 하는데, 발을 내딛는 순간 무언가에 깔려 죽을지도 모르겠다는 생각이 들 정도였다. 거기다가 궁전 앞에선 아이들이 나를 에워싸고 '원 달러'를 외쳐댄다. 귀가 떨어져 나갈 것 같았다. 에라 모르겠다. 큰 걸음으로 달려서는 손수레 뒤쪽으로 착 붙어서 시장 안으로 같이 쓸려 들어갔다. 이렇게 순간 이동 후, 시장 안쪽으로 조금 걸으니 맛있는 냄새가 코를 자극했다. '그렇지, 이곳에서 점심을 해결해야겠다.' 이렇게 생각하면서 식당을 찾으려 시도했지만, 인파에 밀려 선택이 쉽지 않았다. 내 앞에 키 큰 배낭족 몇 명이 식당으로 들어가는 것이 보였다. 나도 함께 따라 들어갔다. 탄두리 치킨과 여러 종류의 카레들, 그리고 '난' 인지 '짜파티' 라고 부르는지 군침 도는 둥근 빵이 화덕에서 구워져 손님들 테이블로 던져지고 있었다. 식당 안은 사람들로 바글바글했고 서서 먹는 사람도 많았다. 맛집인가 보군. 하긴 주문한 음식이 한 접시에 다 나오고 손으로 먹어도 되니 굳이 자리 없어도 먹을 수는 있겠다. 나는 탄두리 치킨과 감자 카레, 그리고 버터 바른 난을 시켰다. 음식 나오기를 기다리며 두리번거리고 있으니, 앞서 식당에 들어온 배낭객 중 한 명이 벌떡 일어서며 자리를 양보한다. 커플로 보이는 네 명은 모두 캐나다 토론토에서 왔다고 했다. 고맙게도 혼자 다닐 한국 아줌마를 걱정해 식사하는 내내 여행 팁을 이것저것 건네줬다. 자리도 양보하고, 여행의 꿀팁도 선사해주고, 진정 멋진 캐나다 청년들이 아닌가. 시간이 지나 여행지의 기억은 빛이 바래도 낯선 여행지에서의 이런 만남의 순간은 그 어떤 풍경보다 더 강렬하게 남는다.

커피도 마시고 싶고 와이파이도 써야 할 것 같아, 숙소가 있는 코넛 플레이스 근처 스타벅스로 들어갔다. 혼돈의 시간에서 빠져나오니 스타벅스가 내 집처럼 편안했다. 안전을 생각하여 저녁은 숙소 근처에 있는 인테리어가 멋진 북인도 요리 전문식당에서 먹었다. 다섯 명의 직원이 식사가 끝날 때까지 나를 지켜봤다. 마치 경호원처럼.

반드시 어둠이 내리기 전 하루 여정을 끝마친다는 나의 여행 원칙을 지키며, 화려한 아케이드를 돌아 호텔로 들어갔다.

빈민가 보육원

둘째 날 여정은 전혀 계획에 없던 것이었다. 조식 식당에 내려가니 옆 테이블에 한 무리의 사람들이 둘러앉아 무언가를 열심히 의논하는 것이 보였다. 국적도 다양한 듯하여 힐긋 돌아보니 자선단체이거나 NGO 같다는 생각이 들었다. 어린이, 기부, 책, 옷, 이런 영어 단어들이 들렸다.

뭐지? 아! 궁금하다. 옆으로 슬금슬금 다가갔다. "미안한데 어디서 온 분들인가요?" 한국에서 왔다고 먼저 내 소개를 하자 자신들은 인도 고아들을 돕는 국제 NGO 단체 소속이며 오늘 이곳에 책과 학용품 옷, 신발 등의 기증품과 기부금을 전달하는 일로 보육원 관계자와 만나기로 했다는 거였다. 대뜸 '나도 좀 데려가 달라'고 말해버렸다. 테레사 수녀님의 인도에서의 삶을 책으로 읽어서였을까? 아니면 인구의 30퍼센트 이상이 극빈층이라는 이 나라에 부모 없는 아이들은 어찌 살고 있는지가 궁금했던 것이었을까? 내 나이쯤 돼 보이는 인도 여성 한 분이 어딘가에 전화를 걸더니 방문자 명단에 나의 이름을 넣어주었다.

차로 30분을 달려 어느 빈민가 입구 건물에 도착했다. 입구에 들어서니 영어를 원어민만큼 잘하는 미모의 인도 여성이 마중을 나와 자기를 소개하고 보육원의 내력을 간단히 설명했다. 그녀도 어릴 적 동생과 이 보육원에서 함께 자랐다고 했다. 동생은 일곱 살에 미국으로 입양 보내졌고 자신 역시 잘 자란 동생 덕택에 미국에서 공부할 수 있었다고 했다. 내부로 들어서자 리셉션 데스크 뒤쪽으로 이미 많은 단체와 여행객이 다녀갔음을 의미하는 사진들이 빼곡히 벽에 붙어 있었다. 우리는 아이들이 지내는 방으로 한 명씩 흩어져 안내되었다. 함께 얘기하고 놀아주라고 했다. '어머! 어떻게 이렇게 많은 아이가 한 방에 모여 있나. 공간이 몹시 부족한가 보네. 밥은 어디서 먹고 공부는 어디서 하는 거지?' 책상도 없었다. 아이들에게 내가 한국에서 왔음을 소개하자 갑자기 한 아이가 벌떡 일어나 한국 노래를 흥얼거리며 춤까지 추었다. 아니 K-팝이 여기까지? 나도 가이드 본능이 나와 어깨를 흔들며 아이들과 춤추고 노래했다. 인도 어느 지역에서 왔냐고 몇몇 아이에게 물으니, 이 질문의 영어 표현이 익숙한 듯 이름과 출신지를 영어로 답했다. 네팔이나 티베트에서 온 아이들도 꽤 있었다. 국경을 맞대고 있는 가까운 나라에서 왔다고는 하지만 가슴이 쓰렸다. '국경 넘어 아이가 이 먼 곳까지 어떻게 오게 된 걸까? 버려진 걸까? 아니면 누군가로부터 도망친 걸까?'

잠시 후 점심 준비와 배식을 돕겠다고 하고 주방으로 갔다. 큰 솥단지에 일단 놀라고 기네스북에 나올 만한 많은 양의 마살라(카레)를 보니 입이 딱 벌어졌다. 접시에 짜파티 한 조각과 카레 조금. 점심은 그것이 전부였고 손으로 먹어야만 했다. 아이들과 함께 점심을 먹으면서도 소통이 어려워 마음이 안타까웠다. 그래도 나는 나대로 영어와 한국어를 섞어, 아이들은 그들의 모국어로 손짓 발짓하며 이야기를 나누었다. "헬프 미, 헬프 미Help me!"를 반복하며 큰 눈으로 나를 보는 아이들, 마음속 큰 슬픔이 보여 더 이상의 질문도 대화도 이어가기 어려웠다.

놀아주고 함께 식사하는 것으로 오전 방문 일정이 끝났다. 신발을 신으려는데 보육원 입구에 기부금을 넣는 통이

보였다. 현금 백 불을 통에다 넣고 안내해준 직원에게 눈
인사를 하며 나오는데 옛 기억 하나가 되살아났다. 초등학
교 3학년 때 짝꿍이 지내던 고아원에 따라가본 적이 있다.
큰 대야에 김치와 고추장을 넣고 비빈 저녁밥을 스무 명쯤
되는 아이들과 숟가락 하나로 함께 퍼먹었던 기억. 40년
도 넘은 오래된 기억이었다.

뉴델리국립박물관 National Museum of India

  오후에는 역사 공부 좀 해야겠다는 마음으로 뉴델리 국
립박물관엘 갔다. 입장료가 무려 이 만원이었다. 내국인
보다 무려 서른 배 넘는 요금을 받다니 좀 심하다는 생각
이 들었다. 유럽의 박물관과 비교하면 싼 편이고, 무료 관
람이 가능한 우리 국립중앙박물관에 비하면 비싸다. '대체
우리 박물관은 왜 무료인 걸까?'
  건물 안으로 첫발을 내딛는데 세계사의 첫 페이지를 확
펼치는 느낌이었다. 인더스문명부터 시작해서 중세, 근대
이르기까지 그 오천 년의 발자취가 건물 안에 모두 모여
있었다. 일반 생활용품, 교과서 불교 부문에 나오는 간다
라 불상, 청동상, 힌두교 다신들을 묘사한 무수한 조각, 악
기, 무기, 그림들, 석가모니 진신사리도 금동 스투파(금탑)

안에 모셔져 있었다. 이슬람의 전성기를 말해주는, 황제와 귀족들의 화려하고도 섬세한 장신구까지 볼 것이 넘치고도 넘쳤다. 이것들이 모두 진짜란 말인지. 관람에 빠진 사이 입장료 비싸다는 생각은 사라졌고 두 시간 반이 너무 짧아 아쉬웠다. 이런 유물들을 실제로 본다는 것만으로도 이곳에 올 가치는 충분하다 여겨졌다. '학생 때 세계사 한 권을 끼고 여기 와서 한 장 한 장 넘기며 공부했다면 세계사는 만점 받았겠는데.'

타지마할을 품은 도시, 아그라^{Agra}

델리에서의 마지막 날. 오토릭샤를 타고 아그라행 승차권을 예매하러 뉴델리 중앙역으로 갔다. 물어물어 2층에 있는 국제관광객안내소International Tourist Bureau라는 곳까지 갔다. 만석인 시간대를 피해 겨우 아침 7시 10분 출발 기차표를 손에 넣었다. 다음 목적지인 아그라 역까지는 세 시간 거리. 델리를 인도의 출발점으로 하는 자유 여행객들이 열차를 이용해 타지마할로 향한다면 겨울 성수기에 모든 열차가 만석인 것은 당연했다.

가능한 모든 레이다를 가동해 조심, 또 조심해야 한다고 다짐하며 배낭과 마음을 긴장의 끈으로 꽁꽁 묶었다. '한 순간이라도 방심했다간 타지마할은 물 건너가는 거야. 이 구간이 인도에서 제일가는 소매치기꾼들이 모인다고 하지

않나. 털린 사람이 안 털린 사람보다 많다는 농담까지 하
는 걸 보면 뭔가 대책이 필요한데….'

열차가 도착하자 객차 칸의 자리를 확인한 후, 배낭을
좌석 옆 기둥에 S자 후크를 꺼내 고정했다. 객차 안의 많은
눈이 나를 향하고 있는 게 느껴졌다. '하긴, 중년의 동양 여
성이 배낭을 메고 열차를 타다니 인도에서 가당키나 한 일
인가.'

마주 보는 앞 좌석엔 예쁜 눈을 가진 대여섯 살 정도 여
자아이가 부모와 함께 앉아 있었다. 내가 먼저 미소를 지
으며 아이에게 먼저 "헬로우! 어디를 가니?"라고 물으며,
가방에서 빼빼로를 한 개 건네주었다. 아이가 부끄러워하
며 좋아하는 표정을 짓자 아이 엄마가 대신 고맙다는 인
사를 했다. "저기, 부탁이 있는데요, 가방 잠시만 봐줘요.
뭐, 중요한 건 없어요, 화장실 좀 다녀오려구요." 하며 일
어섰다. 멀리서 나를 지켜보고 있던 몇 명의 남자들이 통
로의 화장실 쪽으로 같이 움직이는 것이 느껴졌다. 화장실
에 들어서니 태어나 경험한 적 없는 악취가 느껴졌다. 도
저히 참을 수가 없어 자리로 다시 돌아와 핸드크림과 마스
크를 배낭 윗주머니에서 꺼냈다. 코 밑에 핸드크림을 문질
러 바르고, 마스크는 코 위와 턱 아래로 꾹 눌러 막고 다시
화장실로 들어갔다. 낡은 패딩 조끼를 빠르게 벗고는 조끼

안쪽 주머니에 여권, 체크카드 그리고 현금 2백 불을 넣었다. 그런 다음, 다이소 반짇고리에서 바늘과 실을 꺼내 빠른 속도로 시침질했다. '나, 한국 아줌마라 이 말이지. 가져갈 테면 가져가 봐. 실력파 소매치기가 모여 있다는데 나도 실력을 보여줄 때가 온 거지.'

자리로 돌아오니 그제야 창밖의 아침 풍경이 눈에 들어왔다.

영원불멸의 사랑

옛날옛날 인도 어느 왕국에 부인을 자신의 목숨보다 사랑한 한 황제가 있었다. 그의 이름은 샤자한. 잠시의 이별도 아쉬워한 황제는 전쟁터에서도 부인과 함께했다. 그녀는 결국 열네 번째 아이를 전쟁터에서 낳게 된다. 전쟁터에서 딸아이를 낳고 시름시름 앓다가 얼마 지나지 않아 죽음을 맞이한다. 전쟁터라 산후조리가 부실했던 탓이었을까 아니면 다산의 고통 때문이었을까, 38세라는 예쁜 나이에 황제 곁을 떠난다. 죽음을 받아들일 수 없었던 황제는 죽어 천상에서 그녀와 함께하겠다는 꿈을 꾸며 산자의 궁궐보다 더 화려하고 아름다운 무덤을 그녀에게 바친다. 타지마할 탄생 스토리는 대충 이렇다.

무굴제국 5대 황제 샤자한은 최고의 무덤을 만들기 위해 엄청난 인력과 자금을 동원한다. 세계 각지에서 귀한 석재를 모으는가 하면 전국 각지의 최고의 장인들도 불러 모아 무려 22년의 세월 동안 천문학적인 돈을 써버린다. 긴 공사 기간에 서서히 국력은 기울어갔고, 이를 보다 못한 셋째 아들이 그를 폐위시키고 감옥에 가둬버린다. 세계 최고의 건축물 타지마할은 이렇게 탄생했다. 이 스토리를 들으면 고려 공민왕과 그의 부인 노국공주와의 이야기가 생각난다고 하는 이들도 있다. 지독한 사랑과 출산하다 죽는다는 공통점이 있으니 그럴 것도 같다.

황후에 관한 자료를 조금 살펴보았다. 무굴제국 5대 황제 샤자한과 결혼한 뭄 타지마할은 19년의 결혼생활 동안 14명의 아이를 낳았다. 페르시아에서 건너온 귀족 가문의 딸인 그녀는 상당히 고급 교육을 받았다는 기록이 있다. 아랍어와 페르시아어에 능통했고, 문학적 소양도 뛰어나 시도 잘 지었다고 한다. 미모와 지성을 겸비한 황후는 평소에 황제에게 정치적인 조언도 자주 했다고 한다. 샤자한의 상실감이 이해가 되면서 그녀가 더 궁금해진다.

새로운 도시 아그라에서의 첫 아침은 게스트하우스 1층 식당에서 샌드위치, 삶은 달걀 두 개, 짜이 한잔으로 시작했다. 타지마할까지는 산책하듯 천천히 걸어갔다. 델리에서 보낸 시간이 혼돈과 긴장의 연속이어서 그런지 이 도시는 훨씬 한적한 느낌이다. 하지만 타지마할 입구에 다가가니 소음이 몰려왔다. 세계에서 곳곳에서 온 많은 관광객으로 북적이는 입구 주변으로는 기념품점이 끝도 없이 줄지어 있었고, 상점마다 호객하는 소리가 요란했다. 입장료를 내고 소지품 검사를 끝내고도 인파에 밀려 들어가는 것이 쉽지 않았다. 여기서 인생샷을 찍겠다는 사람들이 입구에 잔뜩 몰려 있었다. 보통 서너 대의 카메라를 돌려가며 사진을 찍었다. 여러 번 옷을 갈아 입으며 찍는 사람도 있었다. 광고용 사진을 찍고 있는 사람도 눈에 띄었다. 오픈 전부터 입구에 카메라를 설치해놓고 시간의 변화에 따라 셔터 누르며 예술작품을 만드는 사람도 있었다. 관광통역사 준비하는 동안 답답한 마음을 달래려고 내가 독서실 벽에 붙여 놓았던 그 달력 속 달빛과 연못에 비친 두 개의 타지마할 사진이 바로 저런 작가들의 작품이었던 것이다.

인파를 뚫을 자신도 없고, 인생샷도 별로 필요 없을 것 같아 일찌감치 본 건물을 향해 걸어가려는 그때, 어디선가 한국말이 들려왔다. 돌아보니 청년 셋이 보였다. '어머, 여기 오니 한국인도 만나게 되는구나!' 너무도 반가운 마음에 얼른 달려가 인사를 했다. 건국대 여행동아리 학생들이

었다. 내가 혼자 온 것을 알았는지 부탁도 안 했는데 ,"타
지마할 인증샷 없음 인도 갔다 온 거 아니죠." 하며 돌아서
기를 요청하더니 여러 장의 멋진 인증사진을 찍어주었다.
'인정 많은 내 조국의 청년들!' 나도 감사를 전하고 싶어
크로스백을 열어 고추장 튜브 한 개와 감자 칩 한 봉지를
건넸다.

"준비 많이 하셨나 봐요. 패딩 조끼도 입으셨네요. 저희
는 밤에 얼어 죽을 뻔했어요. 난방도 안 나오고. 이 새끼가
인도는 겨울 없다고 반팔 반바지만 준비하면 된다고 해서
오돌오돌 떨며 다녀요." 하며 옆 친구를 팔로 툭 쳤다. 나
는 대뜸 시장에 가서 여행객이 입다가 처분하고 간 허름한
구제품이라도 사 입으라 권해보았다. 인도의 길거리 시장
에서 중고 바지 한 벌 사 입는 경험도 나쁘지 않다고 말하
고 대신 소매치기는 정말 주의해야 할 것 같다고 일러주었
다. 한국말을 실컷 하고 나니 숭늉 한 사발을 들이킨 듯 속
이 뻥 뚫렸다.

학생들과 이별 후, 타지마할의 감촉을 오래 기억하고 싶
어 회랑 대리석 바닥을 맨발로 걸어보았다. 입구를 바라보
며 한참을 기단 모서리에 앉아 있었다. 타지마할의 하얀
기단이 나를 위로 끌어올리는 것 같은 착각이 들어 '아! 이
건 현실이 아니야'라고 중얼거렸다.

아그라에서는 이틀을 더 머물렀다. 델리로 천도하기 이전의 황제들이 살았던 수도인 만큼 궁궐 몇 개는 더 보고 가야겠다 싶어서다. 무굴제국의 3대 황제가 딱 14년간 살고 버린 성터가 있는 곳, '파테푸르 시끄리'를 마지막으로 아그라와는 굿바이를 고하는데 입에서 노래가 절로 나왔다. "황성 옛터에 달이 뜨니, 월색만 고요해⋯."

사막의 나라, 라자스탄

아그라 중앙역에서 기차로 다섯 시간 반을 내려가면 태
양의 도시 라자스탄에 닿는다. 열차 안에서 잠시 졸다 눈
을 떠 보니 차창 밖 저 멀리로 물 항아리를 머리에 인 여
인들과 어린아이들이 보였다. '도시를 벗어났구나. 사막이
멀지 않은가 보군.' 드문드문 스쳐 지나가는 낙타의 행렬
을 보니 왠지 곧 사막체험이 기다리고 있다는 생각에 정신
이 번쩍 들었다. 도시에 가까워지니 기차 안의 공기도 더
워졌다. 기분 좋은 따스함이었다.

드디어 열차가 멈추었고 플랫폼을 빠져나오자 예상했
던 무질서가 기다리고 있었다. 감당 안 될 정도의 많은 택
시 기사와 릭샤 꾼들이 나를 에워쌌다. 길 터주기를 부탁
하며 애원하듯 소리치고 있자니 어디선가 " 킴! 킴!" 하는

소리가 들렸다. 호텔에서 보낸 택시 기사인듯하여 손을 번쩍 들었다. "히어! 히어! 여기요, 여기!"

'이 양반아! 킴이 뭐야!? 여기 김씨가 나밖에 없는 걸 고마워해야 한다고요.' 혼잣말로 중얼거리며 잠시 전의 긴장을 털어내려 애썼다.

지리 공부를 해보니, 라자스탄 주는 세 개의 트라이앵글 구도로 아름다운 도시들을 품고 있었다. 라자스탄 주의 수도가 되는 자이푸르, 호수의 도시 우다이푸르, 그리고 영화 〈김종욱 찾기〉(장유정 감독, 2010)로 유명해진 조드푸르다. 도시 이름에 '뿌르(푸르)'가 붙여진 지명이 많다. '성벽으로 둘러싸인 마을'이라는 뜻이다.

라자스탄의 첫 번째 도시: 자이푸르^{Jaipur}

첫 번째 성벽 도시 자이푸르에선 피곤한 나머지 늦잠을 잤다. 전날 저녁 루프 탑 식당에서 도시의 정보를 얻겠다고 다른 여행객들과 무리하여 어울린 탓도 있었던 것 같다. 간단히 짐을 챙겨 얼른 밖으로 나왔다. 햇살에 눈이 부셨다. 숙소에서 15분 정도를 걸어 나오니 영화관, 우체국, 은행이 모여 있는 시내 중심가의 큰길이 바로 보였다. 도시가 지닌 별명처럼 핑크빛 건물들이 보이기를 기다리면서 열심히 걸었다. 구시가지 주변이 가까워지자 핑크라고 하기는 너무 붉은 벽과 궁전들이 눈에 들어왔다. '지도가 필요 없는 도시로군' 하면서 웃었다. 대다수의 여행객이 라자스탄 여행의 시작점으로 선택하는 도시인 만큼 관광지다운 짜임새가 느껴졌다. 심지어 궁전과 박물관이 모여 있는 구시가지 입장권 창구에서는 '통합티켓'도 팔고 있었다. 이틀에 3만 원 정도의 가격이었지만 그만한 가치가 있다고 생각됐다.

시티 팰리스^{City Palace}라고 부르는 궁전 박물관부터 관광을 시작했다. 검소함과 절제가 느껴지는 우리네 궁궐과는 비교가 안 되는 사치스러움이었다. 입구의 문 하나하나, 기둥 하나하나가 장인이 조각칼로 한땀 한땀 새긴 듯했다. 델리나 아그라에서 봤던 건축양식과는 뭔가 달라도 크게 달랐다. 이런 섬세함과 우아함 힌두 양식인가 생각하며 화살표 방향을 따라 궁전 깊숙이 들어갔다. 제국시대 왕과 귀족들의 궁중 의류(로브 스타일), 사용했던 악기들(특히 현악기가 눈길을 끌었다)이 있었고, 특히 무기 전시관의 무기들이 눈길을 끌었다. 칼의 모양을 보니 손잡이 디자인이 매우 독특했다. (동물의 얼굴을 본떠 만든 것이 많았다.) 딱히 무기로 사용했냐기보다는 몸에 걸치는 장신구가 아니었을까 하는 생각도 해보았다.

　제일 눈길을 끄는 것은 귀빈 접견실에 놓인 사람 키 정
도의 거대한 은항아리였다. 기네스북에도 등재된, 세상에
서 제일 큰 은항아리라고 궁궐 입구에서 받은 안내서에 쓰
여 있다. 은 항아리에 얽힌 스토리도 있었다.

　대영제국 시절, 해가 지지 않는 나라라는 별명을 탄생시
킨 영국의 빅토리아 여왕이 제위에서 물러나고 그녀의 큰
아들 에드워드 7세의 대관식이 1902년에 있었다. 당연히
이 지역의 왕 '사와이 자이싱 2세'는 초대받았을 터이고,
독실한 힌두교 신자였던 왕은 이 항아리에 인도 갠지스강
물을 담아, 배로 영국까지 옮겼다. 그는 매일 그 물로 목욕
을 했다고 한다. 많은 여행객이 은(Silver) 항아리 앞에서
항아리에 비친 자신의 모습을 카메라에 담고 있었다.
　다음 행선지는 자이푸르 도시를 건설한 '자이싱 2세'가
천문학에 관심이 많아 설계했다는 '잔타르 만타르'다. 설
명 없이는 이해하기 어려운, 네모 세모 사다리 모양의 돌
로 만들어진 천체 관측 기구들이 모여 있는 곳이었다. 천
문학이나 국가의 길흉을 점치던 점성술은 고대국가에서부
터 중시돼왔다는 이야기를 책에서 읽은 적이 있다. 사람들
은 예로부터 별들의 움직임을 관찰해왔고 그들이 해석한
하늘의 변화는 일상뿐 아니라 정치에도 깊은 영향을 주었

다. 선덕 여왕 때의 첨성대 생각이 났다. 세종대왕께서도 천문학에 관심이 많으셨지 않은가. 우리 선조들이 천문학에서 훨씬 앞섰다고 생각하니 이해 못할 관측기구 앞에서도 자부심이 느껴졌다.

뒤에서 갑자기 인도인 한 명이 다가와 무료 가이드를 자처하며 요청하지도 않았는데 열심히 영어 해설을 해주었다. 이곳이 인도에서 제일 큰 천문관측대라며 자부심 섞인 목소리로 관측기구를 일일이 손짓하며 설명했다. '좋아! 좋아! 당신도 선조들의 과학 작품이 자랑스럽다 이거지!' 고개를 돌려 내가 듣고 있다는 표정을 짓자 웃는 얼굴로 다가와 손을 내민다. 엄지를 척 올려주고 이천 원의 팁을 건넸다.

어디를 가나 박물관에 끌리는 건 어쩔 수 없는 것 같다. '앨버트 홀Albert Hall'이라는 닉네임의 중앙박물관을 방문했다. 얼핏 봐도 델리의 국립박물관보다 사람이 많았다. 대영제국 시절 빅토리아 여왕의 남편인 앨버트 공이 1876년에 건설한 건물이었다. 정문에서 박물관 입구까지 범상치 않은 디자인의 정원을 한참 걸어 들어가야 했다. 박물관이라기보단 궁전으로 들어가는 딱 그 느낌이었다. 앨버트 공이 런던 만국박람회의 전시장도 1851년에 진두지휘하여 건립했다는 사실까지를 더해놓고 보면 이런 궁궐 박물관이 그의 작품이라는 것이 그리 놀랍지 않았다. 그때는 대영제국 최고 전성기였을 테니까.

　이런저런 생각을 하면서 건물 내의 호화로운 컬렉션에 빠져들기 시작했다. 라자스탄 스타일의 전통드레스(화려함의 극치), 보석, 그 당시의 사용했던 도기(중국 것도 많았음), 식기, 손으로 짠 듯한 독특한 문양의 직물들, 생활상을 재현해놓은 미니어처 등 봐도봐도 끝없는 재미있는 전시물들이 가득했다. 유난히 사람이 바글바글 북적이는 전시실이 있어 나도 건너가 보았다. 이집트의 스핑크스와 미라가 있는 전시관이었다. '이집트의 미라. 이건 뭐지? 대영제국 이집트관에 공간이 부족한가. 왜 이곳에?' 목을 쭉 빼고 정신없이 보고 있는데 경비 아저씨가 시간 됐다며 나가라고 손짓했다. 호루라기까지 불어댄다. '아! 아쉽다. 왜 이리 일찍 문을 닫는 거야? 이제 겨우 다섯 시구먼.'

　정문으로 다시 나오니, 길거리 음식을 파는 노점상이 푸드 코트처럼 늘어서 있는 것이 보였다. 꼬르륵! 꼬르륵! 만두 튀김같이 생긴, '사모사Samosa'(카레와 감자를 으깬 속을 밀전병에 싸서 튀겨냄)를 다섯 개 샀다. 숙소로 돌아가려 불러 세운 오토릭샤 뒷좌석에서 열심히 먹었다. 기사가 묻는다. "베리 굿? 맛 좋아?" 나는 당연히 " 예스. 예스. 베리 베리 굿!" 하며 또 한번 엄지 척을 해주었다.

자이푸르에는 마을 전체를 내려다볼 수 있는 거대한 성이 있다. 암베르 성^{Amber Palace}이라 부른다. 단순히 '성^{palace}'이라기보다는 성채 또는 요새라는 표현이 맞겠다. 우리나라 남한산성과 비슷한 역할을 하는 암베르 성은 자이푸르에 오는 여행객의 '필수 방문 코스(must-go-place)'다. 중심가에서 북동쪽으로 11킬로미터 정도 떨어져 있어 걸어서 가기에는 부담이 된다. 다음 날 아침 식사 후 '버스로 갈까, 택시로 갈까, 아니면 오토릭샤를 탈까?' 고민하며 숙소를 나오니 문 앞에서 배낭족 몇 명이 릭샤 기사와 흥정을 하는 것이 보였다. 아는 얼굴이 하나 있었다. 그와는 도착한 첫날 저녁 루프 탑 식당에서 안면을 튼 사이다.

"로빈 아니야? 혹시 오늘 암베르 성에 가는 거야?"

"맞아요. 소정도 거기 가는 겁니까? 릭샤 같이 합승할까요?"

"좋아요. 좋아! 반반씩 내고 갑시다. 그리고 흥정은 그만합시다. 요즘이 관광철이라 기사들도 대목일 텐데 괜히 기운 빼지 말고."

얼른 뒷좌석에 올라 탄 나는 가방에 넣어둔 감자칩을 꺼내 반쯤 손에 덜어주고 먹으면서 가자고 했다. 로빈이 봉지에 적힌 한국 글씨를 보더니, "와! 한국에서 비스킷도 가져 왔냐? 대단한걸(어메이징!)." 하며 크게 웃었다. 나는

"우리나라는 원래 여행 갈 땐 김밥이나 삶은 달걀을 가져
가는데, 오늘 여기서는 감자칩이다."라며 깔깔거렸다. 어
디서나 동행이 있다는 건 즐거운 일이다. 전 세계를 2년째
돌며 여행 중인 로빈은 여행 에피소드가 많다. 인도 오기
전 그는 여행경비를 마련하기 위해 6개월간 호주에 있는
일식당에서 일했다고 했다.

"내가 한국에서 아르바이트를 한다면 어떤 일을 할 수
있을까요?"

"너처럼 잘생긴 청년은 뭐든 할 수 있지. 일단 한국도
와 봐! 정말 재밌는 곳 많아. 온다면 내게도 꼭 연락하고!"

알베르 성과 요새가 멀리 보이는가 싶었는데, 릭샤 기사
는 우리에게 내리라고 했다. "뭐야? 저기 매표소까지 가야
하는 거 아니야?"라고 따져 묻자, 자기는 법적으로 여기
까지라고 강하게 주장했다. 하는 수 없이 릭샤에서 내리니
조금 떨어진 곳에 코끼리 몇 마리가 보였다. '아하! 영업구
역이 나뉘어 있다 이거군!'

"성의 정문까진 좀 먼데 코끼리 타고 갈 겁니까?" 로빈
이 물었다.

코끼리를 타보는 것이 특별한 경험일 것도 같았지만, 이
만 원이란 가격도 살짝 부담스럽고 열심히 줄지어 걸어 올
라가는 행렬을 보니 걷는 것도 나쁘지 않겠다는 생각이 들

었다. 로빈을 먼저 보내고 나도 좁고 경사진 길을 트레킹 모드로 천천히 씩씩거리며 걸어 올라갔다.

성문 안으로 발을 들이자마자 150년의 건설 기간이 실감났다. 화려함에 기절할 것만 같았다. 타지마할에서 본 흰색의 눈부신 대리석 벽은 음각으로 문양이 새겨져 있는데 그 안에서 다채로운 색이 뿜어져 나왔다. 성 안의 눈부신 대리석 계단을 오르고 내릴 때마다 마치 내가 성의 주인이라도 된 듯한 착각이 들면서 기분 좋은 전율이 느껴졌다. 보석과 거울로 치장한 왕과 왕비의 침실은 호화로움에 눈이 부실정도였다. '이런 곳에서 잠이 올까' 하는 생각마저 들었다.

기하학적인 디자인의 독특한 정원과 연못까지, 한발 한발 내디딜 때마다 감탄이 절로 나왔다. 볕이 강한 시간대에 성안의 꽤 넓은 공간을 걷고 있다고 생각했지만, 전혀 피곤함이 느껴지지 않았다. 걷는 내내 선풍기를 1단으로 틀어놓은 듯 살랑살랑 피부에 닿는 바람을 느낄 수가 있었다. 바람은 들어와도 햇살은 들어오지 않는 과학적인 설계가 성의 창문 하나하나에 스며 있었다. '참 대단하다. 여름에도 선풍기는 필요 없겠구나.'

외관 역시 웅장했다. 건물 기둥 역할을 하는 부분은 이슬람 건축에서 흔히 볼 수 있는 둥근 돔 양식이었다. 건물 전체는 힌두 건축양식을 입힌, 약간은 화려함이 느껴지는 스타일이었다.

암베르 성을 샅샅이 훑어보고 밖으로 나오니 조금 거리감이 느껴지는 위쪽으로 또 하나의 웅장한 성벽이 보였다. 잠시 앉아 물 한 모금 크게 마시고 올라가는 대열에 얼른 힘차게 뛰어들었다. 로빈이 위쪽 성벽에서 손짓하고 있었다. 마을이 내려다보이는 전망대 끝에 올라서니, 강화도 광성보에 있는 것과 비슷한 대포들이 잔뜩 모여 있는 걸 볼 수 있었다. '아! 여기는 방어용 요새구나.' 전망대 뒤편으로 무기고와 무기 전시장이 있고 그 옆으로 무기 공장이 있었다. 전쟁 중 계속 무기를 공급하는 공장을 뒤에 두고 있다고 생각하니 당시의 전투 상황을 상상할 수 있었다. 무기 중에 최고는, 세계최대의 크기를 자랑하는 '자야 바나Jaya vana'라고 부르는 대포였다. 사정거리가 무려 20킬로미터라고 했다. 이 대포를 껴안고 사진을 찍으려는 관람객의 줄이 길었다.

온갖 무기가 가득한 이 꼭대기에 아이러니하게 궁전의 인테리어를 본뜬 레스토랑이 있었다. 해가 질 무렵 서서히 비추는 성의 조명과 달빛이 이 궁전레스토랑을 환상적인 낭만으 공간으로 만들어주고 있었다. 선선한 밤, 달빛의 유혹을 받으며 이곳에서의 저녁 식사를 즐기고는 싶었으나, 나의 여행 원칙을 깰 수는 없다는 생각에 어두워지기 전에 빠른 걸음으로 하산했다.

라자스탄의 두 번째 도시: 조드푸르^{Jodhpur}

자이푸르에서 다시 기차를 타고 300킬로미터를 서쪽으로 더 들어갔다. 라자스탄주의 두 번째 도시 조드푸르를 향해. 사막의 모래와 뜨거운 햇살이 기다리는 곳이다. 여행객은 조드푸르 행 기차표를 발권하기 전에 살짝 망설인다. 파키스탄과 국경을 맞대고 있는 사막 도시 자이살메르까지 쑥 들어가서 여장을 풀 것인지, 아니면 황제가 머물던 대도시 조드푸르에 짐을 풀고 사막 도시 자이살메르는 짧은 여행으로 다녀올 것인지 고민하는 거다. 나의 경우는 어느 쪽이라도 좋았다. 자이푸르에서 잠깐 함께 여행했던 로빈의 도움을 받아 숙소를 예약했다. 가격이 저렴한데다 주인장이 친절하고, 무엇보다 사막 투어에 대한 정보가 많다고 했다. 출발 전에 로빈의 사진을 찍었다. "로빈, 내가 호텔 주인장에게 너의 안부를 전해줄게. 이 사진 보여주면서 로빈 소개로 왔다고 할게."

햇살 좋은 도시에서 지내다 보니 긴장이 풀렸는지 기차 예약하는 걸 깜빡했다. '낮에 도착해야 하는데, 이 성수기에 내가 정신이 나갔지. 미리 예약하는 걸 깜빡하다니! 앉아서 갈 수나 있을지 모르겠네.' 늦은 밤에 도착하는 열차, 게다가 3등 칸 좌석표 한 장을 겨우 구했다. 열차 안에 사람이 많아도 너무 많았고 통로를 지나칠 때마다 인도사람들이 연예인 보듯 나를 뚫어져라 쳐다봤다. 이미 익숙하다. 이런 시선을 또 언제 어디서 받아보겠는가. 배낭 멘 여자가 신기한지 사진을 찍는 사람도 있다. '아니 21세기에 여자 혼자 배낭여행 하는 게 그렇게 신기할 일인가! 국적, 나이, 성별, 다 필요 없다. 나는 그저 배낭족이다. 호호호.'

내 자리를 겨우 찾아 들어가니 노트북에 머리를 박고 있던 노랑머리 남녀가 뛸듯이 벌떡 일어선다.

"아임 쏘리! 여기 당신 자리인가요? 델리에서부터 이 기차를 탔는데, 지금껏 자리가 비어 있어서 우리가 앉아 있었어요."

"오. 네버 마인드. 전혀 문제없어요. 너무 반가워요. 그냥 앉아 있어요. 가방만 내 자리에 넣어놓고 잠깐 쉬었다가 기차 안 여기저기 좀 둘러보러 다닐 거예요."

남성은 곱슬머리 금발에 키가 190이 넘어 보였고 여성역시 금발의 단발 스타일이 딱 봐도 대학생이었다. 몇 시간은 서로 얼굴 보며 가야 할 것 같아, 내가 먼저 통성명을 시작했다. 그들은 독일에서 왔는데 연인 사이는 아니고 어릴 때부터 같은 동네에서 자란 친구로, 긴 겨울방학을 이용해 함께 배낭여행 중이라 했다. 이런 여행이 가능한 그네들의 문화와 사고방식이 살짝 부러웠다.

3등 칸은 침대도 3층까지 있다. 내 침대는 1층이고, 2층과 3층은 두 독일 학생 몫이다. 취침 시간이 아니라면 모두 1층인 내 침대를 벤치처럼 이용해 앉아 있을 수밖에 없다. 결국, 2층과 3층의 침대를 짐칸으로 같이 쓰면서 자고 싶으면 미니 철계단을 밟고 올라가 2층이나 3층에서 잠시 눈 붙이면 된다. '하긴 내 자리 네 자리가 뭐가 중요하냐. 이제 몇 시간이면 조드푸르에 다 내릴 텐데.' 밤에 도착한다는 생각에 정신이 아마득했었는데, 이 청년들이 나의 구원군이 될 것 같았다.' 애플 노트북에 머리를 맞대고 과제인 듯 뭔가를 둘이 열심히 하더니 이내 컴퓨터를 덮는다. 이때다 싶어 재빨리 말을 건넸다. "저기, 사실 좀 미안한데, 나 할 말이 있어요. 음. 할 말이라기보다는 도움이 필요해요. 기차에서 내려 시내 중심까지 같이 움직이면 어떨까요. 한밤중에 혼자 가는 것이 자신이 없네요." 어떠한 교통편을 이용하더라도 경비는 내가 부담하겠다고 말하며 의견을 물어보았다. 어차피 본인들의 숙소도 중심가에서 멀지 않으니 함께 가자고 흔쾌히 답하며 가는 곳까지 반씩 내면 된다고 했다. 기차가 도착해 출구를 빠져나올 때까지 키 큰

남학생은 우리 두 여성의 뒤를 천천히 따라오며 보호자 역할을 해주었다. '당신이 진정한 젠틀맨'이라고 말하고 싶었다. 우리는 저렴한 오토릭샤를 선택했다. 기사에게 팁을 주면서 "뒤에 탄 사람들은 내 친구들이니 팁은 더이상 요구하지 말아줘."라고 말하곤, 독일 친구들을 향해 "굿 럭! 굿 럭! 탱큐 쏘우 머치!" 하고 릭샤가 보이지 않을 때까지 외쳤다.

황후의 침실처럼 황금빛 케노피가 둘러쳐진 침대에서 첫날밤을 보냈다. '배낭족 게스트하우스에 웬 케노피람. 호호호, 혼자서라도 신혼여행 기분 좀 내라는 건가?' 아침은 옥상 식당에서 간단히 커피와 샌드위치를 먹고 프런트로 바로 내려갔다. 얼굴에서 부유함이 느껴지는 주인장이 호기심과 활기찬 분위기로 나를 맞았다. "굿모닝, 미스 소정! 어젯밤에 잘 잤어요? 여행 계획 어떻게 됩니까? 우리 투숙객은 사막 투어를 많이 간답니다. 여행사를 통해서 가는 것보다 가격도 싸고, 프라이빗 투어처럼 기사가 승용차로 모시니 아주 편하게 다녀오실 수 있답니다."

호텔주인장이 직접 모객을 하다니 독특했다. 사실 여행사 단체 투어에 합류할 생각은 없었다. 대부분 커플이거나 친구, 또는 가족들일 텐데 그들 속에서 여행 내내 개인적인 시간을 갖지 못하면 힘들 것 같아서다. 낙타를 타고 사막을 걷는 사파리 투어를 원했던 것도 아니었고 무엇보다 배낭여행이 주는 자유로운 여행의 흐름을 깨고 싶지 않았다. 주인장의 프라이빗 투어 제안은 반가웠지만 그가 제시하는 가격이 너무 높았다. 무려 20만 원이라니. 1박 2일 일정에 식사를 포함해서 '자이살메르'라는 사막 도시를 승용차로 개인 관광시켜 주는 거라면 합리적인 가격인 것 같긴 했다. 나 역시 관광가이드이니 직업적인 특성을 살려 내쪽에서도 제안을 했다.

"음, 비용이 너무 비싸네요. 다른 선택이 없으면 받아들여야겠지만 혼자서 지불하기는 부담이 되네요. 혹시 함께 갈 여성 동반자를 구해주면 어때요? 터무니없는 소리일지도 모르지만 내일 아침까지는 시간이 많잖아요? 사장님의 노력 여하에 따라 가능하지 않을까요?" 그의 의욕을 북돋기 위해 삼만 원 정도의 보증금을 테이블에 올려놓았다. 그리고 메모지에다 내 소개를 영어로 썼다. 여행동반자가 나타나면 보여주라고. 그러자 주인장이 내 모습을 카메라에 담았다. 나는 환하게 미소 지으며 "당신은 할 수 있다!"라고 말하고 시내 관광을 위해 길을 나섰다.

오후에는 영화 〈김종욱 찾기〉의 배경이 되었던 이 도시를 구석구석 느껴보려고 구시가지 안으로 들어갔다. 라자스탄 주 제2의 도시답게 화려한 궁전, 박물관, 힌두 사원,

거리의 먹자골목까지 다양하게 즐길 거리가 많았다. 영화에서도 본 듯한 언덕 위의 거대한 성채 '메헤랑가르 궁전 Meherangarh Fort'에 올라 아래를 내려다보았다. 이 도시를 블루시티 Blue City라고 부르는 게 수긍이 됐다. 푸른빛의 도시 전체가 한눈 가득 들어왔다. 궁전의 웅장함에 입구부터 압도당했다. 성문 입구에 여러 개의 선명한 손자국들이 보였는데, 왕과 함께 죽음을 선택한 왕비와 후궁들의 손자국 부조라 했다. 당시 이슬람과의 전투에서 이 성채를 지켜내지 못하고 왕이 전사하자, 왕비와 후궁들 모두 자결했다는 놀라운 이야기가 있었다. '갑자기 백제의 의자왕과 삼천궁녀가 생각나네.'

랜드마크인 메헤랑가르 성채를 본 후, 구도시의 바깥 방향으로 크게 돌며 천천히 내려오기 시작했다. 생각 없이 걷는 시간이 너무 좋았다. 푸른빛 도시 안으로 저벅저벅 걸으며 들어가니 바닷속 마을을 걷는 기분이었다. 집 집마다 선명한 인디고 바다색을 칠해놓아 태양이 뜨거운 낮에는 햇빛과 반사되어 말할 수 없이 아름다운 풍광을 그려냈다. 한낮의 더위에도 불구하고 걷는 내내 상쾌함이 느껴졌다. 잠시 후 돌아보니 한 무리의 아이들이 나를 졸졸 따라온다.

"웨어 아 유 프롬? Where are you from? 웨어 아 유 프롬?"

"호호! 아임 프럼 사우스 코리아!I'm from South Korea! "

뒤따라 오는 코흘리개 아이들의 수를 세어보니 6명이었다. 연필과 비스켓을 꺼내어 골고루 나눠 주었다. 아이들이 신이 나는지 꽥 소리를 지른다. 그리곤 골목 여행이 끝날 때까지 나와 함께해주었다. 마을 전체가 아이를 키운다는 말은 이런 곳을 두고 하는 말이겠지.

저녁을 먹으러 루프 탑으로 올라가려는데 주인장이 큰 소리로 불러 세웠다.

"미스 킴! 미스 킴! 베리 베리 굿 뉴스. 너와 같이 갈 동반자를 구했다. 싱가포르에서 온 엘리라는 여성이다. 암튼 너 무진장 럭키하다(You're very very lucky)."

"오 마이 갓! 진짜 구했구나! 사장님! 원더풀하고 대단합니다.(You're wonderful and great.) 이곳에서 나의 꿈을 이루어주는 사람을 찾았네. 바로 당신 말이야."

다음 날 아침 주인장이 기사를 소개했다. 서로 합장하듯 인사했다. 기사의 이름은 '아밋'이라 했다. 흰색의 전통 복을 입은 기사는 다소 작은 키에 인상이 순한 아저씨였다. 기사와 함께 여행동반자가 머무는 호텔로 출발했다. 멀리서 봐도 럭셔리한 호텔 외관이 귀족의 저택을 개조하여 만든 '하벨리'라는 것과 닮아 있었다. 차가 정문에 닿으려는 그때, 머리 위에 선글라스를 걸친 동양 여성이 황급히 호텔 문을 밀고 나오는 게 보였다. 그녀를 맞으러 차 문을 열고 나가려는데 그녀가 내게 달려와 격하게 포옹을 했다. 순간 아는 사람인가 하는 착각이 들었다. "언니! 너무 반가워요. 싱가포르에서 온 엘리입니다. 언니, 이 여행 굿 아이디어여요."

그녀의 반응에 긴장했던 기분이 급격히 호전됐다.

"근데, 엘리는 '언니'라는 한국 호칭은 어디서 배웠어요?"

"당연히 드라마에서 배웠죠. 한국 드라마 싱가포르에서 인기 많거든요. 친구들끼리도 언니, 오빠 막 이렇게 불러요. 너무 재밌잖아요."

'와! 전 세계가 K-드라마, K-팝 열풍이구나. 한류의 에너지가 싱가포르를 넘어 이 먼 인도까지 닿아 있다니!'

엘리도 나에 대해 궁금한 것이 많았던지 쉬지 않고 질문을 했다. 차 안에서 웃음소리가 끊이지 않으니 기사도 덩달아 신이 났다. 기사는 "자이살메르 도착 전까지 투어 코스를 설명해야 할 것 같은데…." 하며 걱정을 내비쳤다. "아! 네버 마인드! 걱정하지 마세요. 맘 편히 운전하세요. 궁금한 것이 있으면 우리가 물어볼게요." 기사는 기분 좋은 얼굴로 설명 대신 인도 음악을 나지막하게 틀어줬다. 엘리가 잘했다며 나에게 윙크를 한다.

　자다 졸다 쉬기를 반복하며 조드푸르에서 280킬로미터 정도 떨어진, 타르 사막의 한가운데 위치한 자이살메르 '오아시스 도시'에 도착했다. 천 년을 자랑하는 빛바랜 성채가 저 멀리 눈에 들어왔고 마을 곳곳에 힌두교와 자이나교 사원들이 보였다. 옆 나라 파키스탄 국경과는 백 킬로 정도밖에 안 되니 파키스탄과 아프카니스탄을 지나 유럽까지 뻗어 나갔던 화려한 시대가 이 마을에도 있었다는 것이 이해가 되었다. 영광은 사라지고 지금은 전형적인 작은 시골 마을 풍경이었다. 사원 근처 식당에서 식사하고 짜이도 한잔 하기로 했다. 기사는 식당 주인장과 안면이 있는지 수다를 떠느라 부엌 안까지 들어가버렸다. 식사 후 마을을 좀 둘러보고 싶은 마음에 두 시간 정도의 자유시간을 갖자고 해보았다. 엘리와 기사 모두 흔쾌히 동의했다.

　황금시대는 지나갔다고 하나, 중세의 분위기가 도시 전체를 감싸고 있어 사막의 흙으로 지은 듯한 집들이 예스러움을 그대로 보여주고 있었다. 특별한 행사가 있는지 한 사원 앞에 유난히 순례자가 많았다. 긴 줄을 따라 들어갈까 어쩔까 어정쩡하게 왔다 갔다 하니, 한 여성이 나를 자기 앞으로 휙 잡아끈다. 시간이 없어 양해를 구한다는 표정으로 뒤 사람들에게 미안하단 말을 반복했다. 모두가 합창하듯 "노우 프라블렘!"이라고 했다.

금욕, 불살생, 그리고 무소유를 교리의 근본으로 삼는다는 자이나교 사원이었다. 불교와 힌두의 신을 합쳐놓은 듯한 몸짓의 조각상이 많았다. 사제의 예복과 얼굴 페인팅은 이해 안 가는 부분이었다. 사원을 나와 화려한 색감의 느껴지는 골목으로 접어들었다. 다른 도시에서는 볼 수 없는 아기자기한 수공예품과 화사한 색깔의 직물들이 벽에 늘어져 있어, 마치 벽화를 연상케 했다. 골목을 지나오며 호객꾼에게 좀 시달렸지만 멋진 골목 여행이었다. 장사꾼들이 인도 특유의 옛 방식을 그대로 지켜내고 있어 완전히 다른 시대를 다녀온 느낌이었다.

자이살메르에서 에너지를 충전하고 최종 목적지인 타르 사막을 향해 떠났다. 두 시간쯤 달렸을까. 점점 집들이 드문드문해지고 희뿌연 먼지가 차 앞에 어른거렸다. '사막 입구'라는 팻말이 보여 가까이 가니 곳곳에 낙타를 타고 사진 찍기 바쁜 관광객들이 모여 있었다. 우리도 차에서 내릴 준비를 하는데 기사가 우리를 말렸다. 기사 아밋은 특별한 설명 없이 우리는 사람들이 없는 사막에 간다며 40분을 더 달렸다. 눈을 뜰 수 없을 정도로 강렬하던 햇살은 어느새 사라졌고 해가 지고 있는 게 느껴졌다.

드디어 차가 멈춰 섰다. 아밋이 사막의 먼 데를 가리키며 화장실을 원하면 여기는 너희밖에 없으니 맘껏 사용하

라고 농담을 했다. 맑은 모래 위를 맨발로 천천히 걸어보
았다. 일몰이 가까운 시간인데도, 따스함이 몸으로 스며들
었다. 엘리와 나는 물통을 하나씩 집어들었다. 모래와 사
막의 열기를 막고자 스카프로 얼굴을 싸맸다. 그러곤 서로
반대쪽 모래언덕을 향해 걸었다. 나는 출발 지점에다 물병
을 박아 놓고 이정표 없는 사막 위를 한참 걸었다. 붉은 노
을이 내려앉는 풍경의 황홀감은 말로 다 표현할 수가 없
을 지경이었다. 벌레 기어가는 소리도 들을 수 있을 것처
럼 고요했다. 기사 아밋이 엘리의 사진을 열심히 찍어주고
있는 모습이 멀리 보였다. 맨발로 모래언덕을 한 개씩 허
물어뜨리며 올라가니 또 하나의 모래언덕이 있었다. 모래
언덕은 연이어서 나타났다. 모래에 떠밀려가고 미끄러지
기를 반복하니 시간과 공간 감각이 차츰 사라지는 것 같았
다. '사막의 매력이 이런 거구나!' 갑자기 아베 코보의 소
설 《모래의 여인》이 생각났다.

모래언덕에서 한참을 구르고 뛰며 놀다가 기사 아밋이
기다리는 자동차로 돌아왔다. 아밋은 커피와 함께 자그마
한 토스트를 구워놓고 우리를 기다리고 있었다. 아밋이 돗
자리를 펴려고 하는데 엘리와 나는 모래 위에 그대로 앉아
서 먹겠다고 했다. 맨발로 모래를 밀었다 당기며 토스트를
입에 물고 어린애 같은 장난질을 해댔다.

　사막에 별빛 가득한 어둠이 내렸을 때에야 숙소로 갈 시간이 되었다는 걸 깨달았다. 기사는 10분 정도를 달려 회벽 색의 건물 안으로 차를 몰고 들어갔다. 벽 가운데 구멍이 뻥 뚫린 사막의 집 바로 그것이었다. 멀리서 남자인지 여자인지 머리를 짧게 자른 한 아이가 소리를 지르며 뛰어오더니 아밋의 품에 안겼다. 아밋과 잘 아는 사이인 듯했다. 아밋은 옆에 있는 오두막을 손으로 가리키며 저기가 우리의 숙소라고 했다. TV 프로그램 〈세계 속으로〉에서 보았던 이동식 게르 두 채가 마당에 떡하니 서 있었다. 아밋이 엘리와 내가 함께 쓸 게르의 문을 열었다. '어머나! 이게 뭐야! 전통 게르가 아니고 호텔이네.' 하얀 대리석 바닥에 트윈베드가 놓여 있었다. 화장실에도 타일이 깔려 있었다. 미니 테이블에 커피포트까지 갖추었다. 전통 문양의 카펫이 깔린 바닥을 기대했던 우리 둘은 좋다 말았다는 표정으로 씩 웃었다. "엘리! 이제 알았다. 이 사막 투어가 왜 비싼지! 이 게르 호텔 때문인 거지."

　그날 저녁은 아밋의 가족들과 둘러앉아 함께 식사했다. 초대받았다고 느껴지는 따스한 시간이었다. 사막의 밤하늘에서 쏟아질 듯한 별빛을 받으며 숙소로 건너왔다. 장거리 여행이라 고단하고 비용도 부담스럽긴 했지만, 이 사막에 꼭 와야 하는 이유가 있다면 도시에선 볼 수 없는 찬란

한 별들을 보기 위해서가 아닐까 싶다.

　게르 안으로 이른 아침볕이 살짝 비쳐들 무렵, 문을 세차게 두드리는 소리가 났다. 놀라서 나가보니 염소가 문을 뿔로 박아대고 있었다. 마당을 둘러보니 동물들이 가득했다. 소 두 마리에 개와 새도 여럿 있었다. 그리고 어젯밤에는 못 봤던 낙타도 두 마리 있었다. '이 아침에 마당에 웬 동물들이지? 완전 동물원이네!' 동물들의 순하고 느린 행동을 보니 이들 또한 오랜 가족임을 알 수 있었다.

　조드푸르로 돌아가는 길. 대로에 접어들기 전 아밋은 근처 마을을 크게 한 바퀴 돌며 사막 마을 이곳저곳을 구경시켜 주었다. 폐허가 된 마을도 있었고 큰 우물가에서 빨래하고 물 긷는 붉은 차르 입은 아낙들과 아이들 모습이 정겨웠다. 대로와 가까운 마을 어귀에는 휴양지에나 있을 법한 호텔과 기타 편의시설이 지어지고 있었다. 사막이 주는 돈벌이가 적지 않으니 이곳도 곧 전형적인 관광지 모습으로 변할 듯하다. 엘리는 아밋의 동생 부부에게, 나는 기사 아밋에게 각각 팁을 주고 1박 2일의 짧은 사막 투어를 마쳤다.

라자스탄의 세 번째 도시: 우다이푸르^{Udaipur}

라자스탄 주의 세 도시 중 한 곳만 가야 한다면 나는 우다이푸르를 택할 것이다. 호수에 떠 있는 아름다운 궁전, 마을 중앙에 큰 몸집으로 우뚝 서 있는 힌두사원, 궁전만큼 화려한 '하벨리'라고 부르는 귀족들의 저택, 어느 쪽으로 눈을 돌려도 질리지 않는 매력이 여기에 있다. 갤러리를 걷고 있는 듯 독특한 그림이 끊임 없이 이어진 골목들과 이 도시가 아니면 절대 볼 수 없다는 화려하고도 예술적인 민속공연까지, 라자스탄의 하이라이트는 이곳에 다 있다고 말할 수 있다. 여행자들이 '미친 야경을 보러 우다이푸르에 간다'고 할 정도로 야경 또한 빼놓을 수 없는 볼거리다.

버스로 여덟 시간 걸려 우다이푸르까지 내려왔다. 밤 도착이었으나 찬 공기는 전혀 느껴지지 않았다. '타이거'라는 이름의 게스트 하우스에 여장을 풀었다. 한국의 호랑이를 떠올리게 하는 이름이 정겨웠다. 늦은 점심도 먹고 구경도 할 겸 호숫가를 따라 골목길을 천천히 걸어 내려갔다. 거대한 호수 앞에서 절로 걸음이 멈춰졌다. '멋지다! 이게 인공호수라니 믿기지 않는데?'

16세기 왕과 귀족들은 무굴제국의 공격을 피해 이곳으

로 옮겨와 새로운 터전을 건설했다. 당시 사람들의 땀과 피로 만들어졌을 우다이푸르는 그저 아름답고 고요한 휴양지 느낌 그것이었다.

한 개의 골목이 끝나면서 커브를 도는데 골목 벽에 커다랗게 쓰인 한글이 보였다. '한국 음식이 그리우셨죠?' 갑자기 한글을 보니 너무도 반가워 자연히 발길이 그곳으로 향했다. "어서 오세요. 한국 사람?" 초등학생 정도로 보이는 소년이 한국어 메뉴판을 내 앞에 가져다 놓았다. 그런데 갑자기 뒤에서 "어머, 한국 아줌만가 보네! 웬일이랴! 맞죠? 한국인?" 하는 말이 들렸다. 나도 놀라 돌아보니 한국인 부부가 식사 중이었다. "어머, 반갑습니다. 한국 식당에 오니 한국분들 뵙게 되네요."

"이쪽으로 합석하세요. 어머, 어머, 웬일이야! 웬일이야!" 하며 벌떡 일어난 여성이 나의 가방을 본인들 자리로 옮기기 시작했다. 나는 김치볶음밥과 김치전을 주문했다. 그분들의 테이블엔 닭볶음탕과 된장찌개가 놓여 있었다. 갑자기 여성의 남편이 손을 번쩍 들어 주문을 추가했다. "이런 만남에 술이 빠질 수 없지." 파전과 맥주 두 병이 날라져 왔다.

두 분은 전라북도 전주에서 왔다고 했다. 동갑이신 두 분은 그해 회갑을 맞으셨고, 그것을 기념하고자 생애 첫 배낭여행에 도전 중이라 했다. 우리는 이야기 중간중간 잔을 부딪치면서 인도의 생활방식에 대해 의견을 주고받았다. 타국에서 함께 한식을 먹으며 마음 나눌 따뜻한 사람들을 만나니 기운이 났다. '놀랍다, 대단하다, 멋지다'를 외치며 우리는 몇 차례나 잔을 치켜들었다. '아! 여행 도중에 이런 시간이 주어지다니.' 여행을 마치고 친구들을 만나 여행의 모험담을 털고 있는 그런 행복함이었다.

부인이 했던 얘기 중에 한 가지 기억나는 것이 있다. "우리는 영어가 안되니까 급할 때 팁을 천 원 정도 주면서 부탁하곤 해요. 이 나라는 오백 원, 천 원 주면서 부탁하면 다 해결되더라고. 신기해! 참 착해. 무슨 부탁이든 다 들어줘요. 모레 조드푸르 넘어가는 버스 발권도 지나가는 청년에게 물었더니 우리를 여행사에 데려다주더라고. 수고비 조금 주고 버스표도 호텔도 단박에 해결했다니까."

두 분의 이야기를 듣고 있자니 첫 배낭여행임에도 두 분의 유연함이 느껴져 존경스러웠다. 지난 세월 동안 살아온 내공이 이곳 인도에서 마음껏 발휘되고 있는 것 아닐까. 남편분이 우리의 만남이 소중한 추억이라고 하시며 음식값을 전부 계산해 버리셨다. 호텔로 오는 길에 내 몸에서 맛있는 냄새가 나는지 소 한 마리가 느리게 다가와 내 손을 핥고 지나간다. "아유! 너무 재밌어! 소, 당나귀, 낙타,

코끼리랑 같이 걸을 수 있는 곳은 여기 인도밖엔 없다니까. 호호호.” 부인이 한바탕 크게 웃으셨다.

인도 여행은 호불호가 갈린다고들 한다. 친절하게 다가오는 인도인들은 거의 다 사기꾼이라고 말하며 인도를 사기 천국이라 부르는 사람도 있다. 사실 나도 처음 며칠간은 다가오는 모든 인도인을 경계했다. 하지만 홀로 외로운 여행길에 “헬로우! 안녕하세요. 한국인?” 하며 친근하게 말을 건네주는 사람들도 이곳 인도 사람들뿐일 듯한데도 말이다. 그동안 인도와 서서히 친해져서 그런지 이들에게 사기당할까 경계하기보다는 적당히 타협하는 쪽으로 태도가 유연해졌다. 매사 합리와 불합리라는 잣대로 가르려 들던 나도 조금은 변했다.

다음 날 부부를 다시 만났다. 두 분에게 낭만적인 시간이 될 거라면서, 피촐라 호수 위의 하얀 궁전에 다녀오자고 했다. 전날 밤의 대접이 너무 감사하여 유람선 발권은 내가 뛰어가 먼저 준비했다. “틀림없이 전생에 무슨 인연이 있었다”면서 부인이 내 손을 꼭 잡았다. 사방이 뻥 뚫린 보트 위에 앉으니 시원한 바람과 함께 잔잔한 음악이 들려왔다. 휴양지의 여유로움이 느껴졌다. 배가 출발하자 호수 주변 경치가 그림처럼 펼쳐졌다. 호숫가 계단에서 빨래하는 여인들, 풍덩풍덩 물장난하며 수영하는 아이들, 당나귀를 끌고 가는 아저씨…. 보트가 호수 주변을 빙빙 돌 때마다 필름이 돌 듯 정겨운 풍경들이 지나갔다. 근처 나무 위에서는 원숭이들이 폴짝대며 깩깩 소리를 질렀다. 두 분이 행복해하는 모습을 보니 특별한 날에 함께하고 있다는 생각에 마음이 뿌듯해졌다. 보트에서 내려서 사원 근처에 있는 '사토리: 득도'란 이름의 카페로 들어갔다. '인도에 도 닦으러 왔소이다'라고 말하는 것 같은 곳이었다. 카페라테 두 잔과 과일주스 한 잔, 당근 케이크를 주문했다. 일본인 주인장은 없고 카페의 바리스타가 주문을 받으며 어디서 왔느냐고 물었다. 우리 모두 합창하듯 "코리아!" 하고 외치니 "웰컴, 웰컴!" 하며 크게 웃었다. 주문한 카페라테에 커다란 태극기가 그려져 나왔다. 우리 모두 박장대소하며 '엄지 척' 하고 다시 합창했다. "대~한민국!"

저녁 무렵 옛 귀족의 대저택에서 열리는 라자스탄의 민속공연도 함께하기로 했다. 전날 갔던 한국 식당에 다시 가서 이른 저녁을 먹고, 공연장에 조금 일찍 들어갔다. 공연 시작 전부터 인도 전통 복을 입은 악사들이 자리 잡고 앉아 기타인 듯 거문고인 듯한 현악기를 조율하고 있었다. 입장료 삼천 원 정도에 좌석표도 따로 없는 공연장이었다. 빨리 들어온 것이 신의 한 수였다는 생각이 들었다. 의자 사이의 공간은 물론이거니와 복도에도 발 디딜 틈이 없었고 심지어 뒤에 서서 보는 사람, 2층 난간에 기대어 보는 사람들까지 있었다. 사회자의 인사말과 공연에 얽힌 역사적 배경 설명이 끝나자 웅장한 북소리, 아쟁 꽹과리 현악기의 간드러진 소리가 한꺼번에 터지면서 무용수들이 등장했다. 머리에 불이 담긴 항아리를 이고 나와 맨발로 춤을 추는데 눈부시게 화려한 옷차림, 빠른 몸놀림, 춤과 함께 곁들여진 기술적인 손과 발동작은 수년을 갈고 닦은 곡예의 묘기 바로 그것이었다. 머리에 무엇인가를 얹고 도는 동작이 많았는데, 사막의 건조함을 이겨내며 힘겹게 살아가는 여인들의 일상을 표현한다고 했다. 18세기에 지어진 궁전 같은 저택의 대리석 원형 극장에서 펼쳐지는 공연을 보고 있자니 타임머신을 타고 그때 그 시간 속에 툭 떨어진 것 같았다. 열한 개의 항아리를 머리에 올려놓고 빠른 회전으로 온몸을 돌리며 춤추는 장면이 압권이었다.

힌두교가 대다수인 라자스탄인에게 춤을 추는 행위가 단순히 즐길 거리, 유흥만을 의미하는 것은 아니라는 걸 알게 되었다. 힌두 사원의 조각상에도 손가락을 꺾거나 한 다리를 치켜드는 등의 무용 동작들을 많이 보이는데, 신과의 소통을 표현한 것이라 했다. 힌두교에는 삼신 일체를 이룬다는 세 명의 신이 있는데 이름하여 브라마, 비슈누, 시바라 불린다. 가장 사랑받는 신이 시바라고 했다. 시

바는 성격이 광포하여 '파괴의 신'이라 부르며 동시에 무
용의 신이기도 하다. 이 고통스럽고 한스러운 세상이 어서
빨리 파괴되어 더 좋은 세상에서 태어나기를, 신에게 몸부
림치듯 말하고 있는 것은 아닐까. 춤사위가 강렬하고도 애
절했다.

　한국인 부부와는 꼭 다시 만나기를 약속하고 무사 무탈
한 여행을 기원하며 헤어졌다. 뭄바이에서 출발한 그분들
은 부처님의 고향인 북쪽을 향해, 나는 인도 최고의 불교
유적지 아잔타 석굴을 향해 남으로 가야 했기 때문이다.

아메다바드^{Ahmadabad}를 거쳐
아우랑가바드^{Aurangabad}로

　　인도에는 유네스코 문화유산이면서 고대 건축과 미술의 정수를 볼 수 있는 두 개의 석굴이 있다. 아잔타^{Ajanta Cave}와 엘로라^{Ellora Cave}다. 이 두 석굴을 품고 있는 도시가 바로 아우랑가바드다. 내가 출발하는 곳에서 20시간 이상의 버스 이동이 필요하다. 이번에는 1, 2층에 침대가 설치된 '슬리퍼^{Sleeper Bus}'를 야간 시간대에 타보기로 했다. 출발하기 한 시간 전에 버스 정류장에 도착했다. 인도에서 드디어 장거리 버스를 타보는구나 실감하며 발을 버스 스텝에 올려놓으려는 순간, 버스 기사가 나를 제지했다. 나한테서 무슨 냄새가 난다는 듯 코를 막고 손가락으로 신발을 가리켰다. '아니! 이게 뭐지? 못살아, 내가 소똥을 밟았네! 어두워서 뭐가 보여야 말이지.'

얼른 밖으로 몸을 움직여 잔디에 신발을 쓱쓱 비벼 닦았다. 찰떡같이 붙어서 잘 닦이지도 않았다. 길거리가 온통 소똥, 말똥, 당나귀 똥인데 이 밤에 똥을 안 밟는다는 것이 이상하지 않은가. 버스로 돌아오니 버스 기사의 표정이 여전히 안 좋다.

"돈 워리! 신발 갈아 신을 겁니다." 배낭에서 샌들을 꺼내 바꿔 신고, 운동화는 꽁꽁 싸매어 비닐봉지에 넣었다. 기사에게 웃으면서 한마디 했다. "소는 당신네 인도인들이 모시는 신성한 신인데, 신의 똥 냄새도 못 참나요?" 버스 1층 침대칸의 전통 사리 입은 여성이 입을 가리고 깔깔 웃는다. 얼른 눈인사를 건네고 여유만만한 표정으로 2층 내 공간으로 쏙 들어갔다. 배낭을 베개 삼고 누워 어둠이 깔린 창밖을 보았다. 노란 불빛이 어른거리는 인도의 밤 풍경을 보니 이상한 기분이 들었다. 외로움일까? 친구 같은 분들과 만나 즐겁게 지내다 헤어진 후의 쓸쓸함인가? 다음 목적지까지의 쉽지 않은 여정 때문일까? 춥지도 않은 밤공기가 서늘하게 느껴졌다. 버스가 막 출발하려는 순간, 코끼리 한 마리가 달빛에 어슬렁어슬렁 버스 곁을 지나가는 게 보였다.

휴게소에서 두 번 쉬고 경유지 아메다바드에 예상보다 늦게 도착했다. 버스 연착이 오히려 고마웠다. 장거리 버

스 최종 도착 터미널에서 멀지 않은 곳에 숙소를 예약했
다. 호텔에서 옷과 신발을 빨아서 널고 인스턴트 커피 한
개를 꺼내 휴식하는 기분으로 마셨다. 버스가 안락해서였
는지 야간 이동이 고단해서였는지 숙면에 들었고, 다음 날
개운하게 일어났다. '자 이제 슬슬 새로운 도시를 탐방해
볼까?' 오후에는 오토릭샤를 불러 타고 천천히 바자르(시
장)를 구경 다녔다. 시장 입구 미니 슈퍼에 들러 화장지, 비
스킷, 빵, 과일 등을 샀다. 시장에서 파는 라씨라는 인도 전
통 음료는 지날 때마다 유혹적이었지만 유리컵의 위생상
태를 믿을 수가 없어 그냥 과일로 만족하기로 했다. 혼자
낮에 돌아다닐 때 가장 힘든 것은 아이 엄마들의 손을 뿌
리쳐야 할 때다. 길에서 뭔가를 사려고 잠시라도 멈춰 서
면 서너 명은 뒤에 딱 붙어 내 팔을 잡아끌며 조른다. 손을
입에다 대며 무언가 먹고 싶다는 몸짓을 하거나 가게 쪽으
로 손을 가리키며 우유나 빵을 사달라고 조른다. 여러 명
이 한꺼번에 달려들 땐 빠른 걸음으로 지나쳐 버리지만,
한 명일 땐 몇천 원이라도 손에 꾹 쥐여주고 지나가곤 했
다. '도대체 무엇 때문에 인도 땅엔 버려진 엄마와 아이들
이 이토록 많은 것인가?'

　인도를 더이상 불교국가라고 부를 수는 없으나 여전히
많은 불교 성지 순례자들이 고대 전성기 시대의 불교 문화

를 보러 아우랑가바드에 온다. 붓다의 탄생을 기원전 6세기로 봤을 때 기원전 2세기부터 인도 전역에 불교의 확장세가 있었을 것으로 보고 있다. 5세기 중엽에는 왕의 지지까지 받으며 불교 황금기를 맞이했다. 소승불교와 대승불교로 나누어진 시기도 역시 이 시기로 보고 있다. 아잔타 석굴을 연구했던 고고학자들은 대승불교의 시기를 '후기 동굴 시기'라고 불렀고 불상의 제작도 이때부터라고 봤다. 불교 황금기에 이곳은 승려와 참배객으로 계곡이 바글바글했다고 한다.

4~5세기경 인도의 불교가 중국, 일본, 한국, 그리고 동남아까지 확장되었으니 통일신라 시대 경주 석굴암이 아잔타 석굴의 영향을 받았다는 기록은 맞는 것 같다. 국사 시간에 공부했던 통일신라 불교의 특징을 떠올리면서 지금 내가 찾아가고 있는 불교 성지 아잔타의 황금기까지를 거꾸로 더듬어 올라가 보기로 했다.

'인도 고대 불교—삼국시대 귀족 중심의 불교—통일신라 민간 불교—고려 연등회(황금기)—그리고 조계사와 인사동'까지로 일단 줄기를 세워놓고 아잔타를 다녀와서 나머지 조각을 맞춰보기로 마음먹었다. 부처의 탄생부터 불교가 인도에서 버텨낸 천 년의 세월을 만나러 가는 것이다.

지금껏 수도 델리를 빼고는 배낭 여행객의 체면을 지키

고자 주로 2만 원 이하의 숙박비를 고수해왔다. 하지만 이곳 아우랑가바드에서만큼은 3박 4일 동안 호텔에서 편하게 지내고 싶었다. 특별한 곳에 왔다고 생각하니 나에게도 선물을 주고 싶었나 보다. 도시에서의 관광은 모두 빼고, 오직 아잔타와 엘로라만을 목적지로 정했다. 호텔에서 체크인을 하려는데 프론트 직원이 갑자기 묻는다. "Do you speak English?(당신 혹시 영어 할 줄 압니까?)" 이유를 물으니 한 이탈리아 여성이 내일 아잔타 석굴에 프라이빗 투어로 갈 예정인데 파트너를 찾고 있다고 했다. '와우! 이런 경우가 있나. 이건 내가 사막 투어 할 때 써먹은 방법인데.'

"당연히 오케이입니다." 프라이빗 왕복 차량 비용은 하루에 6만 원. 나는 메모지를 달라고 하여 여행동반자 한 명을 더 구한다는 광고를 냈다. 프론트의 직원에게 종이를 내밀며 "한 사람을 더 구하면 2만 원씩만 내면 되고, 그러면 너무 해피할 것 같다"고 설명했다. "부탁해요. 부탁해요. Please, Please!" 데스크 직원은 "노우 프라블렘!"을 두 번이나 외치며 껄껄껄 웃었다.

아잔타^{Ajanta Cave}, 그 천년의 찬란함

다음 날 오전, 마침내 세 명이 모였다. 독일 남성 37세 펠릭스, 61세 이탈리아 여성 베아트리체, 이렇게 유럽인 두 명과 함께 아잔타를 한 차로 가게 되었다. 기사 옆자리 는 키 큰 펠릭스가 앉고 베아트리체와 나는 뒷자리에 앉았 다. 펠릭스는 자신에게 함께할 기회를 준 것에 감사하다며 탱큐를 연발했다.

"베아트리체! 당신 이름 너무 이쁘다. 단테의 《신곡》에 나오는 여주인공하고 이름이 같아서 아는 사람 같아!"

"아! 그렇구나! 맞아 거기에 내 이름이 나오지. 어쩌면 나도 비극의 여주인공인지 몰라. 남편을 갑작스럽게 잃고, 슬픔을 이겨내려 인도에 오기 시작했거든."

아차 싶은 생각에 미안하다는 말을 했다. '처음 만나는 사람에게 할 말이 그리도 없는 건가. 아! 진짜 주책이야.
《신곡》에 대해 알면 뭘 얼마나 안다고.'

그녀는 웃으며 너의 한국이름은 누가 지은 거냐, 무슨
뜻이 담겼냐고 되물었다.

"내 이름은 내가 고등학교 때 오빠가 대학 떨어지면서
엄마가 작명소 가서 3만 원 주고 새로 지어 받은 이름이
야. 여자가 가운데 돌림자를 쓰면 기가 세다나 뭐라나 하
면서." 허공에 내 이름 '소정'이라는 한자를 쓰고 뜻도 말
해주었다. 그런 경우도 있냐면서 둘은 깔깔 웃었다. 펠릭
스도 베아트리체도 유럽에선 흔한 이름이라고 했다. 우린
서로 잊을 수가 없을 만큼 이름 얘기를 해댔다. 창밖의 시
골 풍경을 보며 한참을 가다 보니 조금 지루하단 생각이
들었다. "지금 가는 곳이 불교 석굴이잖아요? 내가 타지마
할 갔을 때 기념품점에서 책 두 권을 발견했어요. 아잔타
과 엘로라 석굴에 관한 안내서예요." 나는 가방에서 책을
꺼내 보여주며 이렇게 제안했다. "제1 석굴부터 한사람이
한 개씩 돌아가며 읽으면 어때요? 그리고 우리 모두 영어
가 모국어는 아니니까 건축이나 회화에 관한 어려운 용어
가 나오면 한 사람은 사전을 찾아서 단어 풀이를 해주기로
하고. 어때요? 거기까지 세 시간 거리니까 시간도 빨리 가
고 공부도 되고 좋을 것 같아요." 내 말이 떨어지기 무섭게

둘은 박수로 호응해줬다. 베아트리체, 나, 펠릭스 이런 순
서로 제1 석굴부터 28 석굴까지 한 개씩 읽어나가기로 했
다. 모르는 단어는 컴퓨터 프로그래머인 펠릭스가 사전을
찾아 뜻풀이를 해주었다. 읽는 사람이 바뀔 때마다 각자의
모국어 액센트가 섞여 발음이 이상하여 크게 웃기도 했다.
20번째 석굴로 넘어갈 때쯤 베아트리체는 잠이 들었고 펠
릭스와 나는 도착 때까지 이런저런 이야기를 주고받았다.
내가 아잔타에 가는 것은 대학에서 역사철학을 가르치셨
던 아버지와의 마음의 약속 같은 의미도 있다고 말해주었
다. '철학'이라는 말이 나오자 펠릭스가 반색했다. "아버지
는 특히 독일의 철학자 쇼펜하우어를 좋아하셨어. 쇼펜하
우어도 인도 불교철학에서 많은 영향을 받았다고 하더라
고. 펠릭스도 나도 아잔타 방문의 의미가 크겠는걸."

　"다시 태어나면 컴퓨터보다는 철학을 전공하고 싶어요.
이 분야에서 성공했다고는 하지만 시간이 지날수록 감정
이 메마른 걸 느껴요." 그는 자신의 기술이 성장할 때마다
오히려 사람들에게 해악을 끼치는 일을 하는 것은 아닌가
하는 고민을 하게 된다고 했다.

　석굴 공부도 하다가, 대화도 나누다가, 창밖 풍경에 취
하기도 하다가 세 시간이 휙 지나갔다. 기사가 차를 세웠
다. 드디어 다 왔군. 이렇게 생각했지만, 우리 앞에는 석굴

행 셔틀버스가 기다리고 있었다. 그다음 산 중턱 석굴까지
는 등산을 해야 했다. '쉽지 않은 여정이군!' 한 걸음 한 걸
음 수행하듯 석굴을 올려다보며 계단을 올랐다. 걸으며 옆
을 보니 가마를 타고 가는 사람도 있었다. '지난번엔 코끼
리, 낙타, 당나귀가 사람을 태우고 갔는데 이번에는 가마
꾼들이 사람을 메고 올라가네.' 인도 관광지의 오르막길엔
동물과 사람이 항상 함께 올라간다. 인도에서만 가능한 일
이다.

숨이 턱 끝에 찬 우리는 더 걷지를 못하여 제1 석굴 돌
기단에 철퍼덕 주저앉았다. 굴 안에서 시원한 바람이 훅
불어왔다. 어디서 선풍기 바람이 불어오나 싶을 정도였다.
인도의 혹서기를 상상해보았다. 얼마나 습하고 더울까. 앉
아서 물을 벌컥벌컥 들이키며 스님들의 여름 수행처로는
여기가 최고이겠다 생각했다. 우리는 셋은 차에서 짧게 공
부했던 부분들을 서로서로 기억나는 대로 맞춰보았다.

석굴은 전기와 후기 즉, 초기 건설 시기와 5세기의 황
금기 사이에 확연한 기술의 차이기 느껴졌다. 초기 석굴은
색채나 조각 없이 단순했다. 후기는 석굴 입구부터 천장과
기둥에 이르기까지 화려하고 섬세함이 보였다. 몇백 년의
시간이 더해져서 완성된 석굴이니 당연히 당시 경제적인
상황에 따라 많은 차이가 있었을 것이다. 내용 면에서도

차이가 있었는데, 초기의 석굴에는 부처의 조각상은 전혀 없고 탑(스투파)만 한 개가 중앙에 크게 놓여 있다. 이 탑을 중심에 놓고 기도하고 정진했던 것 같다. 그러다가 후기의 석굴군으로 들어가니 드디어 경주 석굴암과 흡사한 모양의 조각상들이 보이기 시작했다. 나는 펠릭스와 베아트리체에게 소리쳤다.

"저기 저 부처님 좀 봐! 우리나라 경주에도 우리도 저것과 아주 흡사한 게 있어. 여기 와 보니 경주 석굴암이 왜 걸작인지 알 것 같아. 우리, 경주에도 같이 갑시다."

석굴암이 얼마나 완벽한지 아잔타 석굴의 결 가부좌상을 보며 깨닫게 되었다.

석공들이 정과 끌, 망치 그리고 손의 힘만으로 수 세기에 걸쳐 하나하나 완성했다고 생각하니 당시 수행자들의 열정이 느껴졌다. 그래도 거대한 건축물이란 돈과 정치적 힘 없이는 탄생하기 어렵지 않은가. 이곳도 황금기에는 왕과 귀족의 적극적인 후원이 있었다. 그 열정이 석굴 내부의 벽화에서 느껴졌다. 벽화에서 발견한 색채는 일고여덟 가지 정도였다. 아무리 황금기에 완성된 벽화라지만 천오백 년 전인데 어디서 어떻게 재료를 가져왔던 걸까? 어디에서도 본 적이 없는 다채로움이었다. 부처의 탄생, 마야 부인, 부처의 고행과 출가, 부처의 동생 난다와 그 약혼녀를 그린 벽화까지 아주 사실적인 그림들이었다. 육체의 선 하나하나가 옷 밖으로 비치는, 요즘의 시스루 패션이라고 나 할까. 한국 사찰에서 볼 수 있는 점잖은 부처님의 모습 과는 거리가 멀었다. 표정, 머리 모양의 독특함이 당시의 귀족 패션 스타일이었을지 모르겠다는 생각이 들었다. 엄 숙함보다는 오히려 세속적인 느낌으로 다가왔다. 석굴 안 에서 수행하시는 스님을 만나 여쭤보니, 이 사실적인 그림 들은 글을 모르는 대중에게 부처님의 전생에서 해탈까지 를 이해시키고 깨달음에 이르도록 돕고자 함이었다고 말 씀하셨다.

낙서와 훼손의 흔적이 많이 보여 안타까웠다. 불교를 부 정하는 누군가고 벽화를 없애려고 긁은 흔적이 여러 곳에 서 보였다. 특히 1819년에 호랑이 사냥을 하다 우연히 이 굴을 발견했다는 영국군 장교 존 스미스의 낙서와 이름이 눈에 띄었다. "내가 아잔타 천 년의 잠을 깨웠다." 발견 당 시의 그의 마음이 이랬을까. 아잔타의 가치를 알기까지는 많은 시간이 필요했나 보다.

반나절 이상 이 굴 저 굴을 들락거리고 나니, 물통의 물 도 다 떨어지고 배고픔도 견디기 힘들어져 산을 내려 가기 로 합의를 보았다. 아래쪽 버스 터미널 옆 식당가는 이미 점심을 하려는 사람들로 가득 차 있었다. 베아트리체는 뛰어들 듯이 식당 안으로 들어가더니 이렇게 외쳤다. " I'm so desperate to die.(나 죽기 일보 직전이다.)" 내가 이렇게 고쳐주었다. "그렇게 말하면 저분들 못 알아들어요. "자, 이렇게. Ice water, please!"

곧장 물병이 날아왔다. 늦은 점심도 셋 다 아사 직전의 상태여서 소리 한번 안 내고 게 눈 감추듯 먹어치웠다.

베아트리체가 인도에 오기 시작한 것은 10년 전 남편이 갑작스럽게 떠난 후부터라고 한다. 고통과 상실감을 견딜 수 없었던 그녀는 '산티아고 데 콤포스텔라 순례길'을 다녀왔다. 그러고도 견딜 수가 없어 매년 두세 차례 인도 여행을 하기 시작했다고 한다. 이제는 여행만이 아닌, 인도 회사와의 직물과 의류 관련 비즈니스로 더 자주 온다고 했다. 인도에서 치유받고 사업까지 하는 행운도 얻은 그녀의 사연을 들으면서 인도의 신비로움에 다시금 빠져들었다. '아무리 죽음 같은 절망이 온다 해도 삶은 어떻게든 균형을 맞춰간다'는 말은 정말이지 맞는 말인 것 같다.

그녀는 다음 날 비즈니스 계약 건으로 국내선을 타고 뭄바이로 향했고, 펠릭스와 나는 엘로라 석굴을 보고 이 도시를 떠나기로 했다. 저녁 식사는 아잔타를 함께 다녀온 기념으로 우리가 머물던 '그린 올리브 호텔' 식당에서 함께 했다. 헤어지면서 베아트리체는 나와 함께했던 시간이 축복이었다고 말하며 오랫동안 나를 안아주었다. 그녀의 예쁜 명함을 보니 있으니, 그녀의 온기가 다시 느껴진다.

엘로라 Ellora

엘로라까지는 교외버스를 타고 이동하기로 했다. 터미널에 도착하니 기사가 목적지를 귀청 떨어질 정도의 큰 소리로 외치며 안내했다. 얼른 자리를 잡고 앉았다. 버스가 먼지를 날리며 대로에 접어들자 낯선 길 위에 선 짜릿함이 느껴졌다. 길 양쪽으로 사탕수수와 다양한 작물들이 보였고 빛바랜 성채와 성벽들도 군데군데 보였다. 버스 여행이 다소 거칠기는 해도 승용차보다는 현실감과 쾌감이 있었다. 곳곳에 이슬람 사원인 듯한 작은 돔 양식의 사원이 잡초에 둘러싸인 채 버려져 있었다.

버스는 꼬불꼬불한 산길을 한참이나 올라갔다. 알 수 없는 시간대로 들어서는 느낌이었다. 이런 지형을 고원이라고 말하는가 보다, 하고 생각하는 사이 저 멀리 산 위에 일렬로 줄지어 선 동굴들이 눈에 확 들어왔다. '아! 저기가 엘로라 석굴군이구나.'

버스가 도착하자 릭샤꾼들이 떼로 몰려들었다. 여자가 걷기에는 너무 멀다며 입구까지는 릭샤를 타고 가야 한다면서 내 앞을 가로막았다. "노 땡큐! 두 발로 걸어서 가보 겠소이다."

엘로라의 서른네 개 석굴을 모두 볼 생각은 없었다. 내 눈길을 끄는 석굴은 웅장하고 거대한 16번 석굴이다. '엘 로라의 힌두교 석굴의 형성 시기가 7세기라고 했으니, 그 즈음 아잔타에서 수행하던 스님들과 참배객들은 모두 어 떻게 됐을까? 힌두교의 확장세가 두려워 어딘가로 피했을 까?' 이런 궁금증을 안고 16번 석굴쪽으로 향했다. 공교롭 게도 16번 힌두교 석굴 앞에서만 입장료를 받았다. 힌두교 에 편견이 있는 것은 아니지만 책에서 읽은 엘로라 석굴군 의 의미와 가치에 대한 설명은 눈으로 본 것과는 약간 동 떨어진다는 느낌을 받았다.

책에서 읽기로는 불교와 힌두교, 자이나교가 서로 영향 을 주고받았고 힌두교의 거대사원이 건설될 당시 다른 두 종교의 잔재를 모조리 파괴할 만큼의 적대감은 없었다. 부 처를 힌두교의 주신 비슈누의 아바타로 보고 있어서, 힌두 교 힘이 팽창하는 시기에도 세 개의 종교는 서로 융합해나 갔고 그 관용의 정신을 이곳 엘로라가 보여주고 있다고 했 다. 엘로라의 앙상블은 인도 중세 시대의 예술을 가장 아 름답게 표현한 것이라는 거다. 그런데 직접 와서 내 눈으 로 보니 이 설명은 뭔가 맞지 않는 듯했다.

엘로라를 대표하는 16번 석굴은 카일리쉬 사원으로 불리운다. 안에 들어섰을 때 마치 거인국에 온 것 같은 느낌을 받았다. 힌두교가 패권을 잡은 서기 760년경부터 시작하여 무려 150년 동안 20톤의 바위를 깎아 만든 한 개의 거대한 건축물이 바로 이 사원이다. 미켈란젤로가 돌 한 덩어리로 예술품을 탄생시켰듯이, 7천 명의 석공이 바위산 한 개를 안고 150년을 깎았다는 소리였다. '굉장하다. 거의 피라미드 크기의 조각품이라니.' 감탄이 절로 나왔다. 면적으로 보면 그리스 파르테논 신전의 두 배, 높이로 보면 1.5배라고 했다.

사원 전체는 정교한 조각상들로 입혀져 있었다. 벽과 천정에 채색된 그림들도 온통 힌두신들이었다. 벽화의 내용은 몹시도 선정적인 것들이었고 사원 내 중앙에는 거대한 남근상이 보였다. 다산과 풍요를 기원했다고 해석해야 하는 건가? 안내서를 보니 이는 힌두교 주신 중 하나인 시바를 모시는 신당이었다.

인도의 인구가 10억이 넘으니 신자 수만 보더라도 힌두교는 기독교, 이슬람교, 불교에 이어 세계 4대 종교에 들어간다. 사실 힌두교는 인도인들만의 종교이다 보니 낯선 느낌도 많았고 인도 오기 전까진 솔직히 큰 관심도 없었다. 더구나 신의 수도 너무 엄청나고(3억이 넘는다는 기록이 있음), 신화적인 요소가 많다 보니 종교라고 인정하기도 쉽지 않았다. 인도는 지역마다 인종도 조금씩 다르다 보니 교파와 교리도 다르고 모시는 신들도 다 제각각이었다. 인도인조차 자신들이 믿는 신이 몇이나 되는지 정확히 모른다는 말이 있다. 힌두교의 역사적 배경까지 다 알 필요는 없어도 수많은 신 중 가장 높이 숭상받는 세 명의 주신은 기억하기로 했다.

> 브라마: 우주를 창조한 최고의 신 [창조]
> 비슈누: 세상을 유지하고 지켜주는 선한 기질의 신 [유지]
> 시바: 파괴와 변형의 신으로 공포의 대상인 신 [해체]

이 세 명의 신으로만 딱 정리되면 얼마나 이해하기 편할까? 여기서 한 단계 더 나아가야 인도의 길거리에서 시시때때로 마주치는 거리의 인물상이나 특이한 모양을 한 동물상들을 이해할 수 있다. 특히 세 명 중 가장 자애롭다는 비슈누는 삶의 고통을 없애주기 위해 열 명의 나른 아바타(화신)로 세상에 모습을 드러냈다고 한다.

> 1. 마츠야(물고기) 2. 쿠마(거북이) 3. 바라하(산돼지)
> 4. 나라심하(사자) 5. 칼킨(기사)

6.바나마(난쟁이) 7.파라슈라마(도끼를 든 전사)

8.라마(정의로운 왕) 9.크리슈나(양치기 소년)

10. 붓다(스승)

붓다(석가모니)가 힌두교의 화신이라고 해석되는 것이 놀라웠다. 이 정도 신들의 이름은 알고 사원에 들어가야 동물 조각과 인물상의 해석이 조금이나마 가능하다. 힌두교의 교리에서 가장 중요한 핵심은 카르마, 즉 업이다. 죽은 다음 천당과 지옥으로 가는 것이 아니라 윤회라는 이름으로 전생의 대가를 치른다는 의미다. 살아생전의 잘못이 영겁의 내세를 망칠 수 있다는 부분은 불교의 윤회사상과도 많이 닮아 있다.

수많은 신이 매일의 일상에 관여하고 있으니 인도인들은 삶이 거의 종교 생활 그 자체라고 봐야 할 것 같다. 몸과 마음을 다 바쳐 수행하는 방법의 중 하나에 요가가 포함된다는 것도 힌두교를 공부하며 알게 됐다. 요가를 즐기는 내 일상의 한 부분도 힌두사상과 멀지 않다는 생각에 웃음이 나왔다.

사원을 돌면서 새로운 궁금증이 일어났다. 당시의 황제는 왜 이곳에 시바를 위한 사원 건축을 명했던 것일까? 이곳 사람들에게 시바는 어떤 의미일까? 자료를 찾아보니 시바가 비록 파괴의 신이기는 하나 파괴라는 변화를 통하여 창조의 길을 터주는 신으로 해석되고 있었다. 시바는 죽음을 절망이 아닌, 생명의 재탄생으로 받아들이게 해주는 신이었다. 가져온 책자와 인터넷의 자료를 살펴보니 힌두교의 카르마(업)와 가장 잘 어울리는 신이 시바였다.

여기 데칸고원의 소왕국들을 통일하고 새 왕조를 건설한 황제는 이렇게 외쳤을지 모르겠다. "너희의 왕국은 멸망했으나 새로운 제국에서 너희는 더 나은 삶을 부여받을 것이다. 영원한 평화와 번영을 위해 시바 신이 거할 신전을 세우기를 명하노라! 시바 신의 영원한 축복을 기원한다." 이슬람이 점령하기 전까지 그들이 누렸을 번영의 시간을 상상해보았다.

16번 석굴을 나와 왼편으로 한참을 걸어가니 아잔타에서 본 것과 비슷한 모양의 불교 석굴들이 나왔다. 아잔타에서 봤던 석굴들과는 달리 이곳 석굴들의 내부는 무덤처럼 어둡고 단조로웠다. 불교의 쇠퇴기에 만들어졌다고는 하지만 불교에 대한 나의 애정 때문인지 측은한 마음이 들었다.

K-엄마표 응급조치

아까부터 펠릭스가 어디가 많이 아픈지 앉았다 일어서기를 반복한다.

"왜 그래? 어디가 아픈 거야?"

"모르겠어요. 머리가 깨질 듯이 아프네요." 관자놀이를 꾹꾹 누르며 괴로워한다.

"어제 아잔타에서 무리했나 봐. 오늘은 조금 일찍 호텔로 돌아갑시다."

버스에서 펠릭스를 힐긋 보니 얼굴이 많이 창백했다. 많이 아픈 건 아니어야 할 텐데. 열사병인가? 버스에서 내려서 바로 오토릭샤를 잡아타고 흥정도 안 한 채 호텔로 서둘러 돌아왔다. 나는 다음 날의 이른 출발을 위해 간단한 저녁을 먹은 후 배낭을 정리하고 있었다. 전화벨이 울렸다. 펠릭스였다.

"혹시 죄송한데, 열 내리는 약 있어요?"

"열 내리는 약? 열이 난다는 거야? 잠깐만 있어 봐. 내가 가볼게."

방에 들어가 머리를 만져보니 너무 뜨거웠다. 40도는 될 것 같았다. 대충 얘기를 들어보니 어제 아잔타에서 돌아와, 샤워하고 에어컨 온도를 심하게 낮추고는 아침까지 잠들었던 모양이었다. 냉방병이구나 하는 생각이 들었다. 밤에 병원까지 갈 수도 없고 열은 펄펄 끓고, 아무튼 무슨 조처를 하긴 해야 했다. 프론트로 내려가 직원에게 비상사태라고 말하고 수건과 얼음과 큰 통 하나를 달라고 했다. 통에다가 얼음과 물을 붓고 여러 개의 수건을 넣고 짜서는 머리와 몸에 번갈아 얹어주었다. 열이 펄펄 나는데도 이렇게 신세 지는 건 안 된다며 끙끙거리며 몇 번이고 같은 말을 반복했다. 그러면서도 얼마나 아픈지 눈물을 흘렸다.

"펠릭스! 아까 힌두교 사원에서 공부할 때 뭐 들었어? 나도 이럴 때 남을 도와야 나의 카르마를 해결하는 거지. 다음 생에 내가 소나 말로 태어나면 좋겠어? 그리고 나는 아이 키운 사람이야. 얼마나 많은 밤을 지샜겠어? 이런 것 쯤 아무것도 아니야."

펠릭스는 눈을 감은 채 울다가 웃다가 한다. 낯선 여행지에서 몸이 아프니 마음이 얼마나 안 좋을까? 열이 가라앉길 기다리며 얼음 수건을 갈아주었다. 두 시간 정도 지나자 열이 가라앉는지 숨소리도 고르고 얼굴의 혈색도 좋아 보였다. 다시 호텔 직원을 불러 약간의 서비스료를 주며 한 번 더 부탁했다. "미안한데, 주방에서 밥 한 공기 가져와 줘요. 저 사람이 저녁을 안 먹고 계속 앓기만 했는데 빈 속에 약을 먹을 수는 없을 것 같아요. 물 한 병도 부탁

해요." 옆으로 고개를 까닥까닥하며 '노우 프라블렘'을 외
치더니 바로 밥 한 공기와 생수 한 병을 쟁반에 받쳐 왔
다. 밥에다 물을 붓고 집에서 가져온 양반김을 찢어 숟가
락으로 꾹꾹 눌러 김죽을 만들었다. 펠릭스에게 가져가 먹
으라 하니 기겁을 한다. "음, 죽 색깔이 좀 부담스럽지. 이
거 내가 펠릭스를 위해 특별히 만든 양반김 죽(seaweed
porridge)이야. 죽 먹고 약 먹어야 살 수 있어요."

약사 동생이 비상용으로 챙겨준 감기약을 머리맡에 놓
아주고 나왔다. 잠시 후 들여다보니 약을 먹고 곤히 잠들
어 있었다. 다음날 오전 열차를 타러 서둘러 호텔을 나가
려는데 펠릭스가 소리치며 나를 붙잡았다. 고맙다는 인사
를 백 번은 한 것 같다. 큰 대로에 버티고 서서 나를 태운
차가 보이지 않을 때까지 힘차게 손을 흔들어 주었다.

나를 찾아 떠나는 여행이었는지, 버킷 리스트 뽀개기였
는지 잘은 모르겠으나, 봇짐 지고 다닌 지 20일이 넘어가
고 있다. 세상 밖으로 돌아다니니, 뜻하지 않은 만남들이
내 인생 이야기를 한 편씩 만들어주고 떠난다. 지나온 발
걸음들 뒤로 나는 점점 자유롭고 강한 의지로 스스로를 지
킬 수 있음을 깨닫게 됐다. 두렵고 떨리는 마음으로 마주
한 아잔타의 여행을 마무리하면서 나는 충분히 성장했으
며, 이제 다시 빛날 수 있다고 그렇게 확신했다.

고아^{Goa}, 아무것도 안 할 자유를 찾아서

　　인도의 어느 도시라고 부르기도 낯선 이름, 고아로 다음 목적지를 정했다. 아우랑가바드에서 아잔타 석굴을 본다는 미션이 끝나면 바로 뭄바이에서 인천행 비행기를 타버릴까도 생각했다. 하지만 독일 친구 펠릭스가 아라비아해를 가장 아름다운 곳에서 보려면 고아에 가야 한다고 했다. 히피의 천국, 미식가의 천국, 또는 현실도피의 천국 등 고아^{Goa}를 칭하는 닉네임은 너무도 많다. 인도에서만 볼 수 있는 바다, 아라비아해. 포르투갈이 무려 450년을 식민지로 갖고 있다가 못내 아쉬워하며 돌려줄 수밖에 없었다던 인도의 땅 고아에 가보기로 했다. 무려 열여덟 시간의 기차 이동이 나를 기다리고 있었다. 이제 뭐 기차여행쯤이야 하는 생각도 들었다. 플랫폼에서 기차를 기다리는 10분 정도 긴장을 빼고는 기차여행은 낯선 이와 함께하는 즐거움 그 자체이다. 기차 안은 인도 휴양지로 떠나는 국내 여행객으로 가득했다. 내 자리를 찾아 배낭을 내려놓고 옆자리 승객에게 배낭 좀 지켜봐달라고 정중히 부탁하고는 여자들이 많이 모여 있는 칸으로 옮겨갔다.

"저기, 여기 좀 앉아도 될까요." 이렇게 물으면 틈새 자리를 만드는 것이 아니라 아예 자기 자리를 내어주는 여성도 있었다. 인도 여성들이 한국 아줌마인 나를 너무 신기해하니 그들에게 우리의 문화를 좀 열어 보이기로 했다. 결혼, 아이, 가족 등 주로 여성과 관련된 주제로 대화를 나눠봤다. 영어 소통이 어려워 손짓 발짓하는 사이 어디선가 뒤에서 통역해주는 사람의 목소리도 들렸다. 내 손이나 피부를 만져보는 사람, 내 머리카락이 신기하다며 만져보는 사람도 있었다. 관광통역사 시절에 찍어놓았던 광화문, 경복궁, 북한산, 인사동 그리고 한옥 등의 사진을 보여주었다. 누군가 "패밀리! 패밀리!"라고 외쳐, 나는 가족과 친구들의 사진도 보여주었다. 신기해하며 핸드폰을 돌려보기도 했다. 외국 사람 만날 일이 드물 그들에게도 나와의 만남이 재밌는 얘깃거리가 될 것도 같았다. 누군가 "노래! 노래!(Sing, sing!)" 하고 청하는 소리가 들렸다. 못 이기는 척 잠시 뜸을 들이다가 '아리랑'을 불렀다. 인도 기차 안에서

퍼지고 앉아 아리랑을 구슬프게 부르니 내 마음이 촉촉해졌다. 헤어지기 전까지 내 손을 잡고 눈을 마주치며 무언가 열심히 말하는 있는 여성도 있었다. 내가 인도말을 알아들었으면 얼마나 좋았을까. 뭔가 묻고 싶은 게, 하고 싶은 말이 있었던 것 같은데…. 어쨌든 '기차 안에서 인도 아줌마들과 놀기.' 요거 정말 추천하고 싶다.

낯선 나라에서 여행자로 한참을 홀로 지내다 보니 원래 나는 어떤 사람이었는지 완전히 잊어버렸다. 인도 오기 전의 나에게는 퍼도 퍼도 마르지 않을 슬픔의 우물 같은 것이 분명 있었다. 내 우물은 이제 말라버린 걸까? 인도가 나를 치유해준 걸까? 한 가지 분명한 건 깊은 우물에 깔려 기도 못 피던 또 다른 내가 밖으로 튀어나와 돌아다니고 있다는 거다.

고아까지 가는데 수십 번은 더 정차했다. 정차할 때마다 과일 장수, 빠고라 튀김과 빵 장수, 짜이 파는 어린 소년(너무 씩씩해서 반해버렸다)이 비좁은 열차 안을 들어왔다 나갔다를 반복했다. 놀다가 자다가 먹기를 반복하며 기차 여행의 즐거움을 만끽했다. 열차가 고아의 기차역 카말리Kamali에 도착했다. 플랫폼을 빠져나오자 지금껏 지나온 도시들과는 공기가 다름이 느껴졌다. '아! 어서 빨리 해변으로 가고 싶다.' 나오자마자 릭샤를 찾아 흥정을 시도했지만, 너

무 늦은 시간이라 흥정도 쉽지 않았다. '에라 모르겠다. 휴
가지에서는 돈 좀 써야지 뭐. 렛츠 고우! 릭샤 양반.'

　새벽 공기를 가르며 게스트 하우스를 향하여 한 시간을
달렸다. 길가의 야자나무, 가로등 아래의 이국적인 가옥들,
나지막한 활엽수에 둘러싸인 팬션과 오두막들…. 인도 땅
이라고는 느껴지지 않는 풍경이었다. 나를 태운 릭샤 아저
씨가 팁을 기대하시는지 큰 목소리로 있는 힘껏 고아 관광
안내에 열을 올리신다. '새벽 두 시의 관광, 하하하. 이것도
재밌다.'

고아를 사랑한 제국들

　인도이면서도 다른 세계가 존재하는 고아의 시작에는
포르투갈이 있었다. 포르투갈에서 아시아로 가는 중간 창
구로 적합한 곳이 고아다. 동양을 향한 호기심 가득한 유
럽인들이 베이스캠프로 삼았을 법하다. 날씨는 또 얼마나
아름다운가! 한겨울에도 섭씨 30도가 넘는 이곳은 1년 내
내 겨울 없이 아침저녁으로 가을 같은 쾌적한 날씨를 즐길
수 있다. 유럽 사람들은 아라비아해의 일광욕으로 유럽 날
씨의 칙칙함을 털어냈을 것 같다. 1510년, 포르투갈 상인
들의 베이스캠프로 삼았던 고아에 막 도착해보니 우리나

라 동해안과 비슷하다. 수십 개의 해변이 일렬로 좍 줄지어 서 있다. 해변 하나하나가 조금씩 다른 문화와 다른 놀거리를 제공한다.

450년간의 식민지 이후 인도 정부가 그들의 땅 고아를 포르투갈로부터 되찾아 온 1961년 이후, 고아는 휴양지로 알려지기 시작했다. 대영제국은 뭄바이를 동방 거점기지로 삼고 있어 포르투갈이 점령한 고아에는 별로 관심을 두지 않았다. 제2차 세계대전이 끝나면서 식민지를 반환할 때 포르투갈이 '죽어도 고아는 못 준다'라고 버티니 그때부터 눈길을 주기 시작했던 것 같다. 포르투갈과 인도 간에 엄청난 갈등 속에 결국 1961년에야 고아를 내놓게 되는데 영국인들은 앞다투어 '고아가 얼마나 아름다운 곳이기에' 하면서 몰려갔단다. 당시 BTS만큼의 인기를 누렸던 비틀즈가 여기서 휴가를 즐기다 갔다. 그 이후는 말할 필요 없이 대박이 나버렸다. 인도의 이국적 문화에 취한 미국의 히피들도 기타와 마리화나를 들고 이곳을 찾았다. 고아행 버스표 하단에는 지금도 이렇게 쓰여 있다. '누가 마약을 권하면, 노우, 라고 하시오.'

해변마다 분위기가 다른 건 이렇게 여러 나라 젊은이들이 그들이 좋아하는 방식대로 해변을 즐기다 남기고 간 문화 때문인 것 같다.

미날리 게스트하우스의 난상 토론

그 많은 비치 중에서 나의 선택은 안주나 비치^{Anjuna Beach}.
10년 전까지만 해도 히피들이 모여 마리화나를 빡빡 피우
며 기타 치고 놀았다는 곳이다. 예약한 호텔의 체크인을
위해 새벽에 살며시 노크하며 주인을 깨웠다. 주인이 눈
을 비비며 나왔다. "Are you KIM from South Korea?(너
코리아에서 온 킴이냐?)" 여기도 역시 킴은 나 한 사람뿐인가
보다. 이곳 역시 조이푸르에서 만난 로빈이 소개해줬다.
호텔 이름이 '미날리 게스트하우스^{Minali Guest House}'다. 로빈
말로는 여기서는 다른 데 갈 필요 없이 원하는 걸 다 구할
수 있으며 가격도 무척 저렴하다고 했다. 다음 날 일어나
서야 로빈이 한 말의 뜻을 깨달았다. '이건 뭐 로마의 원형
경기장 콜로세움이네.' 가운데 상업구역을 중심으로 방들
이 빙 둘러 배치되어 있었다. 방문을 열고 나와 각자의 방
앞에 놓인 테이블에 앉으면 투숙객들 얼굴을 전부 볼 수
있었다. 게스트하우스라기보다 어느 마을에 와 있는 느낌
이었다. 여행사, 도서관, 슈퍼마켓, 오토바이 대리점, 인터
넷 카페, 식당까지 전부 게스트 하우스 내에 있다. 지나가
는 사람들도 한 번씩은 신기한 듯 기웃거린다. '사장님 스
케일 장난 아니구나! 고아에서 필요한 건 뭐든 다 해결할

수 있게 했네.'

"헬로우! 굿모닝?" 인사하며 빙 둘러보니 투숙객들의
머리 모양이 재미있었다. '저런 걸 레게머리라고 부르던
가? 타투 안 한 사람은 나뿐이네!'

첫날은 새벽녘에 입실한지라 늦잠 잘 계획이었는데 아
침부터 밖이 소란스럽고 싸우는 듯한 소리가 들려 잠에
서 깼다. 한 금발의 여행객이 주인과 숙박비 실랑이를 하
고 있었다. 1박에 10달러를 내라는 주인의 요청에 7달러만
내겠다고 날카로운 목소리로 흥정을 한다. '음. 나도 1박에
10달러 냈는데, 흥정이 가능한가.' 그런데 여자가 갑자기
큰 소리로 울기 시작했다. "당신 지금 너무 하는 거 아냐?
내 친구가 얼마 전에 자살했어. 나도 죽을 것 같아서 겨우
겨우 여기까지 온 거란 말이야. 나 여기 진짜 오래 있을 거
야! 제발 그냥 7달러에 해달란 말이야. 나 돈 없어!" 몇 달
을 지낼 장기 투숙객에겐 3달러도 큰 액수이지 싶었다. '인
도에 오는 사람 중에 사연 없는 사람 없구나.' 방문을 닫기
전에 옆 방을 슬쩍 봤다. 문 앞 테이블에 커피 한잔 놓고
신문을 보고 있던 털북숭이 미국 아저씨가 어깨를 으쓱하
며 먼저 휙 들어간다.

노랑머리 여성과의 흥정이 끝났는지 주인아저씨가 슬

슬 나에게 다가왔다. "킴! 여기 노우 버스, 노우 택시, 노우 릭샤거든. 당신 어떻게 다닐 거야? 걸어서는 못 다녀요. 오토바이 타고 다녀야지."

"오토바이? 여기서 내가?" 둘러 보니 마당에 오토바이가 한 가득이었다. '그렇지. 대중교통이 없지.'

"난 국제면허증도 없고, 오토바이 타본 적도 없는데요."

"아, 그건 돈트 워리, 걱정 마슈. 교습비는 세 시간에 칠천 원이야. 그리고 여기다 사인해. 타다가 문제 생기면 당신이 책임진다, 각서 한 장 쓰고 그러면 끝이야."

"그러다가 경찰한테 걸리면? 내가 책임져? 누가 책임져?" 각서라는 말에 놀란 내가 따져 물었다.

"하하하. 내가 여기서 장사한 지 30년도 넘었거든, 걸린 사람이 (Nobody!) 한 명도 없어요."

그렇담, 뭐. 생각을 오래 할 필요 있나. 에라 모르겠다 하고 결정했다. 그런데 잠시 후 주인이 끌고 나온 것은 스쿠터 아닌가? 깔깔 웃으며 나는 다시 흥정을 시작했다. "나 운전 경력 30년이야. 한 시간 가르치고 3천 원에 합시다. 싫으면 말고요. 안 되면 자전거 빌려 타고 다닐 거니까. 오케이? 콜?" 간단한 사용법을 듣고 익힌 후 난생처음 이륜차라는 것에 올라 타보았다. '빠라바라 바라밤! 오빠! 달려!' 주인장의 뒤를 졸졸 따라 해변으로 스쿠터 실전 연습에 들어갔다.

줄지어 선 해변 뒤쪽으로 방갈로, 팬션, 레스토랑, 옷가게, 패러글라이딩 센터 등 이색적인 가게와 상큼한 해변 풍경이 휙휙 지나갔다. 저 멀리 교회인지, 성당인지 십자가도 보였고, 열대식물과 관엽식물로 울타리 쳐진 멋들어진 유럽풍 주택들이 속속 눈에 들어왔다. 생전 처음 스쿠터로 달려보니 신나고 흥분되어 제정신이 아니었다. '귀청 떨어질 듯한 클락션 소리도, 호객꾼들도, 거리 어디서나 느닷없이 손 내밀던 아이들과 여인들도 없네. 급할 것 없구나. 여긴 인도가 아닌 것 같아.'

여기로 오기 전에는 인도 사람들이 수시로 짜이 마시는 것은 봤어도 대낮부터 맥주병을 들고 다니는 사람은 못 봤다. 그런데 여긴 대낮에 술 파티를 여는 가게가 많았다. 저녁에 해변가 레스토랑에서 뿜어져 나오는 돼지고기, 소고기 바비큐 냄새의 유혹은 정말이지 참기 어려웠다. 스쿠터에 올라 오감이 자극되니 자유의 기쁨이 느껴졌다.

나도 무엇이든 다 할 자유, 시독히 아무것도 안 할 자유의 시간을 가져보았다. 하루는 요가, 하루는 바닷가에서 맥주 마시고 책 보고, 일광욕하고 또 하루는 스쿠터 타고 노천카페에 들러 커피랑 케이크를 즐겼다. 어떤 날은 오전부터 투숙객들과 수다도 떨고, 친구라고 느껴지는 사람들

과는 식사하러 레스토랑도 같이 갔다. 고아 근처 '빠나지'
나 '올드 고아'라고 부르는 도시로 당일치기 관광도 다녀
왔다. 아침에 일어나 여러 투숙객과 인사 나누며 하루를
시작하는 것은 상당히 기분 좋은 일이었다.

　그런데 어느 날 아침엔 이상한 일이 있었다. 커피와 책
을 들고 방 앞 나의 테이블에 앉으려고 하는 순간이었다.
내 방 건너편 레게 머리 독일 청년이 질문을 던졌다. "당
신, 한국에서 왔다고 했지? 근데 너네는 왜 그렇게 미국한
테 의지하고 살지? 언제 미국으로부터 독립할 거야?"

　순간 내가 영어를 잘못 알아들은 것은 아닐까 생각했다.
그런데 내 안의 분노 게이지가 쭈욱 올라가는 게 느껴졌
다. 마시던 커피잔을 테이블에 내려놓았다. 옆집 털북숭이
미국 아저씨 마이클이 나를 빤히 쳐다본다. '아! 침착해야
지. 침착해야지.' 하지만 뭔가 대답은 해야 할 것 같았다.

　"나, 이런 질문 태어나 첨 받아보네. 좋아! 너의 질문이
반미적이거나 반한적이라고는 생각하지 않아. 너랑 나랑
여기서 여행객으로 만나 그럴 이유는 없겠지. 그냥 질문
(just question)이라고 생각하고 대답할게. 독일이 2차 세계
대전 일으키지 않았으면 우리가 미국과 친하게 지낼 이유
가 없었을지도 몰라." 갑자기 주변이 조용해진다. "미국이
부자가 된 건 제2차 세계대전 이후라고 배웠어. 독일이 전

쟁 보상금 엄청나게 물어줬잖아. 전쟁에 패하고 독일은 가난해졌고 아이들은 밤에 불도 안 켜고 공부했다던데. 전 유럽이 전쟁 이후 경제공황으로 허덕이며 미국한테서 자금 빌려 쓰는 상황이었다고 그렇게 배웠어."

옆집 미국인 마이클이 어깨를 으쓱하며 웃는다.

"그리고 우리나라 상황은 어땠을 것 같아? 한국도 전쟁 있었어. 너 코리안 워^{Korean War}라고 들어봤어? 우린 전쟁 터진 날 안 잊으려고 '6.25'라고 부르지. 국토의 90퍼센트가 잿더미로 변했고 전쟁고아는 세계에서 가장 많았어. 500만의 사상자가 발생했어. 'Korean War' 다 얘기하려면 오늘 안에 안 끝나니 그건 다 말 못 하겠고. 당시 미국이 파견한 군인들 희생이 가장 컸음에도 미국이 경제적 원조한다고 손 내미는 상황이었지. 그때는 전 세계 모든 나라가 자기네 먹고 살기 바쁜 상황이었어. 나 뭐 친미적인 사람도 아니고 민족적 성향 있는 사람도 아니야. 우리나라가 마치 미국 식민지 상황에 있다는 듯한 너의 질문은 이해하기 어려운데!"

흥분하니 관광가이드처럼 영어가 술술 튀어나왔다. 그만해도 되겠다 싶은 생각이 들었을 즈음 내 입에서도 돌직구 질문이 툭 튀어나왔다. "너희도 '나치 저머니^{Nazi-Germany}'란 말에서 자유롭지 못한 것 같아. 안 그래?"

"오 마이 갓!" 옆집 마이클이 외치며 껄껄 웃는다. 돌직구에는 돌직구가 약이다. 하지만 순간 내가 너무 했나 싶은 생각이 들어서 "그래도 너희 독일이 차는 잘 만들더라. 벤츠, 아우디… 다 독일 거잖아."라고 말을 휙 바꿨다.

독일 청년은 눈도 깜짝 안 하고 가만히 듣다가 실없이 딴청을 피우며 묻는다. "근데 너 몇 살이야? 싱글이야? 데이트 신청하고 싶은데…."

'확 건너가서 저 인간을 한 대 때려주고 올까? 내가 얼마 전 아우랑가바드에서 너희 독일인 한 명 살려주고 왔다, 이놈아!'

그래, 여기가 고아구나. 예의와 체면의 경계를 넘어설 수 있는 곳. 마음속에 있는 무엇이든 꺼내놓을 자유를 주는 곳. 이렇게 생각하며 독일 청년의 질문도 고아의 추억으로 접어 넣었다.

아! 아라비아 바다의 태양 볕이 그립다. 저녁 무렵 드넓은 바다에 펼쳐지는 인도를 닮은 황금빛 석양도 그립다. 아무것도 안 할 자유와 느림의 가치를 알려준 고아. 내 안의 유토피아를 찾게 해준 고아. 너무 그립다!

뭄바이(봄베이)^{Mumbai}, 두 얼굴의 도시

부유한 도시 뭄바이행 버스 안에서는 발리우드^{Bollywood} 영화가 상영되었다. 발리우드는 뭄바이의 옛 이름 '봄베이'와 미국의 '할리우드'가 합쳐진 말로 인도의 영화산업을 일컫는다. 장거리 버스 안의 영화 상영은 여행자를 위한 배려일 테지만 특유의 음악과 군무로 이루어진, 100퍼센트 인도인 취향의 영화를 강제로 보게 되는 것도 여행자에 따라서는 고역일 수 있겠다.

인도에서의 마지막 도시는 또 어떤 얼굴을 하고 있을까? 고아가 준 평온함이 깨질새라 두려워하며 크로스백을 꽉 껴안고 앉아서 이런저런 생각에 잠겨들었다.

1510년, 포르투갈이 고아를 점령하고 뭄바이로 세력 확장을 해나갈 무렵 뭄바이는 술탄이 다스리는 작은 왕국이었다. 그 시기 포르투갈은 영국 왕가와 혼인동맹을 맺게 되어 1661년, 영국에게 뭄바이를 선물로 넘겨줬다. 유럽에서 아시아로 가는 중간 기착지로 가장 편하게 닿을 수 있는 뭄바이를 결혼 선물로 받은 영국은 대단히 흡족해했다고 한다.

어부들이 고기 잡고 살던 조용한 마을인 뭄바이는 19세기 빅토리아 여왕 시기에 이르면 인도 최고의 무역 거점도시가 된다. 뭄바이 항구의 물동량은 어마어마한 규모로 늘었고 인도 내륙으로의 물자 이동을 위해 영국은 뭄바이를 시작으로 철도를 건설한다. 여왕의 이름을 붙인 빅토리아 중앙역이 그 출발지다. 뭄바이가 인도 최대 무역 도시로 변모함에 따라 인도 전역에서 사람들이 몰려들었다. 인도의 돈은 이곳으로 다 몰리니 어떤 산업도 이곳이라야 성공한다는 말이 있다. 버스에서 봤던 발리우드 영화산업을 비롯해 금융, 패션, IT산업을 막론하고 모든 분야에서 최고의 것은 여기 다 모여 있다고들 말한다.

버스가 도시 안으로 서서히 들어가기 시작하자 델리에서의 기억이 나를 덮쳐왔다. '드디어 대도시에 왔구나.' 인구 최대 도시, 코스모폴리탄이라 불리는 도시, 돈과 사람이 몰리는 대도시, 내 여행의 마지막 도시 뭄바이였다.

'이 도시 여행의 시작은 어디부터 하면 좋을까?'

인도 문 ^{Gateway of India}

콜로니얼 시기의 분위기를 느껴보려면 최남단 '콜라바 ^{Colaba}' 지역에서 관광을 시작하라고 관광 안내서에 나와 있었다. 호텔에선 약간 떨어진 곳이어서 프론트에 택시를 부탁했다. 이 부자 도시에는 오토릭샤가 없다. 잠시 대기하니 까만 몸체에 노란색 지붕을 얹은 예쁜 택시가 도착했다. 기사에게 인사하고 택시에 앉으니 기사가 잡은 핸들 위에 'H' 로고가 보였다. 순간 반가운 마음에 외쳤다. "이거 우리나라 차예요. 여기서 보니 너무 반갑네!"

"그래요? 곤니찌와. 재페니즈? 당신 일본 사람이구나! (Oh, you are Japanese!)"

"에? 재페니즈? 이 자동차 'made in Korea'예요. 현대 차라고 핸들에 H 로고가 붙어 있잖아요."

"어! 우리 기사들은 이거 일본 차로 알고 있어요. '현 다이'라고 부르는데."

"하하하! 그건 '현대'를 알파벳 표기대로 발음할 때 그런거고, 한국 회사 현대가 만든 한국 차 맞아요. 한국이 자동차 잘 만든다는 얘기는 못 들어봤나 봐?"

"그래요? 정말? 대단하네. 한국이 자동차를 만든단 말이지? 뭄바이 택시기사 90퍼센트가 이 차로 영업하거든요. 엄청 잘 굴러가요. 험한 길 막 달려도 고장 안 나고 인기 최고죠. 아무튼, 너무 반갑구먼. 하하하!"

첫날부터 택시기사 덕분에 기분 좋게 출발했다. 한국산 차 타고 뭄바이 시내 관광 가는 것도, 뭄바이 거리에 우리 차가 쌩쌩 달리는 걸 보는 것도 나를 한껏 들뜨게 했다.

뭄바이의 랜드 마크라고도 할 수 있는 인도 문Gateway of India을 이 도시 여행의 시작점으로 삼았다. 우리의 독립문, 파리의 개선문과 닮아 있는 이 거대한 석조 건물은 빅토리아 여왕에 이어 즉위한 조지 5세(고 엘리자베스 여왕의 할아버지)를 위한 기념물이었다. 당시에는 인도의 황제이기도 했으니, 조지 5세가 인도 문을 통과하여 인도 땅을 밟는 것이 전 유럽과 인도인들에게 엄청나게 영향력 있는 행위였음에 틀림이 없을 듯싶다. 인도 문은 뭄바이 시민들의 만남의 광장이라는데 그야말로 인산인해였다. '이렇게 사람이 많은데, 서로 어떻게들 찾나?' 게이트 앞의 광장은 넓어도 너무 넓었다. 서울 시청 광장의 다섯 배는 될 것 같았다.

2차 세계대전이 끝나고 인도가 독립하면서, 영국은 자신들이 들어왔던 이 문으로 철수했다. 이 '인도 문Gateway of India'을 통과해 영국이 뭄바이를 떠났다고 하니 참으로 아이러니하다. 인도인들은 이곳을 식민지 잔재로 생각하기

본단 독립의 상징으로 생각하며 무척 아낀다. 혹시 영국인
들은 이곳을 'the Exitway of India'로 부르는 건 아닌가?

타지마할 궁전 호텔 TajiMahal Palace Hotel

　인도 문에서 몸을 살짝 옆으로 틀면 입을 다물지 못하
게 만드는 중세 건축물을 보게 된다. 마치 프랑스의 베르
사유 궁전의 한쪽을 뚝 떼어 옮겨놓은 듯 웅장하다.

　이 도시의 토대를 닦은 나라가 영국이니 당연히 영국이
지배하던 시기에 지어진 건물이라 생각했지만 호텔은 뜻
밖의 탄생 스토리를 갖고 있었다. 19세기 말, 이곳 뭄바이
에서 최고의 장사 수완을 발휘해 부호가 된 인도인이 있었
다. 그의 이름이 '잠세티지 나와르완지 타타'이다. 사람들
은 그를 그냥 '타타 TaTa'라고 부른다. 어느 날 타타는 그의
비즈니스 파트너인 외국인과 '왓슨 호텔 Watson Hotel'로 저녁
을 먹으러 들어가려 했다. 그런데, 입구에서 '유럽인만 출
입 가능'이라 붙어 있는 문구를 보게 된다. 그때 자존심이
상한 타타가 이 호텔을 세우게 되었다는 일화가 전해진다.

　1903년 12월에 문을 연 이 타지마할 궁전 호텔은 왕족
과 귀족, 대통령, 산업계의 거물과 세계 최고의 연예인들
이 즐겨 찾는 명소다. 1,600명의 직원이 일하는 이곳은 미

국식 선풍기, 독일식 엘리베이터, 터키식 목욕탕, 영국식 집사를 갖춘 인도 최초의 호텔로도 알려져 있다. 그리스 로마의 양식과 이슬람, 유럽의 고딕 양식 그리고 인도의 사라센 양식까지 당시 세계 최고라고 할 수 있는 모든 건축양식을 다 동원했다고 한다.

호텔 오픈 당시의 상황과 타타의 사업 스타일을 잘 아는 작가가 있었다. 그는 "타타에 관해 떠도는 일화는 사실이 아닐 수 있다. 타타는 그런 작은 말에 흔들릴 사람은 전혀 아니다. 오늘의 자신을 있게 한 뭄바이에 커다란 선물 하나를 남겼을 뿐이다."라고 썼다. 무굴제국의 샤자한이 죽은 아내를 위해 최고의 건축물을 선사했듯이 타타도 이곳 뭄바이에 최고를 주고 싶은 마음이었던 것일까? 어쨌든 호텔 창립 스토리 덕분에 인도 거리를 달리는 트럭에서 수도 없이 많이 본 '타타 모터스'란 로고에 대한 궁금증은 풀게 되었다.

쫓겨날지도 모른다는 불안을 무릅쓰고 호텔 로비 쪽으로 들어가봤다. 황후의 응접실을 연상케 하는 우아한 로비 뒤쪽으로 유명인들의 사진이 전시돼 있었다. '모두 이 호텔에 머물렀다 간 사람들이구나!' 영국을 비롯하여 유럽의 왕족들, 작가 서머셋 모옴, 빌 클린턴, 오바마, 비틀즈 등 세계적 인물들의 기념사진이 갤러리를 가득 채우고 있었다. 이런 호텔에서 하루쯤은 묵어봐야 하는 것 아닌가 싶었지만 화장실에 들러 손만 열심히 씻고 나왔다. 수입의 60퍼센트를 빈민구제에 쓰고 있다는 타타 회장의 마음을 타지마할 궁전 호텔의 크기가 말해주는 듯했다.

엘리펀트 섬^{Elephanta Island}(코끼리 섬)

아침부터 서둘러 길을 나섰다. 구시가지에 있는 전통시장에 들러 도시락부터 준비해야 했다. 한국에서 가져온 비닐봉지 두 개를 가방에 넣고 가서 뭄바이에서 제일 유명하다는 처드니 샌드위치(과일, 설탕, 향신료, 식초를 섞음)를 한 개를 사고 내가 인도에서 제일 즐겨 먹는 사모사(삼각형 모양의 튀김 만두: 만두 속이 여러 종류임) 한 봉지를 점심 도시락으로 준비했다. 코끼리섬으로 배 타고 소풍을 가려는 것이다. 뭄바이 첫날에 갔던 인도 게이트 뒤에 매표소가 있다고 해서 그쪽 방향으로 열심히 걸어갔다. 배를 기다리는 사람들의 긴 줄 끝에 나도 얼른 따라붙었다. 한 인도 아저씨가 가까이 와서 물었다. "엘리펀트? 엘리펀트?" 코끼리 섬에 가느냐고 묻는 것 같아 그렇다고 대답하니 그 자리에서 돈을 받고 승선표를 내주었다. 배가 출발하자마자 모두들 뒤를 돌아다본다. 인도 문과 타지 호텔이 근사한 포즈로 서 있다. 어제 본 두 개의 거대한 건물을 반대 방향에서 보니 한 장의 관광 엽서를 보는 듯 장관이었다. '영국인들이 이렇게 배를 타고 인도를 떠났겠지.'

꽤 많은 인도인이 배에 타고 있었다. 코끼리섬에는 인도인들이 가장 사랑하는 시바 신을 모셔둔 신전이 있다. 엘로라에서 무려 하루를 투자해서 시바 신전을 보고 왔건만 뭄바이의 시바 신전은 또 어떨지 무척 궁금했다. 엘로라 16번 석굴의 개굴은 760년경이었고, 이곳 뭄바이 엘리펜트 섬의 신전은 그보다 앞선 450~750년경에 건설되었다. 불교 황금기에 세워진 신전의 규모는 어느 정도일지 기대가 됐다. 더구나 엘리펀트 섬은 유네스코 문화유산이다.

아잔타와 엘로라의 건축처럼 바위 깎아내기 식으로 만들어진 석굴이 다섯 개가 있었다. 신전 입구의 기둥 모양이 지금껏 봐온 것과는 다른 점이 있었다. 마치 나무를 깎아 세워놓은 듯 섬세함이 느껴졌다. 신전 가운데 '링가'라고 부르는 거대한 남근석은 지난번 것과 같았지만, 석굴 전체를 싸고 도는 시바의 야한 몸짓과 시바 부인의 아바타 부조에서 장인의 손길이 느껴졌다. 엘로라 석굴보다 시기는 앞서지만, 예술적 정교함으로는 비등한 것 같았다.

안타까운 깃은 16세기에 이 섬을 발견한 포르투갈인들이 이곳의 주요 석상을 때려 부수는 등 신전 전체에 엄청난 훼손을 가했다는 점이다. 그들의 눈에는 이 신전 전체가 거대한 미신이자 우상숭배로 비쳤을 테니….

너무 몰입했는지 배에서 '꼬르륵' 소리가 났다. 어디서 점심을 먹나 하고 둘러보는데 원숭이들이 바글바글했다. 신전이 온통 원숭이가 차지라고 해도 과언이 아니었다. 원숭이가 인도인들에겐 '하누만Hanuman (충성스런 존재)'란 이름으로 신 대접을 받고 있다 보니 여기 원숭이는 굉장히 건방지다. 관광객의 포테이토 칩을 뺏어선 반 정도만 먹고 휙 그 사람에게 도로 던지지를 않나, 모자를 뺏어 실컷 쓰고 놀다 다시 또 휙 던진다. 밖에서 도시락 봉지를 열었다간 원숭이에게 다 바쳐질 듯하여 음료수도 살 겸 포장마차 안으로 쏙 들어갔다. 만두를 먹는 내내 원숭이 두 마리가 나를 노려봤다. 언젠가 TV에서 인도 전역이 원숭이 때문에 골머리를 앓는다는 뉴스를 본 적이 있다. '음. 그들의 위대한 신을 어찌한단 말인가?'

섬에서 배를 타고 인디아 게이트로 다시 돌아오니 한 군데쯤은 더 돌아봐도 될 시간이었다. 뭄바이 구시가지 전체를 천천히 크게 한 바퀴 돌아보기로 했다. 길을 걷고 있자니 18세기의 영국을 걷는 기분이었다. 고풍스런 콜로니얼 시기 석조 건물들이 계속 이어졌다. 시계탑, 유럽식 성당인 성 토마스 대성당, 웨일즈 국립박물관Wales Museum, 시청, 뭄바이 대학 그리고 유네스코 문화유산인 구 빅토리아 중앙역(차트라바티 쉬바지 터미널로 이름 바뀜)까지, 당시 그대로 잘 보존되어 있었다.

중세 유럽 느낌에 취해 빅토리아 역 근처에 다다르니, 스타벅스 대형 마크가 눈앞에 나타났다. 살짝 지쳐 있던 차라 아이스 카페라테 한잔하면서 와이파이도 좀 쓰고 쉬었다 가야겠다 싶어 문을 밀고 들어서니, 카페가 아니고 광장이다. '여기 뭄바이 스케일 장난 아니구나!' 커피 주문을 하려고 긴 줄 끝에 서면서 다시 놀랐다. 미스 인도 급 미모의 직원들이 유창한 영어로 속도감 있게 주문을 받는다. 관광이 뭐 따로 있나. 이런 것이 관광이지! "아이스 카페라테, 플리즈!"

도비가트 Dohbi Ghat : 세계 최대 옥외 빨래터

인도에서의 마지막, 뭄바이에서의 마지막 날이다. 어제 늦게까지 인도 게이트 근처에서 야경을 본다고 돌아다녔더니 게으른 아침이 되어버렸다. 내일의 귀국을 위하여 케세이페시픽 뭄바이 지점에 전화를 걸어 항공권 재확인을 하고 출국 수속 카운터 위치도 안내받았다. 벌써 40일이 되어간다는 것이 믿기질 않았다.

마지막 날인만큼 뭄바이의 다른 얼굴을 보고자 빈민가 투어라는 걸 해보기로 했다. 빈민가를 투어한다고 하면 약간은 비난받을 행동인 것 같으나 관광객의 투어 신청이 그들의 생활에 도움을 준다고 하여 시도해보기로 했다. 사회적 기업의 책임 투어라고 부르는 빈민가 투어를 위해 호텔 프론트 직원에게 약간의 팁을 주고 예약을 부탁했다.

인도의 빈민가 '다라비Dharavi' 지역과 뭄바이에서 160년을 이어오고 있는, 세계 최대의 옥외 빨래터, 도비 가트를 보여주는 관광이다. 종영된 예능 프로그램 〈무한도전〉에도 소개되어 한국 시청자들에게 신선한 충격을 주었던 극한체험 장소, 바로 뭄바이 빨래터가 도비가트이다. 나와 비슷한 관심을 가지고 예약한 타 국적의 사람들과 같은 차를 타고 움직였다. 가이드의 설명에 따르면 '도비Dhobi'는 씻는다는 뜻이라 했다. 이곳에서 일하는 사람들은 인도에 여전히 관습적으로 남아 있는 카스트라는 제도 그 안에도 속하지 못하는, 보이지 않는 계급, 불가촉천민이다. 사원 출입은 물론이거니와 공동 화장실 사용도 이들에겐 불가하다. 현실적으로 갈 곳 없고 일할 곳 없는 그들이 모여서 160년도 넘게 밥벌이하는 곳이 이 도비가트라는 곳이다. 영국 식민지 시절 즈음에 시작된 이 직업은 이제 전 세계 영화나 메스컴에 홍보되어 뭄바이의 유명한 볼거리의 하나로 자리 잡았다. 출입구부터 돈을 내야 빨래하는 장면을 볼 수 있고, 입구에 안내원도 따로 있다. 방송 촬영이라도 할라치면 상상 외의 큰돈을 요구하기도 한다고 했다.

이들은 열여섯 시간의 고된 노동으로 하루에 약 팔천 원 정도의 돈을 번다. 숙식은 빨래터 옆 구석에 판자를 깔고 자고 작은 버너 하나로 식사를 하면서 해결한다. 그렇게 돈을 모아서 시골에 있는 식구들에게 보낸다고 했다. 작은 빨래터는 아버지에서 아들로 가업처럼 대물림도 된다. 그래도 먹고 자고 수입이 보장되니 이곳 노동자의 대부분은 자부심도 대단하고, 다른 불가촉천민들에게는 오히려 부러움의 대상이라고 했다.

전 세계를 강타한 코로나로 인도 또한 무사하지 못했다. 이곳 또한 일부 지역은 셧다운되면서 경제적 어려움을 겪고 있다는 소식을 들었다. 한편 코로나 시기에는 쏟아지는 엄청난 의료용 세탁물 처리를 위해 사용한 알코올 소독제로 인해 손발이 하얘지도록 빨래를 했어야만 했다는 뉴스도 듣게 되었다. 최선을 다한 이들에게 인도 정부가 감사를 표했다는 뉴스도 함께 접했다. 수많은 생명이 죽어가는 이 시기에 카스트가 웬말이며 직업에 귀천은 또 무슨 의미가 있는가. 자신의 자리에서 최선을 다하는 모두가 그저 아름다울 뿐이다.

뭄바이의 빈민가를 무대로 한 영화 〈슬럼독 밀리언에어
Slumdog Millionaire〉(대니 보일 감독, 2009)는 한국에 돌아가서 꼭
다시 볼 영화 리스트에 넣었다. 우리를 유혹하는 가장 매
혹적인 도시 뭄바이의 야누스 같은 두 얼굴을 보면서 이
도시가 우리 모습과도 닮아 있지 않을까 하고 생각해봤다.

이제 집에 가자

공항으로 가는 발걸음은 언제나 긴장 모드다. 배낭, 크로
스백, 여권, 전자항공권 모두 잘 챙겼나 다시 한번 확인해봤
다. 뭄바이공항이 둘째가라면 서러울 만큼 짐 검사가 엄격
하다고 하여 일찍 도착했다. 내가 타고 갈 케세이페시픽 N-
카운터 앞을 서성거리며 '너무 빨리 짐 부치면 도착해선 짐
이 늦게 나오는데' 하면서, 체크인 줄에 들어갈까 어쩔까 생
각하다가 빨리 무거운 배낭에서 벗어나야겠다는 생각에 줄
안으로 들어갔다. 앞뒤로 나 같이 큰 배낭을 멘 한국인 몇몇
을 보게 되었다. 서로 '무사히 여행을 잘 마쳤군요.' 하는 무
언의 미소를 보냈다. 매일 전쟁에 나가는 군인처럼 긴장하
며 잡고 있던 배낭끈을 놓으니 몸이 날아갈 듯 가벼웠다. 한
국으로 돌아갈 탑승권을 받아들고 출국장으로 들어가기

전, 나는 헤어지는 연인처럼 공항 유리창에서 눈을 떼지 못하고 한참을 어둠이 내려앉는 도시를 내려다봤다.

45일의 길고·긴 여행이 드디어 끝났구나. 인도에 내리자마자 낯섦에 충격받았던 첫 도시 델리, 여자 혼자 여행한다며 챙겨주고 도와준 낯선 배낭족들, 밤 버스의 터미널에서 본 달빛 아래 코끼리 떼, 여행길에서 만난 우연한 인연들 그리고 나를 졸졸 따라다니던 인도의 아이들 사진처럼 마음에 새겨진 장면들이 하나하나 추억의 앨범처럼 떠올랐다.

출발 전의 두려움과 떨림은 이미 기억 저만치로 밀려났고, 가슴속엔 잊지 못할 추억만이 한 보따리다. 인도 땅 겨우 4분의 1을 봤을 뿐인데도 '이제 나 인도 좀 알 것 같아, 인도랑 친하게 지낼 수 있어'라고 말할 수 있게 되었다. 감히 이런 말도 하고 싶어졌다. '언젠가 살다가 길을 잃으면 꼭 너를 만나러 다시 올게. 쿵쿵 뛰는 나의 심장 소리를 들으러….' 인천공항에 도착해 입국장을 빠져나오니 이혼서류에 도장 찍고 가라며 으름장을 놓던 남편이 저 멀리서 손짓하고 있다. "야호! 나 50대에 인도 배낭여행 갔다 온 여자다, 이거야!"

관광 비수기의 자유

　인도의 한달 살기 아니 45일 살기를 시작으로 나의 가이드 비수기 배낭여행은 계속되었다. 그해 6월에는 인도에서 만난 펠릭스 부모님의 초대로 그의 고향 함부르크에 다녀왔다. 300년이 넘은 그의 부모님의 저택에서 3주를 보내고, 독일 고속열차 이체에(ICE)를 타고 파리로 건너가 다시 2주를 채우고 돌아왔다. 영어를 잘 못한다며 미안해하셨던 그의 어머니가 아침마다 내 방 앞에 놓아주시던 바구니 안에 담긴 신선한 과일과 빵의 추억이 있다. 바구니 안에는 빵과 함께 독일어로 쓴 예쁜 말 한마디가 언제나 들어 있었다. 엘베강을 중심으로 도심 곳곳에 수로가 흐르는 자연의 싱그러움과 항구도시의 부유함이 공존하는 도시였다. 노을 지는 부두에서 항만의 풍광을 내려다보니, 돌아가신 아버지가 어릴 적 들려주셨던 말이 기억이 났다.

"우리나라에서 날씨 좋은 날, 배를 타고 노를 저어서 가고 또 가면 유럽까지도 갈 수 있단다. 도착하는 그곳은 항구 도시 함부르크가 되겠지."

인도네시아 한달 살기

겨울엔 역시 동남아시아가 최고야, 하면서 인도네시아 '족자카르타^{Yogyakarta}'에서 한달 살기를 시도했다. 족자카르타는 아직도 술탄이 다스리는 도시다. 여행객들은 이 도시를 우리나라의 경주와 비교하곤 한다.

교육과 문화 관광의 도시 족자카르타를 줄여 '족자'라고 부른다. 여기에는 한국인이 운영하는 '한글'이라는 이름의 학원이 있는데, 원장님을 '족자 김 선생님'이라 부른다. 도착해서 공항에만 내리면 숙소부터 간단한 생필품 구입까지 모두 도와주신다. 그분 도움으로 학원 근처 여자 오피스텔(이슬람 국가여서 숙소 건물 자체가 남녀로 구별됨)에 방을 얻어 인도네시아어를 배운다는 핑계로 한달 살기를 하고 왔다. 학원 건물도, 2층으로 된 빨간색 여자 숙소도 야자수로 덮여 있었다. 일주일 중에 나흘은 학원에서 공부하고, 나머지 사흘 동안은 역사 문화 탐방이라 이름 붙이고 여행을 다녔다. 족자카르타의 유네스코 세계유산인 '보로부드르 불교사원', '프람바난 힌두사원'을 돌아보고, 박물관에서 전통 인형극도 보고, 때론 짚 차를 예약하여 화산섬에도 놀러 다녔다. 인도의 힌두교는 어느 시기에 인도네시아로 전해져왔을까, 왜 발리섬을 뺀, 80퍼센트 이상의 인구가 이슬람교를 믿게 된 걸까, 하며 역사 탐구 놀이를 계속해보았다.

한국의 안산시 어느 공장에서 3년간 일했다고 말하는 경비 아저씨와 매일 어설픈 인도네시아어 연습도 했다. "슬라맛 빠기Selamat Pagi, 바빡! 아빠 까바르Apa kabar! (안녕하세요! 좋은 아침이에요.)"

인도네시아어 배우기는 하루에 한마디씩만!

줄리아 로버츠 주연의 오래된 영화가 있다. 제목이 〈먹고 기도하고 사랑하라 Eat Pray Love〉(라이언 머피 감독, 2010)'이다. 제목조차 기억에서 희미해졌는데도 그녀가 머물렀던 인도네시아 발리섬의 '요가반Yoga Barn'이라는 멋진 장소를 잊지 못하고 있었다. 바다의 석양, 높다란 파도를 부수고 가르며 즐길 수 있는 서핑과 다이버들의 천국, 발리. 인도네시아어를 어느 정도 익혔다고 생각하면서 이곳에서 한달 살기를 시도했다. 발리섬 스미냑 비치에서 반 달, 우붓에 있는 요가반 근처에서 나머지 날들을 보냈다. 싸구려 요가 매트를 한 개 사서 둘러매고는 영화 촬영장소인 그곳에 요가를 배우러 다녔다. 울창한 나무에 둘러싸인 숲속의 오두막, 그곳의 아름다움은 말로 표현하기 어려웠다. 2층에 매트를 깔고 푸른 논두렁을 바라보며 비틀비틀 흔들흔들 요가 동작을 따라 했다. '발리섬, 요가 반 Bali Yoga Barn에서 줄리아 로버츠처럼 요가 해보기', 생각만 해도 웃음이 난다. 하얀 파도, 발리 숲의 바람, 그리고 발리 인들의 친절한 미소만으로 그 어떤 마음의 병도 치유될 수 있다고 생각했다. 발리 여행에서 배운 요가와 명상으로 지금도 열심히 몸, 마음 지키기 훈련을 하고 있다. 내 인생에서 매우 큰 배움이었다.

남미를 향한 꿈

다음 해 여름 15세기 해양왕국 포르투갈과 스페인을 한 달 살기로 다녀왔다. 인도를 시작으로 역사 줄 세우기는 몸으로 직접 해야 한다면서 현장에서 역사 공부하기로 여행 컨셉을 바꿔보았다. 그런데 다녀와서 마음에 병이 생겨버렸다. 그 아름다운 도시들이 그리워 스페인어 공부를 시작했다. 이제 겨우 인칭대명사 변화를 익히며 머리를 싸매고 낑낑대는 수준이지만, 밥 사 먹을 정도만 되면 남미에 간다는 야무진 계획을 세워놓았다.

남미에 가야 하는 또 하나의 이유가 있다. 얼마 전 〈세계를 가다〉라는 TV 여행 프로그램에서 남미의 과테말라가 소개되었다. 본토에서 서쪽으로 약 1,000킬로미터 떨어진 곳에 자리한 갈라파고스 제도가 세상 어디에서도 볼 수 없는 유니크한 관광지로 소개되었다. 정확히 말하면 그곳의 토착 희귀 동물인 이구아나에게 꽂혀버렸다. 생김새도 흉측한 도마뱀 이구아나를 왜 좋아하는지 나도 모르겠다. 이구아나는 파충류의 일종인데 스스로 위장하여 바다생물인 척 바다에서도 살아간다. 고대부터 살아남은 유일한 종이라는 이구아나가 궁둥이를 흔들거리며 앞만 보고 달리는 모습이 너무 매력적이다.

'이구아나 보러 과테말라 가기'를 다음 목표로 삼았다. 이구아나 옆에서 라틴 역사 탐방도 해야 하니 역사책 두 권도 사다 놓았다.

사람에게 가장 직접적인 행복을 주는 것은 몸을 움직여 완성하는 그 무엇이라고 했다. 나이 오십이 되면서, 스멀스멀 다가오는 알 수 없는 나의 결핍을 채워보겠다고 마음먹으면서 두 개의 단어를 갖다 버렸다. 성공 그리고 실패. 내 나이에 이런 것은 이제 필요 없다. 그저 오늘 한 페이지의 역사책을 읽는다. 작은 성취에 크게 만족한다. 세워 놓은 목표가 다른 곳으로 가도, 걸어간 길만큼의 성취는 있다고 믿고 만족하며 다시 나의 길로 성큼성큼 나아간다.

아리스토텔레스의 명언 중에 "살아 있는 것은 움직인다"는 말이 있다. 정신과 육체가 살아서 펄떡이는 지금 이 순간, 견뎌냈고 극복했으니 살아 있는 거겠거니 하면서 나의 살아냄에 또 크게 만족한다. 오늘 살아 있으니 내일도 다시 움직여보자.

"Kick my ass! 나의 엉덩이는 내 발로 찬다! 하하하!"

3장

코로나 감옥에
갇히다

살아갈 의미를 어디서 찾아야 하는 걸까. 은퇴, 코로나 등 환경의 변화가
주는 의미를 물으며 다들 어디론가 가고 있다. 누군가는 붓글씨를 쓰고,
누군가는 골프를 배운다. 나에게는 일이 왔다.

난 최고의 시대에 살고 있다. 난 잘 살아야 한다. 여성에게 주어진
최고의 시대를 살고 있다. 여자가 자유롭게 살 수 있는 세상, 여자도
자기 것이라고 당당히 말할 수 있는 세상을 살고 있다. 나는 스스로
생존의 의미를 찾으면서 두 눈을 시퍼렇게 뜨고 살아 있다. 비록
지팡이에 의지할지라도 홀로서기가 되어야 친구도 얻고 목적한 바를
다 이룰 수 있다. 나는 정신적으로 완벽한 홀로서기를 원한다.

넘어진 김에 쉬어가지 뭐

2019년 크리스마스 시즌, 홀리데이 관광 Holiday Tour 상품으로 한국을 방문한 코타키나발루 여행객들과의 일정을 마지막으로 관광통역안내사라는 직업에 작별을 고하게 되었다. 나의 해외여행 또한 2020년 1월, 어쩌면 마지막이 될지도 모른다며 엄마의 팔순 기념 효도 여행을 마스크를 낀 채 동생 가족과 서둘러 싱가포르에 다녀온 것으로 끝이 났다. 2020년 1월 20일, 국내에도 처음 코로나19 확진자가 발생했다는 뉴스를 시작점으로 평범했던 일상도 나의 직업도 사라져버렸다. 모두 코로나라는 감옥에 갇혀버렸다. 그저 매일 늘어나는 코로나 확진자 수만 뉴스를 통해 지켜보며 도서관이나 집 근처 교보문고에서 책 읽는 것 말고는 답답함을 달랠 길이 달리 없었다. 누구를 만나자고 해도 반가울 리 없고, 오랜만이라고 맥주 한잔도 청할 수 없는 일상이 되고 보니 한강 둔치에 앉아 앞만 바라보고 친구와 커피나 마시는 것이 최선의 문화생활이었다.

시간이 지나고 또 몇 달이 지나가도 코로나 확산세는 꺾이지 않을 것 같고 얼마나 길어질지 알 수 없는 가운데 내가 유일하게 찾은 사회활동은 동 주민센터에서 추진하고 있는 '천 마스크 만들기' 봉사활동에 동참하는 것이었다. 당시 마스크 품절 사태가 생기면서 마포구 어느 동에선가 면 재질의 천을 동대문에서 도매로 끊어와 마스크를 만들어, 주민들이나 저소득층과 소외계층에 나눠준 일이 훈훈한 뉴스로 소개되었다. '코로나 시기 따스한 마음 나누는 대한민국 국민'이란 타이틀로 월드 뉴스에 소개되기도 했다. 마스크 부족 사태가 점점 심각해지면서 우리 동에서도 추진하자는 의견이 나왔다. 재봉기술도 없는 나였지만 그저 동참하고픈 마음 하나로 주민센터를 찾아갔다. 담당 공무원의 안내로 자원봉사 캠프에 이름을 등록하고 아홉 명 남짓의 봉사자들과 인사를 나눴다. 그렇게 난생처음 봉사라는 사회활동에 이름을 올려보았다. 딱히 다른 기술을 갖추지 못한 나는 열심히 가위질과 다림질을 하는 것으로 '코로나 19 마스크 만들기'의 활동 임무를 시작했다. 두세 살 많은 언니뻘 활동가들은 새로 들어온 나를 많이 반겨주고 챙겨주었다. 자원봉사 캠프의 장을 맡은 언니 한 분은 이 일의 보람과 기쁨에 중독되었다며 10년 이상 활동가로 일해오고 있었다.

'나눔의 기쁨을 배웠다'고 거창하게 말할 수준은 아니지만 천 마스크 만들기 활동 외에도 독거 어르신 안부 챙기기, 도시락 배달, 된장 만들기 등의 일반 봉사활동에도 참여하면서 답답한 시기에 내 힘이 필요한 곳이 있다는 것에 감사했다. 한편 이런 활동을 통해 늘 사회문제로 관심 받는 저소득층이나 소외계층의 생활을 가까이서 보게 되었고 더불어 국가의 '복지정책'이라는 말에도 관심을 가지는 계기가 되었다. 특히 도시락 배달을 갈 때마다 고령자들의 고립된 삶을 눈으로 보게 되니 머지않아 나의 문제가 될 수도 있다는 생각에 '노후빈곤'과 '고독사'라는 두 단어가 머리에서 쉽게 사라지질 않았다.

무언가 보람되고 새로운 것을 배울 기회라고 느끼는 시간도 코로나의 기세로 몇 달이 지나 아쉽게도 모두 잠정 중단되었다. 코로나가 데려다준 집 근처의 작은 활동이었지만 이 시작은 지금껏 보지 못한 새로운 사회 영역으로 나를 이끌어주었다.

통번역 공부 어때?

봉사활동마저 '중단'이라는 통보를 받고 답답한 마음에 집 안에서만 왔다 갔다 하며 지내고 있는데, 하루는 관광통역사 면접 준비를 같이했던 미숙에게서 전화가 왔다. 미숙과는 학원에서 면접준비생으로 만나 지금껏 친동기보다 더 돈독한 사이로 지내오고 있다. 그녀는 여자 형제가 없는 나에게 다가와준 보석 같은 인연이다.

"언니? 요즘 뭐 하고 지내요? 너무 답답하죠? 나는 우리 코코(그녀가 너무 애지중지하여 사람인 줄 착각한다는 그녀의 애완견) 산책시키는 게 유일한 낙이여. 뭣 좀 해야 하는데."

"뭘 하겠냐? 요새 맨날 뉴스에 사람 죽는 것만 나오는데, 어디 가서 뭘 하겠어?"

오랜만에 통화하니 반갑긴 해도 전화 내용은 그저 답답한 코로나 얘기다. 그래도 그녀가 반갑게 한 가지 제안을 했다. "언니! 우리 이렇게 시간 많을 때, 학원 가서 공부 좀 합시다. 이제 사람 못 만나는 세상이 온 것 같아. 우리 직업도 이젠 물 건너간 것 같으니 통번역 학원에 등록해서 밀린 공부 좀 해요. 맨날 말로만 했는데 쓰면서 하는 영어는 얼마나 어려운지 이럴 때 실력 진단도 한번 해보고. 혹시 알아, 번역하는 재능도 있을지, 어때?"

남아도는 시간으로 쩔쩔매고 있었는데 뭐든 해보자는 말은 너무도 반갑고 기특한 발상이라 맞장구를 쳤다. 코로나 소식 말곤 듣는 게 없어 살짝 불안한 마음이었는데 뭐라도 한다면 안심이 될 것 같았다. 더군다나 안 해본 일 시도 하겠다면 이 시기에 얼마나 반가운 제안인가.

"좋아, 좋아! 미숙아! 노느니 염불한다고. 시간 많을 때 다른 공부 좀 해보는 거지."

말이 떨어지자마자 우리 둘은 예전에 함께 공부했던 학원에서 만나기로 하고, 개강 예정일인 3월에 맞춰 통번역 강의를 신청했다. 미숙이는 새로운 공부를 한다는 사실에 들떠 있었고, 나는 수업 끝나고 미숙과 인사동 맛집에서 밥 먹고 수다 떨 생각에 신나 있었다.

개강 첫날 오전 10시에 시작하는 강의실에 부지런한 티를 내며 아홉 시 반에 입장했다. 학원 직원이 코로나를 신경 쓰며 활짝 열어놓은 창문으로 제법 쌀쌀한 바람이 들어왔다. 나와 미숙이를 포함해 열다섯 명 정도의 학생들이 거리 두기를 하면서 자리를 잡아갔다. 노랑머리 학생도 두 명 보였다. '어! 저들은 여기서 무슨 공부한다는 거지. 영어 원어민들(네이티브 스피커 Native speaker) 아닌가?' 궁금한 나머지 수업 중간에 주어진 10분간의 휴식 시간에 화장실을 간다는 핑계로 노랑머리 학생의 필기 노트를 옆을 스치며 지나가듯 슬쩍 훔쳐봤다. 한글 지문 밑에 영어설명이 빼곡하게 적혀 있었다. '아하! 알겠다. 우리는 영한 번역시간에 열공하고, 저들은 한영 번역시간에 열공하는구나!' 한국에서 신문이나 방송국의 저널리스트로 활동하는 사람들은 우리말을 영어로 해석하는 능력이 필요하겠구나 싶었다.

강사님이 편집하셨을 것 같은 책 두 권과 몇 장의 프린트물이 책상 위에 놓여 있다. 영미 문학, 미국 시사 월간지 기사, 영화 칼럼, 정치 사설, 고전 평론, 유럽의 영어 번역서 등에서 발췌한 다양한 주제를 내용으로 한영 번역 교본이었다. 또 한 권은 영한 번역을 위한 문법 트레이닝 매뉴얼도 있었다.

첫날 번역 기사 제목은 "Parasite Won So Much Than the Best Picture Oscar: 영화 기생충은 아카데미 작품상 수상보다 더 큰 것을 얻었다"였다. 오스카상을 수상한 봉준호 감독의 영화 〈기생충〉이 그 내용이라는 것은 제목으로 알아차렸다. 그러나 막상 강사님이 제목을 번역하라는 요청이 떨어지자, 머리에서 한국말이 뱅뱅 돌면서 딱 떨어지는 우리말 표현은 찾기가 어려웠다. 상기 제목을 내용으로 두 장 정도의 미 주간지 기사를 번역하는 거였다. 썼다가 지우기를 수차례 하면서 시간 안에 번역하는 건 불가능함이 느껴졌다. 다소 직설적이면서 간단명료한 영어 표현

을 우리말로 맞게 찾아내는 것은 다른 능력이라는 것을 실
감했다. 영한 번역에서는 한국어의 언어적 지분이 훨씬 많
이 들어가게 된다는 것, 번역 자체가 상당한 기술과 훈련
을 요한다는 것도 알게 되었다.

  '아하! 그렇구나! 우리글로 옮기는 데는 패턴 연습이 필
요하구나. 이 분야 또한 상당 기간의 훈련이 필요하겠어.'
첫날의 느낌을 수다로 풀어보고자 미숙과 나는 커피 한잔
씩 사 들고 청계천으로 향했다. 청계천 돌계단에 자리를
잡고 앉아 미숙이가 집에서 만들어 온 달걀 샌드위치를 먹
으며 노트를 펼쳐놓고 엉성한 번역을 서로서로 비교해보
았다.

  "미숙! 쉽지 않다, 그치? 근데 진짜 재미는 있어. 뭔가
많이 배울 것 같아. 영어 공부 완전히 다시 해야 하겠어. 나
영어 실력 완전 엉망이다."

  "맞아, 맞아! 문법도 처음부터 다시 봐야겠어. 언니, 그
래도 배울 것 많다고 생각하니 신나."

  문법도 예전에 시험 대비로 공부하던 차원과는 다른 학
습이 필요했다. 주어, 동사, 목적어를 몇 가지 구조로 우리
말로 대비해 풀어낼 수 있는지부터 시작해야 했다. 품사의
위치가 조금만 전환돼도 글의 무게 중심이 확 달라지는 것
을 느꼈다. 문장을 파악하는 섬세함도 필요했지만, 무엇보

다 한국어 어휘력이 많이 부족하다고 느꼈다.

"미숙! 작가가 만일 자기 작품이 엉터리로 번역됐다는 걸 알아봐. 얼마나 서운하겠어. 그런 거 생각하니 한 글자 한 글자 번역하는 게 두렵게 느껴지는구먼."

"언니! 뭐여? 벌써 번역가 다 된겨?" (웃음)

그녀 말처럼 마치 번역가라도 된 양 코로나에 얻은 새로운 관심거리에 나만의 흥미 몰이를 해나갔다.

문학작품을 옮겨보는 시간이 가장 신났다. 헤르만 헤세 Hermann Hesse의 《데미안 Demian》(독일 문학작품의 영어 번역서)의 한두 페이지를 우리말로 번역해보면서 작가의 섬세하고 다채로운 표현에 빠져들었다. 대학 다닐 때 교수님의 권유로 도서관에서 집어들었을 땐 그저 어린아이의 투정에 불과하다고 생각했던 작품이었다. 빛과 어둠 사이의 방황이 결국 '나를 찾는 고통의 몸부림'이었다는 것을 번역을 위해 문장을 하나하나 뜯어보면서 새롭게 알게 되었다. 강사님이 세 개의 번역서를 가지고 와서는 자신의 번역과 비교해보라고도 하셨다. 어떤 것이 가장 본인들의 옮김과 흡사한지, 세 가지의 번역서 중에 자기 스타일은 어떤 것인지를 확인해보는 것도 흥미로웠다. 번역을 위해 같은 단어를 몇 번이고 다시 보니 단어가 하나하나가 가진 매력이 크다는 걸 새삼 알게 되었다. 정치, 철학, 문학, 계약서, 심지어 코로나 관련 의학 용어 번역도 있었다. 코로나 관련 용어들은 생소한 것들이 많아 의학 분야 단어부터 먼저 학습했다. 그런 다음 시대에 맞게 코로나가 어떻게 우리의 생명을 빼앗는지의 내용을 실은 의학저널도 번역해보기로 했다. 번역 내내 느껴지는 코로나의 공포와 기사 내용이 주는 몰입감이 너무 커 끝날 때까지 강의실 안에는 숨소리조차 들리지 않았다.

가장 재밌고 수월했던 작품은 '의학계의 계관시인'으로 불리는 올리버 색스Oliver Sacks가 의대 시절 경험을 에피소드 형식 모아 엮은 《The Man Who Mistook His Wife For A Hat:아내를 모자로 착각한 남자》였다. 이미 시중에 번역서가 나와 있긴 하지만 이런 종류의 따뜻한 책과의 만남은 큰 기쁨이었다. 얼마 전 〈책 읽어드립니다〉라는 TV프로그램에서도 소개되었던 책이다. 책의 제목이 되는 한 개의 에피소드가 끝나고 이 책의 매력에 빠진 나는 바로 저자의 다른 원서도 구해서 읽어보았다. 이런저런 분야들을 맛보기식으로 접해보고 나니 내 취향이 어느 쪽으로 쏠려있는지 알게 되었다. 문학, 수필, 철학은 강사의 칭찬을 받을 정도로 번역이 매끄럽다는 평가를 받았지만 과학, IT 기술 분야, 정치는 원문과 너무 동떨어진 우리 말 번역으로 발표 시간에 깔깔깔 웃음보 터진 적도 많았다.

수업이 끝나고 집으로 돌아오는 차 안에서 나의 책 읽기에 대해 생각하곤 했다.

'다양한 분야의 책을 읽어야 해. 지금껏 필요하고 좋아하는 분야만 야금야금 읽어왔구나!'

인문학에만 치우치는 엄청난 독서 편식이 있었다는 걸 새로운 공부를 통해서 알게 된 것이다. 우주과학, 천체, 생물학, 동식물, 소프트웨어 분야 등 여러 주제의 책을 다양하게 읽어야 한다는 걸 깨달았다. 독서 방향을 바꿔보겠다는 마음으로 서점을 둘러보니 이미 일반인도 쉽게 읽을 수 있는, 소위 이과 분야의 책도 많이 출간되어 있었다.

늘어만 가는 코로나 확진자 뉴스에 마음 불편한 외출일 때도 있었지만, 배움과 맛집 탐방이라는 주제로 미숙과 함께한 몇 달의 시간은 달콤한 쉬어가기였다.

코로나 희망일자리

6월의 싱그러움이 가슴을 두드릴 때, 동 주민센터 직원에게 전화가 왔다. 우리 자원봉사자들의 활동과 업무를 관리하는 담당 공무원이었다.

"선생님! 센터에서 봉사활동 하시는 것 말고 뭐 일하시는 것 있으세요? 요즘 국가에서 코로나 19 극복 일자리 창출, 공공일자리 사업 이런 거 많이 하거든요."

"아! 그래요? 사실 재난지원금 받는 것보다는 일자리를 지원받는 게 좋기는 한데. 일터로 돌아가고픈 마음도 크고, 아무튼 관심 가져 볼게요."

어차피 이전에 하던 관광업종 일자리는 쉽게 돌아올 것 같지 않고, 코로나 시기에 국가가 기획하는 공공일자리라니, 나쁘지 않다고 생각했다. 하루는 오전 공부가 끝나고 바로 버스를 타고 구청 일자리지원센터로 갔다. 나도 코로나 실업자는 맞으니 일단 구직등록이라도 해보자는 마음으로 일자리지원센터의 문을 두드렸다.

"저는 코로나 전까지 관광통역안내사로 활동했었거든요. 지금은 실업자예요. 해외관광객이 들어오질 못하니 외국어로 할 수 있는 마땅한 일자리가 없네요. 혹시 코로나 실업자를 위한 공공일자리 사업을 한다고 들었는데 제가 해당되는지 모르겠네요."

담당 직원은 고개를 끄덕이며 간단한 개인 정보를 묻고 입력한 후, 구직등록필증이란 걸 발급해주었다. 공공일자리 재취업을 위해 필요한 절차라고 말하며 서울일자리포털에서 채용공고에 어떻게 접근하면 되는지도 상세히 알려주었다. 그런데 담당자는 근심 어린 표정으로 이렇게 말했다. "선생님, 과거에 항공회사에서 관리직으로 퇴직하셨다고 쓰셨는데 공공일자리는 선생님의 기대치에 맞는 일자리는 잘 없을 것 같아요."

"원래 자기한테 딱 맞는 일자리라는 건 없다고 봐요. 그리고 이 시기에 찾는 일자리는 더더욱 그럴 거구요. 저는 뭐 재래시장 화장실 청소라도 괜찮으니까 시켜주세요."

직원이 눈을 동그랗게 뜨고 웃으며 빤히 봤다.

"어머, 선생님. 대단하세요. 그렇게 말씀하시는 분 잘 없

는데…. 대부분 일자리 안내받으실 때 역정 내시는 분 많
아요. 내가 과거에 어떤 일 했던 사람인데 나한테 이런 일
소개하냐면서요."

"지금 나이에 옛날에 금송아지 키우던 얘기 하면 뭐 할
건가요. 전 뭐든 새로운 일은 다 좋아해요. 힘이 달려 못하
는 일 빼고는 다 할 수 있어요. 연락 주세요. 꼭이요."라며
담당자에게 기운차게 말하고 나왔다. "제가 보기에는 선생
님은 곧 일하실 수 있을 것 같아요."

코로나에 이 희망적인 한마디, 얼마나 반갑고 기분 좋은
가. 구직등록을 하면서 잠시 직원과 일자리에 관한 이런저
런 대화를 나누니 누군가가 나를 돕고 있다는 생각에 마음
이 든든했다. 그리고 집으로 오는 내내 너무 궁금했다. '코
로나 시기에 나는 어떤 일을 다시 하게 될까? 이번엔 뭘
준비하며 기다려야 하는 거지? 아니야, 없을 수도 있어. 까
짓것 없어도 할 수 없지. 도서관에서 책 빌려 보고 주민센
터 봉사활동 캠프에서 연락 오면 참여하고, 그리고 이참에
번역 연습도 해서 영어 실력도 다지고 하지 뭐.' 희망 없는
일자리에 실망하지 않으려고 미리 생각을 돌려놓았다.

코로나 시기에 실업자가 됐다면 이런 심리적 고통이 있
을 것이다. '실직상태는 언제까지 계속되는 것일까? 이전
의 일자리로 돌아갈 수는 있을까?' 통장에서 빠져나가기

만 하는 숫자를 보면서 '예전의 취미활동은 고사하고 이젠 생계마저 위협받는구나' 불안해했을 것이다. 일 중독자라 할 수 있는 나도 '직업인으로서 활동은 끝인가'하면서 방향을 잡지 못하고 있었다. 그저 뜻이 있는 곳에 길이 있겠지 하는 마음으로 일자리를 찾아 여기저기 기웃거리고 다녔다.

에어컨 없이는 견디기 힘든 여름이 왔다. 교보문고가 마련해준 독서 테이블에 앉아(그때만 해도 약간의 거리 두기만으로 독서 코너를 운영했었다) 더위와 코로나 스트레스를 독서로 잊어보려 애쓰고 있었다. 하루는 우리 동 주민센터 자원봉사 캠프를 관리하는 직원분이 톡을 보내왔다.

"선생님! 코로나19 극복 희망일자리 사업에 참여자를 모집한다는 구청 공고가 떴어요."

그 말에 갑자기 읽던 책을 확 덮고는 구청 채용공고 사이트에 들어가 살피기 시작했다. 과연 '코로나로 침체된 경제 회복을 위한 공공일자리 모집'이라는 공고가 나와 있었다. 제목이 '희망일자리 사업'이었다. 더 반가운 내용은 '코로나19로 실업과 폐업을 경험한 자에 우선권'이 주어진다는 내용이었다. 실업 재난기금을 받았으니 나도 코로나 실업자가 맞고, 프리랜서 일자리도 포함된다는 생각이 들어 지원은 해볼 수 있겠다 싶었다. 근로기간이 단 3개월인 희망일자리는 종류가 하도 많아 훑어보는 데만도 시간이 꽤 걸렸다. 디지털 계통이나 시설물 정비같이 특정 기술을 요하는 곳은 자격증이 없으니 신청 자체가 불가능했다. 시켜준다 해도 못할 일이다. 모집 공고 사이트를 위아래 몇 차례 보니 눈에 딱 들어오는 제목이 있었다. '지역아동센터 생활방역 지원'을 위한 인력 모집. 구청에서는 각 부서마다 해당 일자리 신청을 따로 받고 있었고, 나의 경우는 '아동청년과'가 그 담당 부서였다. 갑자기 마음이 급해져서는 바로 집으로 달려가 신청서를 다운로드한 후, 아동 돌봄 관련 경험과 주민센터의 봉사활동 내용을 포함해 자기 소개서를 쓰고 필요하다 싶은 서류도 모두 복사했다. 인터넷으로 신청하라고 안내되어 있었지만, 구청 담당 부서로 직접 신청서를 들고 갔다. 구청 공무원의 친절한 안내를 받으며 마감을 이틀 남기고 '희망일자리' 참여 신청 서류를 직접 접수했다.

'지역아동센터라고? 들어보긴 한 것 같은데…. 공부 좀 해야겠군. 일단 방과 후 아동돌봄센터와 비슷한 곳이겠지.' 마치 합격한 양 벌써 새로운 일자리에 대한 기대로 마음이 뿌듯해졌다.

"선생님, 합격하셨어요! 근로계약서에 사인하러 오늘 구청에 오셔요."

야호! 간절히 원하면 이루어진다더니.

"코로나 시기에 일자리라니! 대한민국 만세!" 하고 소리를 지르니 담당자가 깔깔깔 웃는다.

"많이 기다리셨나 봐요. 좋아하시니 다행입니다."

성범죄 관련 조회 동의서 및 양식 몇 가지에 사인을 하고 나니 담당자가 내가 3개월간 함께할 마포구 지역아동센터의 위치와 이름을 알려주었다. 출근이 가까워질 즈음 근황을 묻는 지인들에게 나의 새 일터에 관해 이야기했다. 목숨이 왔다 갔다 하는 이 시기에 코로나 방역 지원이 웬말이냐며 부정적 소견을 보이는 이도 있었다. 속으로 생각했다.

'아이들 책상 닦고, 마스크 잘 챙겨주고, 문구류 정리하고, 식사 때 위생관리 해주는 그런 일이겠지 뭐. 종일 알코올 스프레이만 들고 다니겠어? 일자리 이름이 뭐가 중요한가. 일터에서 함께하는 관계가 중요하지. 그곳에는 아이들이 있지 않은가.'

마음의 초점을 오직 아이들에게 맞추었다. 그리고 오후 두 시부터 여섯 시까지의 근무시간. 이 또한 얼마나 아름다운가 말이다.

새로운 곳으로의 첫 출근은 약간의 긴장, 호기심, 새로운 관계 맺기에 대한 기대, 언제나 이렇게 시작한다. 지역아동센터가 어떤 취지로 만들어졌고, 어떤 아동들이 대상이며, 국가로부터 어떠한 지원을 받아서 운영되고 있는지는 여러 검색으로 간단히 파악은 해놓았다. 지금부턴 실전에 들어가는 마음 자세가 중요하다. 나의 새로운 놀이터에서 경쾌하게 일할 것. 아이들이 있는 곳이니 말과 행동에 유의할 것. '잘할 수 있을 거야'라고 스스로를 응원하면서 조심조심 숨 고르기를 하며 센터가 위치한 건물 3층으로 올라갔다.

"선생님! 구청 일자리 지원으로 오신 거 맞으시죠? 제가 담당자입니다. 여기 출근부에 매일 체크해주시고요. 선생님 일과는 여기에 적어놓았습니다." 구청에서 배정한 아동지역센터 내 사회복지사가 프린트물 한 장을 내밀었다.

- 학습실 내 책상과 의자 소독하기
- 두 시부터 아이들 간식 챙기기(아동이 학교 파하고 오는 순서대로)
- 주방 선생님 도우미(채소, 생선 다듬기, 과일 깎아서 통에 정리하기)
- 저녁 식사 시간에 아이들 배식 참여하기

첫날이라 일찍 도착한 나는 업무 일과표를 받고 간단한
주의사항을 들은 후, 바로 아이들 간식을 챙기러 주방으로
들어갔다. 주방에는 식당과 겸용으로 쓰는 큰 테이블이 놓
여 있었다. 가을의 싱그러움을 말해주듯 빨간 사과가 바구
니에 소복했고 그 옆에는 따스한 도넛이 봉지 가득 담겨
있었다. 과도를 들고 사과를 정성스럽게 깎아 접시 위에
놓고, 포크와 개인 접시도 함께 챙겼다.

한 아이가 들어온다. 어머, 눈이 너무 예쁘다. '어딘지
모르게 우리 얼굴과는 좀 다르게 생겼네. 아하! 다문화 가
정 아이구나!' 아이들도 나도 호기심에 가득 차서 서로 어
찌할 줄을 몰라 했다. 또 다른 아이가 들어왔다.

"어머! 주방 선생님 새로운 분 오셨네, 그렇죠?"

"아닌가? 새로 오신 돌봄 선생님이세요? 아님, 실습 선
생님이신가요?"

초등 저학년 아동들이 앞다퉈 말을 건넸다. 아이들의 호
기심 가득한 질문들이 우리의 어색함을 날려주었다. 챙겨
준 간식을 오물오물 입에 넣으며 학교 선생님 얘기, 친구
와 다툰 얘기, 코로나 얘기 등 각자의 이야기를 쉴 새 없이
쏟아냈다. 아이들과 함께 주방 테이블에 앉아 이런저런 얘
기를 듣고 있자니 너무 평화로운 기분이 들면서 몸이 녹는
기분이었다. '새로운 일자리가 나를 또 새로운 세상으로

데려다 놓았구나.'

처음 몇 주는 학습실 소독이 끝나면 대부분의 시간을 급식실에서 보냈다. 그러나 코로나 긴급 돌봄 기간이 끝나면서 아이들의 수가 늘자 아이들과 센터 내 사회복지사의 요청으로 학습실에 불려가는 일이 잦아졌다. 센터 담당자분이 업무에서 추가된 일과 내용을 전해주었다. 아이들 과제 챙기기와 저학년 아동의 국어와 수학 학습 돌봄이 업무에 추가되었다. 몇 주 뒤에는 독서 시간에도 아이들과 함께해달라는 요청을 받았다. 책을 한 권씩 교실로 가져와 읽고 그림을 그린 후 두 줄 정도의 감상문을 적어 내야 했다. 잠시 조용하던 아이들은 놀라운 속도로 빠르게 읽은 후 "나 다 읽었어. 지금부터 그림 그려야겠다." 하고는 미술도구를 가져와 그림 그리기를 했다. 놀라웠다. '그림을 특별히 배운 적도 없는데, 어떻게 이런 그림이 나오지? 신기하다. 아이들에게는 놀라운 자기 세계가 있구나.' 책을 읽는 동안 책의 내용과는 또 다른 자기만의 생각을 그림에 옮겨놓는 것 같았다. 아이들의 독서 시간이 끝난 후 이면지에 그린 그림과 글을 작은 크기로 오려 스케치북에 옮겨 붙였다. "이건 모두 예술작품이야. 완전 감동했어. 한번 쓱 보고 버리면 안 된다 이 말이지. 여기 붙여놓고 내일 또 감상해보자."

액자처럼 스케치북에 붙여 벽에 세워놓으니 아이들은 좋아라 했다. 매일매일 그림을 모으고 또 그 그림들을 자세히 보니 아이들 하나하나의 성격과 마음이 보이는 것 같았다. 신기했다. 어느 그림이 잘 그린 그림이고 못 그린 그림인지 평할 수 없었다. 그림에서 보여주는 아이들의 세상은 모든 것이 새롭고 신비한 것 같았다.

며칠이 지나자 한 여자아이가 영어학원 과제를 도와달라는 부탁을 해왔다. 그렇게 영어라는 돌봄 과제가 일과에 더해지면서 센터에서의 시간 대부분을 학습과 놀이로 교실에서 아이들과 함께하게 되었다. 출근이 기다려질 만큼 행복한 시간이었다.

이곳 아이들의 밝은 웃음이 더 특별하게 느껴지는 이유가 있다. 이곳은 저소득층, 다문화가정, 조손가정, 한부모가정 등 가정환경상 사회적 도움이 필요한 아이들을 위한 곳이다. 저마다 여러 아픔과 사연을 품고 있는 아이들이많았다. 여기가 아니면 따뜻한 저녁을 먹을 수 없고, 가정에서는 그 누구도 울타리가 되어주지 못하는 상황의 아이들도 있었다. 지금까지 내가 지나온 일터에서는 접해보지도 생각해 보지도 못한 세상이었다. '이런 곳이 있구나. 아! 이런 곳 정말이지 필요하다. 아이들의 일상을 지켜주는 곳, 꼭 있어야만 해. 이런 아이들의 세상을 지금껏 보고 있지 못했구나.' 아이들과 열심히 놀고 책도 함께 읽고 그림도 같이 그리고 영어 동화책도 읽어주면서 소통하는 시간이 많으니 내 마음이 더 건강해지는 것 같았다. 언제 이렇게 많이 웃어본 적이 있었나. 이렇게 온통 마음을 빼앗는 또 다른 세상이 있을 줄 몰랐다. 이 새로운 일터에 온 나는 또 얼마나 행운아인가. 3개월의 짧은 시간이었지만, 나에겐 아이들과 함께하는 시간 또한 배움이 있는 시간이었다. 작은 선물을 아이들 손에 쥐여주면서 이별의 아쉬움을 달랬다. 그리고 나 자신과 약속했다. 이곳으로 꼭 돌아오리라!

아이들에게 돌아가는 길

지역아동센터를 떠나야 하는 날이 다가올수록 마음 한 곳에서는 꼭 다시 돌아오고 싶다는 열망이 커져만 갔다. 아동센터에 일 다닌다는 핑계로 한동안 참여하지 못한 자원봉사 활동이 궁금하기도 하고 미안한 마음에 주민센터 자원봉사 캠프에 인사차 들렀다. 근처 소박한 빵집에서 군것질거리를 조금 사서 누군가는 있겠지, 하는 생각으로 센터의 문을 두드렸다.

"안녕하세요. 그동안 건강하셨어요? 한동안 참여 못 해서 정말 죄송해요. 희망일자리 근무는 거의 끝나가요."

"아유! 우리도 코로나 때문에 한참 못 나왔어. 뭐 요즘 모이지도 못하게 하잖아. 점심 같이 하기도 눈치 보이는구먼. 그래 아이들과는 재밌어? 무슨 일 하는지 좀 말 좀 해봐요!"

캠프장을 비롯해 몇몇 멤버가 오랜만에 보는 나를 반가 워해주며 안부를 물어왔다. 아동센터에서 해야 했던 업무 와 마스크를 낀 채 일상을 보내는 아이들의 고충 그리고 곧 있을 이별의 아쉬움도 함께 털어놓았다. 다시 아이들과 함께하고 싶다는 얘길 여러 차례 한 것 같았다.

"소정 씨! 진짜 거기로 가고 싶구나. 내가 아는 사람도 거기서 무슨 교사인가를 했다고 하던데. 그 사람도 구청에 서 일자리 얻었다고 했거든. 내가 연락해서 어떻게 선생님 됐는지 알아봐 줄까? 정보 좀 공유하자고 말해봐야겠네. 소정 씨는 영어 잘하니까 영어 선생님 하면 되잖아. 한번 기다려봐."

옛말에 병은 소문내라 했건만, 하는 일도 소문내고, 원 하는 것도 소문내고 뭐든 마음에 담아두지 말고 소문내봐 야 한다. 세상이 다 통해 있으니 진심을 담아 소문내보면 어디선가는 답이 온다. 내가 자칭 '소통의 달인'이라고 떠 들면서 만들어낸 철학이다.

소문을 낸 지 한 주쯤 지났을까, 캠프장이 아동센터에서 수학 지도교사로 근무했다던 지인을 소개하겠다며 캠프실 로 급히 호출했다. 이렇게 감사한 일이 또 있을까! 숨차게 달려갔다. 정 선생님이라고 소개받은 그분은 중학교 수학교사였는데 퇴직한 후에도 작년까지 4년간 지역아동센터에서 아동복지교사로 아이들을 가르쳤다고 했다. 올해는 60세 환갑을 맞게 되어 남편분과 세계일주를 계획해둔 터여서 쉬고 계셨다.

"어휴! 이렇게 코로나가 심할 줄 누가 알았겠어요? 아동복지교사에 올해도 지원을 하는 건데…. 너무 무료하게 보내고 있답니다."

정 선생님의 얘기를 종합해보면 아동복지교사는 1년씩 계약하는 기간제 근로 형태인 것 같았다.

"소정 쌤! 보통 11월 말 즈음에 채용공고가 사이트에 올라오거든요. 날짜 놓치지 말고 신청해보세요. 그리고 이번 연도에는 코로나 실직자에 가산점이 있는 것 같아요. 아이들 가르쳐봤다는 경력증명서가 있으면 좋은데. 혹시 가르쳐본 경험 있어요?"

정 선생님이 계속 질문하면서 내가 준비해야 할 것과 도움이 될 사항을 체크해주었다. 정 선생님도 퇴직 후 나처럼 무기력증을 경험하셨고, 무가치하게 느껴지는 일상을 견딜 수 없어 아동복지교사로 재취업하셨다고 했다. 평생을 교직에 몸담으셨으니 당연한 경우였다.

"아이들 가르쳐본 경험은 역사문화 체험학습 강사 때말고는 없어요. 더구나 그때는 한국사 관련이었지, 영어는 아니었거든요. 아! 어쩌죠. 그런데 이번 희망일자리 지원으로 갔을 때 아이들 영어 과제를 열심히 도와주긴 했어요."

"그럼 이렇게 하세요. 첫째. 그 내용을 자기소개서에 자세히 적으세요. 역사와 영어를 가르쳐본 경험이 있다, 이렇게요. 경험이 중요한 거죠. 둘째는 1년간의 학습 계획서를 제출해야 해요. 이 부분이 아주 중요해요. 아이들을 1년간 이렇게 지도하겠다 하는 계획이 담긴 포트폴리오 같은 거죠. 마지막으로는 면접이 있어요. 이때 소정 쌤의 열정을 면접관 앞에서 많이 어필하도록 하세요. 아이들을 가르치고 싶다고. 그래서 희망일자리도 지역아동센터를 선택한 거라고 그렇게 강조하세요. 이 아동복지교사 신청은 지역아동센터 경험자만 가능하다고 알고 있어요. 소정 쌤은 어쨌든 3개월 희망일자리로라도 근무 경험이 있잖아요. 혹시 영어 관련 자격증은 있나요? 봉사활동 시간, 근무 경력, 자격증 등의 서류를 모두 복사해서 제출하세요. 소정 쌤, 파이팅입니다. 행운을 빌어요!"

이렇게 정 선생님과 캠프장님의 응원을 받으며 집으로 돌아와선 서랍에 묵혀둔 서류봉투를 뒤적거려보았다. '음, 내가 대학 때 취직 걱정하면서 따놓았던 2급 정교사 자격증이 어디 있었는데. 그거라도 가져 가봐야겠다.' 누렇게 변한, 30년도 더 된 자격증 하나가 나왔다. '항공사 시절에 신입사원 교육도 여러 번 했고 일단 뭔가 교육했던 경험은 많은데 영어 가르친 경험이 너무 없단 말이지. 대학 때 고2 학생 과외한 것도 경력에 들어가나?' 하며 이런저런 서류들을 만지작거렸다.

정 선생님의 코치대로 서류를 한 장 한 장 준비해보았다. 오랜만에 써보는 이력서와 자기 소개서도 낯설었다. 견본을 네이버에서 꼼꼼히 찾아보면서 적절한 분량을 쓰고 제목을 다는 연습을 했다. 어느 정도 준비가 된 것 같아 구청 담당과에 접수하러 갔다. 내 나이 또래의 적지 않은 사람들이 서류를 들고 같은 층 접수처로 가는 것이 보였다. 퇴직 후 일선에서 물러난 늦은 나이에도 일자리를 찾는, 나와 비슷한 처지의 사람들이 많구나 싶었다. 접수 후 이틀이 지나자 면접 날짜를 통보하는 문자가 왔다.

면접 보러 가는 날은 12월 초순으로 유난히 추운 날이었다. 얇은 정장을 코트 안에 입고 면접 때문인지 추위 때문인지 덜덜 떨며 면접장으로 들어갔다. 외국어, 기초학습, 독서지도 등 분야별 면접 시간이 조금씩 달랐다. 면접에 온 사람들의 수가 서류 제출 때보다 더 많아 보였다. 기다리는 사람들 중엔 서로 아는 사이인 듯 웃으며 대화하는 사람들도 여럿 보였다. '오호, 몇 년씩 이 일을 하는 사람들도 있나 보네. 해마다 여러 경쟁자를 물리치고 계속하고

있는 거라면 상당한 실력인가 봐.'

긴장이 되는지 앉았다 섰다를 반복하며 뭔가를 중얼중얼 외우는 사람도 보였다. 곧 담당 공무원의 안내를 받으며 두 명씩 면접장으로 들어가게 되었다. 나와 함께 들어간 면접자는 4년째 지역아동센터에서 일하고 있는 경험자였다. 면접관의 질문에 기다렸다는 듯 술술 답변을 했고 여유로운 미소가 목소리에 섞여 있었다. '아! 완전 기가 꺾이는군. 합격은 글렀네. 에라 모르겠다. 묻는 말에 소신껏 답하는 거지 뭐.' 나에게 던져진 질문은 세 가지였다.

- 간략하게 자기소개를 하시오.
- 아동복지교사와 일반 교사의 차이점은 무엇인가.
- 아동복지교사에게 가장 어려운 점은 무엇인가.

세 가지 질문 모두 약간의 생각을 요하는 질문이었다. 희망일자리로 근무할 때 센터에서의 경험을 더듬으며 열심히 질문에 답했다. 이미 옆 시원자의 당당함에 기가 눌려 뭐라 답했는지도 모르겠다. 한 가지 분명한 것은 지역아동센터에서 일정 기간 실습이나 교육 경험이 있어야만 대답할 수 있는 질문들이었다는 거다. 기대는 컸지만 원하는 결과를 기대할 수 있는 상황은 아닌 것 같았다. '제발 아이들에게 돌아가게 해주세요. 제발요!' 마음만 간절할 뿐이었다.

면접 후 일주일 정도 시간이 지났을까, 마포구청에서 보낸 듯한 문자가 들어왔다. "김소정 선생님. 아동복지교사에 합격하신 것을 축하드립니다."

'야호! 야호! 신난다. 어떻게 합격이 된 거지? 아이들에게 돌아간다고 약속했다는 말에 면접관들이 감동했나? 아님, 내가 코로나 실업자여서 가산점이 있었나?' 뛸 듯이 기분이 좋아 엄마, 친구들, 준비를 도와주셨던 정 선생님에게까지 마구 전화를 걸어 소식을 전했다.

"야! 우리 딸 대단한데! 이 어려운 시기에 일자리를 구하다니. 인자는 영어 선생님이라 카니 너무 멋지데이. 근데, 거기 고등학생도 있다면서 니 가르칠 수 있겠나? 니 공부 좀 해야 안 되나?" 엄마의 반응이다.

'어! 맞아. 그렇지. 이건 희망일자리 때와는 다르지. 그때는 초등학교 아동들 방과 후 일상을 돌보는 정도였지만, 이제는 영어 선생님으로 가야 하는 거잖아. 초등학생부터 고등학생까지 중요 교과목 한 가지를 책임지는 자리로 가는 건데, 뭔가 준비를 해야겠다. 내년 1월 3일부터 첫 출근이니까 겨우 스무 날 정도가 남은 거구나.'

나의 영원한 지식 창고 교보문고로 달려갔다. 우선 중고

등 학생들의 자습서를 꺼내서 어떤 구성으로 영어를 배우고 있는지 교과 내용부터 먼저 파악했다. 그리곤 나의 문법 실력도 테스트할 겸 《강성태 영문법 필수편》을 구매해 문제풀이를 시작했다. 고등학교 영문법 시간에 힘들어했던 가정법만 정리해놓으면 다른 용법은 딱히 문제 될 것은 없어 보였다. '음, 그럼 초등 저학년은 어떻게 가르치지? 노래로? 동작으로? 알파벳부터 시작해야 하나? 학교에선 영어를 어떻게 가르치지? 이제 겨우 한글을 뗀 아이도 있을 텐데 영어를 어떻게 배우려나?' 별별 생각을 다 하면서 스무 권 정도의 초등아동 전용 영어 학습서를 묻고 내 독서 테이블에 꺼내놓고 보고 또 봤다. 그중 한 책의 서문에 '초등 저학년의 학습은 놀이와 음성 영어 중심이 되어야 하고 아이들의 흥미와 관심을 유도할 수 있어야 한다'고 나와 있었다. 말뜻은 이해했으나 그에 딱 맞는 마땅한 교재는 없었다. 생각다 못해 일곱 권 정도의 저학년용 학습서를 구매한 후, 필요한 부분들을 분리해서 단계별로 자른 뒤 제본을 맡겼다. 재미있는 영어 게임, 파닉스용 노래, 만화 영어 등 일단 다양하게 만들어보았다. 기존 아동복지교사들과 소통을 할 수 있는 처지가 아니고 보니 그저 막막했다. 아이들 실력이 파악된 것도 아니고 내가 영어 가르침에 크게 경험이 있는 것도 아니고 그저 생각이 미치는 만큼 준비할 수밖에 없었다.

초등 고학년과 중학생들까지는 간단한 테스트를 준비해 수준을 파악해보고 기존 교재를 체크한 후 실력별로 필요한 교재를 보충 구매하는 것으로 가닥을 잡았다. 드디어 내가 배정된 두 군데 센터의 스케줄이 나왔다. 한 센터는 월·수·금, 다른 곳은 화·목 매일 다섯 시간 근무 일정이다.

해가 바뀌어 영하의 추운 날씨 속에 드디어 설렘과 두려움을 안고 첫 출근을 했다. 가르침에 대한 너무 큰 부담감 때문에 센터장에게 면담을 요청했다. 나의 예상을 완전히 뒤집는 다른 답변이 돌아왔다.

"선생님! 선생님은 일선 학교에서 영어 과목을 담당하시는 분과는 좀 다른 업무를 하게 되시는 날도 많으실 거예요. 여기에는 지적·정서적으로 일반 아이에 많이 못 미치는 아동도 있거든요. 심리상담을 받거나 정신과를 다니는 아이도 있어요. 수업 중에 예상치 못한 일이 벌어질 때도 많답니다. 이건 제 생각인데요, 그래서 여기 오시는 선생님들이 대체로 인생 경험이 많은 분들이세요. 다 이유가 있다 싶어요."

'그렇구나. 나의 직업엔 교사라는 이름 앞에 아동복지라는 단이가 붙어 있지. 학습에만 초점을 맞춰서는 안 된다는 뜻이구나. 아이들의 정서도 살피면서 교육도 해야 한다는 뜻이겠지. 아무튼, 정신 바짝 차리고 좌충우돌하면서라도 일 년은 이 아이들과 열심히 한번 해보는 거야. 내가 그렇게 원하던 곳으로 다시 왔으니 일단 최선을 다해야 해. 여기 이곳에 내가 온 이유와 뜻이 있겠지. 잘할 수 있을 거야. 나를 믿어보자.'

이런 마음으로 시작한 어설픈 선생 노릇을 현재 3년째 하고 있다. 가르침에도 배움에도 정답이 없다는 이론하에, 나는 그저 영어라는 주제를 가지고 열심히 아이들과 소통할 뿐이다. 아이들의 과격한 말과 행동을 받아들이기가 때론 벅차기도 하고 상처를 받을 때도 있다. 내가 아직 덜 여물었구나, 하는 생각을 할 때도 있다. 한 아이의 정서 과잉 행동으로 수업이 중단된 적도 여러 번 있었고 아이들의 말도 안 되는 투정에 속상할 때도 많았다. 아이는 아이일 뿐인데 이런 일로 속상해하다니 어른답지 못했다며 스스로 반성도 많이 한다. 아이들이 보여주는 맑은 얼굴 뒤로 감당하기 힘든 그늘의 무게가 느껴질 때면 더 단단하게 버텨내야 한다고 나를 채찍질한다. 가장 중요한 것은 내가 어른이 아닌 아이들과 함께 있다는 점이다.

때론 감동하고 때론 함께 울어야 하는 나의 일터 겸 놀이터. 이곳에서 만난 아이들 이야기를 한번 해보고 싶다.

그림으로 통하는 성한이

성한이는 초등학교 3학년이다. 영어 시간에는 그림만 그린다. 이렇게 말하면 공부는 안 하고 그림만 그린다고 생각하겠지만 영어단어를 그림으로 그리면 바로 외워버리는 독특한 재능이 있다.

"선생님 저 영어 시간에 그림 그려도 돼요? 저는 그림을 그려야 단어가 외워져요."

처음에는 그저 장난하는 거겠거니 생각했다. 일단 그림을 허락하고 그림 옆에 알파벳을 쓰는 것을 확인한 후 다른 아이를 지도하기 위해 잠시 옆으로 자리를 옮겼다. 한 30분이 지났을까 성한이가 손을 든다. "선생님! 저 단어 열 개 모두 외웠어요!." 이렇게 말하며 칠판으로 가더니 그림과 함께 단어를 옆에 적기 시작했다. 칠판에 그려놓은 그림은 여느 성인 만화가 못지않은 솜씨였다. 머리에 그림과 영어단어를 연결해 외워버리는 이런 특별한 재능이 있다니! 센터에 갈 때마다 성한이의 재능 구경을 할 시간을 기다린다. 오늘은 그림을 어떻게 그릴까? 성한이 그림 보는 재미는 놓칠 수 없다.

예를 들어 'Clothes: 의복'를 주제로 공부를 하겠다고 말한 뒤 관련 단어들을 적은 간단한 그림과 영어단어가 적힌 프린트물을 나눠준다. 성한이가 뒤돌아 칠판에 그림을 그리기 시작한다. 스커트(skirt)차림에 구두(shoes)를 신고 교실에서 아이들을 가르치고 있는 나의 모습을 그림을 그려놓는다. 옆에는 모자(cap) 쓰고, 짧은 바지(shorts) 입은 짝꿍 진우, 블라우스(blouse)를 입고 책상에서 공부하는 수연이도 그린다. 그림이 끝나면서 성한이의 단어 외우기도 같이 끝난다. "선생님은 성한이가 커서 어떤 사람이 돼 있을지 너무 궁금해. 일단 성한이가 선물로 준 그림에는 사인을 받아놔야겠어. 성한이 그림으로 선생님 이다음에 부자 될 것 같아!

천웅이의 소원

천웅이는 탈북민이다. 3년 전인 초등학교 2학년 무렵 부모님과 함께 이곳으로 왔다. 천웅이는 이야기하는 것을 무척 좋아하고 만날 때마다 나에게 해주고 싶은 이야기 아주 많다고 한다. "선생님, 혹시 제가 여기 남한에서 태어나지 않은 것 알고 계시나요? 저 다른 나라에서 왔어요. 영어 수업 끝나기 몇 분 전에 제 얘기 좀 해드릴게요. 선생님한테는 꼭 말해드리고 싶어요."

흥분하여 빨리 말할 때면 북한 사투리가 아직도 조금

은 남아 있는, 천웅이가 태어난 곳은 평양이다. "저는 북한에서 풍족하게 살았어요. 아버지가 남들이 부러워하는 직업을 갖고 계셨거든요. 평양 시내버스 기사이셨어요. 제가 북한에서 사고만 나지 않으면 아마도 계속 거기서 살았을 거예요."

사실 수업 첫날 천웅이를 만나면서 하마터면 큰 실수를 할 뻔했다. 왼손으로 연필을 쥐고 몸도 조금 한 쪽으로 기울인 채 영어 단어를 쓰고 있어, 자세를 바르게 해주려고 아이의 오른손을 책상 위로 올리려고 했다. 순간. '아! 한쪽 팔을 잃었구나!' 겨울이라 두꺼운 코트를 입고 있어 눈치 채지 못했고 자세를 고치려 시도했던 행동이어서 천웅이도 상처를 받은 것 같지는 않았다. 아무 말 없이 나는 문제집의 해당 페이지를 북 찢어서 천웅이가 쓰기 편하게 테이프로 책상에 고정해 놓았다. 조용히 단어를 쓰면서 천웅이는 묻지도 않은 자기 이야기를 시작했다.

"북한 어린이집에서 공장 견학을 갔다가 그곳 공장직원의 실수로 팔을 잃었어요. 거기서 계속 살았으면 지금 저는 살아있지 못할 거예요. 저를 살린 곳은 여기 대한민국이에요."

마음속에서 뜨거운 무언가가 확 솟구쳐 올라왔다.

"압록강을 건너서 왔어요. 전 아직도 그때 그날이 생생

해요. 어떤 아저씨가 저를 업고 강을 건넜거든요."

"휴, 천웅이 얼마나 무서웠을까?"

"아니에요. 전혀 무섭지 않았어요. 아! 이제 여기만 건너면 난 살 수 있다. 자유다. 자유. 난 살 수 있다. 이렇게 속으로 계속 외치고 있었어요. 한참 지나서 엄마 아빠께 그때 어땠냐고 물어봤거든요. 무진장 무섭고 떨렸다고 했어요. 저는 오히려 너무너무 기뻤어요!"

이런 얘기가 끝나고 나면 핸드폰을 열어 북한 어린이집에서 함께 했던 친구들의 사진과 어린이집에서 발표회 소풍 생일잔치 등이 담긴 사진을 보여주곤 한다. 친했던 친구의 사진을 볼 때면 그 아이가 그리운지 계속 핸드폰을 손으로 문지른다.

북한에서 몰래 봤던 미국 만화영화(《니모를 찾아서》가 제일 재미있었다고 한다.), 한국 예능이나 코미디 프로그램을 말해주기도 했고, 반대로 북한에서 유행하는 노래를 들려주거나 유행어를 가르쳐주기도 했다.

"엄마 아빠가 정말 좋아했던 KBS 일일연속극(《당신만이 내 사랑》)이 있었어요. 부모님이 한국 드라마를 볼 때면 제가 현관 앞에서 끝날 때까지 망을 봤어요."

우리 둘은 배꼽 잡고 같이 웃었다. 추석 명절이 지나고 천웅이를 만날 때면 너무 기운 없고 슬퍼 보였다. 당찬 성격에 똑똑하기까지 한 천웅이에게 그런 표정은 어울리지 않았다.

"북한에 있는 이모랑 외할머니가 너무 보고 싶어요. 북에서 살 땐 우리랑 가까운 곳에 계셔서 명절 때 정말 행복했었거든요. 빨리 통일이 되면 좋겠어요. 제가 영어 공부를 열심히 하면 통일이 될까요?"

상우에겐 배우기 힘든 단어가 있다

초등학교 2학년 상우는 늘 혼자다. 그건 또래 아이들이 상우에게 상처를 받았거나 뭔가 불편한 일을 겪어서이다. 센터장으로부터 주의를 요하는 아동으로 이야기를 들은 후론 수업에서 표시 안 내며 지켜보고 있다. 상우가 분노 조절 장애의 특징을 보일 때가 있으니 그럴 땐 당황하지 말고 센터에서 근무하는 복지사 선생님을 불러달라는 설명이었다.

한번은 영어 시간에 가족family을 주제로 단어 공부를 해보자고 했다. 할아버지, 할머니, 엄마, 아빠, 친척을 말하는 영어단어들, 모두 합해 열 개 정도의 단어였다. 종이를 나눠주고 본인의 가족 중 지금 떠오르는 얼굴이 있으면 그 얼굴을 그리고 옆에 영어단어를 적어보도록 했다. 키득키득 장난치며 아이들이 이상하게 얼굴을 그리기 시작했고 다 그린 얼굴을 보면서 서로서로 놀리기까지 했다. 상우는 얼굴 대신 동그라미만 크게 그려놨다.

"나는 그릴 사람이 없어요. 엄마는 내가 여섯 살 때 캄보디아로 가버렸어요. 엄마 얼굴은 생각 안 나요. 그리고 아빠는 그리고 싶지 않아요. 아빠는 조폭이거든요. 나는 오늘 영어단어 안 외워도 돼요. 내 곁에는 아무도 없어요."

"엄마 없으면 그 단어는 안 외워도 돼요? 나도 엄마 없어요. 나도 안 외워도 되는 거 맞네."

다른 아이가 장난치며 대꾸했다. 아이들 모두 까르르 웃는다. 마음이 무거워지기 시작했다. 이 아이들에게 가족이란 어떤 존재라고 말하면서 이 단어를 가르칠 텐가. 상우의 커다란 동그라미를 보며 한참을 그대로 서 있었다. 동그라미 안에다 쌍꺼풀이 짙은 상우 얼굴을 그려 넣었다. 상우가 찡끗 웃었다.

한여름의 긴팔 소년 기환이

한번은 6학년 기환이가 영어 시간이 다 되어도 교실에 들어오질 못하고 문만 열었다 닫았다를 반복하며 서 있었다. 자세히 보니 한여름인데 기환이는 긴팔 겉옷을 입고

있다. '쟤가 왜 저러지? 평소에 큰 소리로 인사하며 들어오
던 아인데…' 하며 조금 기다려 보았다. "기환이는 오늘 공
부 선생님하고 일대일로 할 거야. 끝나고 부를게. 잠시 밖
에서 기다려."

　잠시 후 기환이가 들어왔다. 에어컨을 세게 틀고 아이의
몸 상태를 물어보았다. "이렇게 더운 날에 긴 옷은 벗어야
할 것 같은데. 기환이가 땀 흘리다 쓰러지면 선생님 책임
인데… 무더위도 기환이 옷은 못 벗기네." 이렇게 말하고
잠시 딴청을 피우며 내게 마음을 열기를 기다렸다.

　"사실은 지금 너무 추워요. 계속 떨려요. 이거 비밀인데
요. 정말정말 큰 비밀이에요. 다른 사람한텐 말하지 마세
요. 사실 어젯밤에 엄마 아빠가 이혼하기로 했다는 걸 몰
래 들었어요. 엄마 아빠 이혼하면 동생과 나는 어떻게 되
는 걸까요. 선생님, 너무 무섭고 떨려요."

　종교 문제로 두 분이 자주 다툰다는 얘길 아이가 한 것
같았는데, 결국 그렇게 결정했나 보다. 아이의 마음이 지
금 한겨울이구나. 어쩌면 좋아. 그날은 영어 공부 대신 기
환이와 한참을 이런 저런 얘기로 시간을 보냈다. 한여름에
한겨울처럼 떨던 기환이는 2주 뒤에나 재킷을 벗었다. 아
이의 웃음을 보기까지는 더 많은 시간이 걸렸다.

여울이의 노래

여울이는 초등 3학년 여학생이다. 영어 시간에 최고의 학습 태도를 보일 뿐만 아니라, 센터 선생님들의 사랑을 독차지하는 모범생이다. 모든 과목에서 우수하다. 그런 여울이 하루는 너무 기운 없고 우울해 보여 보기가 딱할 지경이었다.

"여울아, 많이 힘들면 오늘 공부는 쉬어도 돼."

"선생님. 저 어제 엄마가 계신 납골당에 다녀왔어요. 그냥 어제부터 자꾸 기운이 없어요."

'음, 엄마가 안 계신다는 얘길 지금껏 한 번도 한 적이 없었는데, 오늘은 여울이 많이 힘든가 보구나.'

"음. 다들 책 좀 덮어봐! 오늘은 다들 기운 없어서 공부 시작 전에 노래 한 곡씩 부르고 해야겠어. 가위, 바위, 보를 해서 순서를 정할까. 아니면 내가 제일 나이 많으니까. 나부터 부를까? 그냥 나부터 부르지 뭐. 사실 선생님도 아버지가 어릴 때 돌아가셨어. 울 아버지 생각 날 때마다 이 노래를 부르지. 선생님 무지 음치야. 웃지 않고 끝까지 들어주길 바래. 자, 그럼 시작한다."

"넓고 넓은 바닷가에 오막살이 집 한 채. 고기 잡는 아버지와 철 모르는 딸 있네."

목청껏 〈클레멘타인 Oh, My Darling Clementine〉 노래를 불렀다. 잠시 후 여울이는 자기도 부르고 싶은 노래가 있다면서 제목이 〈은하철도999〉라고 했다. 어머! 꽤 오래된 만화영화 주제가 아닌가. 철이라는 아이가 엄마를 잃고 무한의 우주 공간을 떠도는 슬픈 내용의 TV 만화 연재물로 기억하고 있었다. 알고 있다는 것도 놀라웠지만 노래 가사를 외우고 있다는 것이 더 대단하게 느껴졌다.

"자, 이제 여울이 노래한다. 여울이 잘 아는 노래겠지만, 선생님이 특별히 유튜브 열어서 반주를 깔아주겠어. 다들 경청 그리고 박수."

> 기차가 어둠을 헤치고 은하수를 건너면
> 우주 정거장엔 햇빛이 쏟아지네.
> 엄마 잃은 소년의 가슴엔 그리움이 솟아오르네.
> 엄마 잃은 소년의 눈에는 눈물이 가득 차 있네.
> 힘차게 달려라. 은하철도 구구구
> 힘차게 달려라. 은하철도 구구구

여울이는 바이브레이션까지 섞어서 최선을 다해 노래 부르고 있었다. 우리 모두 기립 박수를 보냈다. 여울은 엄마 생각이 날 때면 부르는 노래라고 했다.

"누구를 그리워하는 건 좋은 일이야. 이렇게 노래 부르며 기억하는 건 아직도 그 사람을 소중하게 생각한다는 것이거든."

여울이의 엄마는 여울에게 세 명의 동생을 남기고 산후우울증이라는 무서운 병을 앓으시다가 1년 전 하늘나라로 가셨다. 떠난 엄마를 보내지 못하고 〈은하철도999〉의 주인공 철이처럼 아직도 엄마를 그리워하고 있었다.

"여울! 노래 너무 멋져. 음정 박자 모두 훌륭해. 이제 2절은 다 같이 목청껏 불러보는 거야." 우리는 신나게 센터가 떠나가듯 불렀다. 모두 돌아가며 한 곡씩 부르고 누군가가 끝으로 댄스곡을 불러 한바탕 댄스파티로 노래자랑은 끝이 났다. 여울도 정신없이 궁둥이를 흔든다. 여울이 〈은하철도999〉를 다 부를 때까지 나는 어금니를 꽉 물고 있었다. 뜨거운 무언가가 비집고 나올 것만 같았다.

아이스크림 먹다 흘리면 휴지로 닦아주고, 연필도 깎아 필통에도 넣어주고, 학교 숙제도 같이 하면서 아동복지교사라는 이름의 직업으로 아이들과 함께하고 있다. 도가 지나치다 싶은 아이들의 반항과 투정에 가끔은 이 직업이 벅차고 두려울 때도 있다. 하지만 시간이 지나면서 점점 아이들과의 공부시간이 기다려지고, 아이들과 하루를 사는 일이 즐거워지고 있다. 센터에 출석 체크를 하고 들어가는 순간부터 엄마로 친구로 때론 선생님으로 아이들 곁에 머물고 있다.

재작년 가을 코로나 방역이라는 주제로 이곳 아이들과 인연을 맺은 후 영어 선생님이라는 자리로 옮겨 오면서 터득한 사실이 있다. 아이들을 가르치면서 동시에 배운다는 점이다. 내가 아이들에게 마음을 열고 진심으로 대하면 아이들은 더 크게 마음을 열어주고 진정으로 나를 아껴주고 사랑해준다. 뭐라도 신기하고 재미난 걸 발견하면 "선생님! 선생님!" 하면서 나에게 달려와 보여 주길 원하고 무엇이든 나누고 가르쳐주고 싶어 한다. 얼마 만에 느끼는 진정성이며 진실한 소통인가? 아이들의 그런 행동이 내 마음에 스며들어 '나도 좀더 괜찮은 사람이 되어야지' 하는 생각도 하게 된다. '내가 아이들의 현실을 바꾸지는 못해도 아이들의 밝은 웃음과 작은 꿈은 지켜주는 사람이 되어야 해.'

모르는 것 많고 실수 많은 선생님을 도와주고 챙겨주는 아이들…. 때론 아이들이 먼저 내 손을 잡아끈다. "도와주세요."

이이들의 마음의 소리에 더 자세히 귀 기울여보자고 다짐하며 씩씩하게 센터로 간다. 오늘도 아이들과 신나는 하루를 살다 오리라.

권력과 경제력이 가져올 수 있는 게 무엇인지 알지만 어느새 나는 콩알만 한 것에 집중하게 되었다. 월급 120만 원이 8,800만 원 연봉보다 좋다. 매일매일 스토리가 있는 지금의 삶이 좋다. 내가 일하는 지역아동센터의 아이가 성장하는 모습을 내 아이처럼 지켜보는 것. 골프 치고 사우나 모임에 다니는 것도 좋겠지만 나에게는 애들하고 제기차기하고 딱지치기 하고 영어 가르치는 것이 더 좋다.

미니멀리스트 도전

좋은 직장에서 오랫동안 넉넉한 월급을 받으며 살다 보니 내 소비패턴에 대해서는 검토해볼 필요를 느끼지 못했거나 그럴 계기가 없었다. 그러다 퇴직과 함께 큰 수입원과 이별하며 비로소 나는 내가 소유했던 것들 그리고 더이상 필요 없는 것들에 대해 생각해보기 시작했다.

어느 날 드디어 큰맘 먹고 물건 정리를 결심했다. 하나둘씩 꺼내 보니 많은 부분에 소비가 아닌 낭비가 있었다는 것을 깨달았다. 일하다 스트레스가 쌓이면 필요 이상으로 자주 백화점을 들락거렸다. 감정의 피로를 물건의 소유로 해소하려 했던 것인지 지나침이 느껴지는 물건이 너무 많았다. 뭔가가 유행이다 싶으면 달려가 무조건 집어 들었고 필요 없는 물건에 너무 오래 마음 의지하며 살았다. 이제 는 정리할 필요가 있었다. 뭔가 행동으로 옮겨야 할 때면 마음을 부스팅시켜줄 책을 찾아 도움을 받고자 하는 내 습성은 어쩔 수 없다.

일단 집 근처 서점으로 발길을 옮겼다. 책이 진열된 위치를 보니 왠지 베스트셀러인 듯한 느낌에다 비주얼 또한 유혹적인 책 한 권이 보였다. 《돈 한 푼 안 쓰고 1년 살기 (The Moneyless Man)》(정명진 옮김, 부글북스, 2010). 마크 보일Mark Boyle이라는 영국인 저자의 책이다. '돈 없이 1년 버텨보기' 프로젝트를 실천한 사람이란다. '좋았어! 이 책을 읽고 나서 물건 정리를 시작하는 거야. 그리고 책을 읽고 감동이 있다면 나도 나만의 실험을 통해 내 소비의 양을 측정해보겠어.'

마요네즈로 콕 찍어 먹어도 맛있을 것 같은 표지 덕분에 책을 손에 쥐고만 있어도 기분이 좋았다. 영국의 항구 도시 브리스틀에 사는 마크 보일은 28세에 경영대학원을 졸업하고 유기농 식품회사에 입사했다. 그가 공부한 학문과 유기농 식품회사 사이에 사고방식의 충돌이 있었던 건지 돌연 회사를 그만두고 2008년 겨울에 갑자기 큰 결심을 한다. 돈을 한 푼도 쓰지 않고 일 년 동안 살아보는 실험을 해보기로 한 것이다. 지구 환경 문제, 불평등, 노동 착취 등 이 세상의 문제가 돈에서 발생되고 있다고 생각한 그는 돈과 상관없이 사는 삶을 몸소 실천한다. 돈이 이 세계를 병들게 한다는 그의 문제의식은 전혀 이상할 것이 없지만 그렇다고 돈을 아예 안 쓰고 살겠다는 건 또 다른 문제다. 당시 그의 부모님 외에 그를 지지하는 사람은 아무도 없었다고 한다. 모두가 미친 생각이라고 했고 여자 친구마저도 이별을 선언했다. 그렇게 출발한 실험의 기록이 드디어 세상에 나오게 되고 우리에게도 '돈 한 푼 안 쓰고 일 년 살기'라는 이름으로 소개되기에 이른 것이다.

　마크 보일처럼 돈을 완전히 포기하는 극단적인 실험을 따라 하고자 이 책을 읽은 건 아니었다. 도시에서 생활하는 사람에겐 돈 없이 산다는 게 절대적으로 불가능하다는 것도 안다. 그러나 책에 밑줄을 치며 정독한 후에 내린 결론은 내 인생은 과소비의 연속이었고 지나치게 돈만을 생각하는 삶이었다는 것이다. 정작 내가 어떤 삶을 살고 싶은지는 생각하지도 않은 채 돈을 좇아 여기까지 온 것 같았다. 내 삶에서 돈이란 체면과 한데 묶여 있었다. 은퇴 이후에는 소득도 변변치 않은데 허세스러움만은 그대로였던 것 같다. 새로운 사람을 만나는 것도 친숙한 사람들과 멀어지는 것도 두렵다 보니 돈을 쓰는 인간관계가 퇴직 이후에도 한동안 계속되었다.

　책에서 용기를 얻은 나는 돈 없이 살아보기보다는 돈이

라는 것, 아니 소비라는 것에서 가급적 떨어져 생활해보기로 했다. 오랫동안 열심히 벌기만 했는데 도대체 내가 굶어 죽지 않을 정도의 식비는 어느 정도인지도 궁금했다. 관리비를 제외하고 내가 먹고사는 데 드는 최소한의 식비를 알고 싶었다. 일단 냉장고 속 음식 비우기로 시작했다. 냉장고 안의 각종 식재료는 물론, 김치의 마지막 조각이 완전히 소진될 때까지 슈퍼에 가지 않았다. 친구가 만나자고 하면 내가 이상한 실험을 하는 중이니 커피를 타서 공원에서 마시자고 했다. 세 번째는 자동차를 중고 시장에 팔아버리고 가까운 거리는 대중교통도 이용하지 않고 걸어서 다녔다. 가방에 물통을 넣고 도시락을 싸서 다니기도 했다. 그리고 마지막으로 앞으로 일 년 동안 옷과 신발은 절대 사지 않는다는 결심을 했다.

'왜 그런 실험을 따라 하나. 돈 안 쓰고 산다는 건 결국 남한테 민폐 끼치고 산다는 것과 같은 의미가 아니냐'고 하는 사람도 있었다. 비록 어설픈 실천이지만 돈 없이 빌어 먹고 살겠다는 건 아니었다. '소비'라는 개념에서 멀어짐으로써 내 삶에서 돈 이상의 의미를 찾아보려는 작은 시도일 뿐이었다. 이미 세계 곳곳에 돈 없이 사는 생활을 실천하고 있는 사람들이 많이 있다. 2015년 즈음에 사사키 후미오가 쓴 《나는 단순하게 살기로 했다》(김윤경 옮김, 비즈니스북스, 2015)는 전 세계 베스트셀러가 되기도 했다. 단순한 삶, 최소한의 물건 소유를 강조하는 미니멀리즘은 열광적인 환영을 받고 있다. 가구와 옷, 생활용품에서 인테리어에 이르기까지 미니멀리즘이 트랜드가 되면서 너도 나도 물건 정리에 열을 올렸다.

다양한 방식으로 비우기를 실천하는 사람들을 보고 내가 할 수 있는 것은 따라 하면서 지나치게 돈 생각에 사로잡혔던, 이른바 돈 중독에서 서서히 벗어났다. 돈에 대한 생각과 태도 또한 바뀌었으며 내가 원하는 것과 필요한 것을 구분할 줄 아는 능력도 생겼다. 소비를 절제하니 집착하는 마음도 희미해졌다. 무엇보다 큰 소득은 가진 돈으로 행복을 가장하는 사람들과 이별할 수 있었다는 것이다.

이전에 화려했던 소비 습성은 간데없이 사라지고 점심 한 끼를 먹어도 가성비를 따지니 짠순이가 됐다느니 인생관이 바뀌었다느니 하면서 불편해하고 못마땅해하는 사람도 있다. 사람을 만나도 단순하고 소박한 스타일을 고집하다 보니 나를 무관심 영역으로 밀쳐 놓거나 인연 다한 사람으로 여기는 사람도 생겨났다. 함께한 세월의 무게가 결코 가볍지 않음에도 자기 방식과 다르다는 이유로 멀어져야 한다면 내쪽에서도 우리 관계가 겨우 이 정도였구나 생각하고 더는 미련 두지 않기로 했다. 법정 스님이 말씀하신 '덕이 안 되는 인간관계의 과감한 가지치기'의 시기가 내게도 온 것이다.

본격적으로 물건 정리를 시작했다. 하루는 거실 가운데에 식구들 옷을 전부 꺼내어 산처럼 쌓아 놓았다. 종이상자를 스무 개쯤 가져와 나눔박스, 고민박스, 버림박스 세 가지로 분류했다. 골라 담는 데만 사흘이 소요됐다. 첫날은 옷으로 시작해 다음 날부터는 신발, 가방, 전자제품, 그릇, 변압기, 우산 심지어 철제사다리까지 안 쓰는 것과 쓰는 것을 철저히 분리했다. 서른 개의 박스에 물건이 가득 담겼다. 처분할 것들은 비영리기구이자 사회적 기업인 '아름다운 가게'에 예약 후 실어 보냈다. 떠나 보낼 물건을 박스에 하나하나 넣으면서 돌아가신 아버지의 말씀을 떠올렸다.

"살다가 나이 오십 즈음이면 정리라는 것을 한번 하여라. 가진 물건의 80퍼센트를 정리해 버려도 아쉽지 않을 거다. 물건에 담긴 추억과 생각이 너를 힘들게 할 수도 있으니 그 나이엔 사는 날 길지 않다 생각하고 많이 비워버려라."

미니멀리스트를 흉내 내며 비우기를 시도했지만 '고민 상자'라 이름 붙여진 일곱 박스 정도는 결국, 그대로 껴안고 이사까지 동행했다. 미니멀리스트는 고사하고 심플라

이프도 추구하기 힘든 스타일이구나 하고 한숨 쉬며 집 베란다 한쪽 구석에 풀지 않을 짐으로 처박아 두었다. 그래도 1차 비워내기를 시도한 후 몇 년간은 집 안에 여유 공간을 만들어낸 뿌듯함으로 잘 지냈다.

당근(당신 근처) 마켓 여사장

자원봉사센터에서 천 마스크를 색깔과 모양, 크기별로 분류해 봉투에 넣는 작업을 한다는 단체 문자가 들어왔다. 활동가 언니들과 나는 오랜만에 만난 기쁨에 떡과 과일을 나눠 먹으며 열심히 봉투 작업을 해나갔다. 그런데 활동가 언니 중 한 명이 갑자기 일하던 손을 멈추더니 "아! 잠깐만, 지금 나 나갔다 올게. 당근 구매자가 근처에 왔다네." 하며 우산을 집어 부리나케 뛰어나가는 것이 아닌가.

"히히. 안 쓰는 우산이었는데, 오천 원에 팔렸네." 하며 잠시 후 돌아와서는 오천 원짜리 지폐를 내보였다.

"누가 개발했는지 정말 굿 아이디어야. 이렇게 필요 없는 물건 나누고 용돈까지 벌게 해주니 얼마나 좋아."

"어머. 언니! 그게 뭐예요? 저도 중고 앱에 대해 들어는 봤는데 어떻게 하는지 몰라요."

"그래? 소정 씨 같은 사람이 이거 해야 할 것 같은데. 항공사 시절 사 모은 명품가방이나 신발 같은 거. 지금은 안 쓰는 물건이 얼마나 많겠어." 이렇게 말하며 내 스마트폰을 직접 가져가 앱을 깔아 주었다. 그렇게 지식 공유를 받았음에도 막상 집에 오니 어떤 식으로 사진 찍고 올리고 파는지를 알 수 없어 실행에 옮기기는 쉽지 않았다. 왠지 귀찮다는 생각이 들면서 팔아야 할 물건만 만지작대다 몇 달이란 시간을 흘려보냈다.

거리두기로 눈치가 보여 연락도 자주 못 했다면서 후배에게 어느 날 안부 문자가 왔다. 보고 싶다며 한번 만나자고 했다. 밖에서의 식사가 여전히 불안한 시기여서 점심은 집으로 배달시켜 먹고 커피는 집 근처 카페에서 테이크아웃을 하여 공원 산책을 함께하기로 했다. 오랜만에 만난 후배와의 대화도 역시 주 내용은 코로나였다. 프리랜서 방송작가인 후배는 직업의 불안함을 토로하면서 새로운 일을 모색하고 있다고 했다.

"언니! 내가 부탁이 있는데요. 저 새로운 일을 구상하고 있거든요. 사실 그것도 불안하긴 마찬가지지만. 언니한테 해답 좀 얻으려고요. 저 타로 좀 봐주세요."

"하하하! 나 타로점 친다는 얘기 누구한테 들었어? 코로나 때 심심해서 시간 보내려고 배운 거였는데. 암튼 타로점 좋아하는 사람 많네."

　　타로 전문가라고 말할 정도는 아니지만 7개월간 학습과 훈련을 한 내공은 있는 터였다. 일부러 찾아온 후배의 답답함도 덜어주고자 카드를 꺼내 펼쳤다. 후배가 고른 카드의 내용을 정성껏 풀어주었다.

　　"그냥 재미로 배운 거니까. 너무 믿지는 말고 새로운 일 시작할 때 방향 잡고 주의할 점만 잘 챙기도록 해."

　　내가 화투를 못 치니 늙어 친구 만들기 힘들까 봐 익혀둔 거라는 추가 설명도 덧붙였다.

　　"타로 덕분에 여기저기 부르는 데가 많긴 하지. 잘 맞는다고 소문까지 나 가지고 말이야." 하며 자화자찬 섞인 농담으로 분위기를 띄웠다.

　　"혹시 언니! 나도 뭐 도와줄 것 없어요? 핸드폰 좀 줘봐요. 업무용 앱 몇 개 소개할까요? 어! 언니도 당근 앱 깔았네. 잘 팔려요?"

　　"맞아! 맞아! 나 이것 좀 자세히 알려줘봐. 나 아무래도 사수가 필요한 것 같아."

　　내 스마트폰에 깔아놓은 당근 앱은 휴면 경고까지 들어온 상태였다. 나는 후배의 당근 계정을 들여다보다가 깜짝 놀렸다. "아니! 이거 뭐야! 120개의 물건을 팔고 있다는 말이야? 와. 거의 다 팔린 거구나!" 내가 큰 소리로 외치자 후배도 덩달아 "언니도 당장 안 쓰는 물건들 팔아봅시다.

물건 꺼내와 봐요." 한다. 베란다 귀퉁이에 잠자고 있던 '고민 박스' 세 개를 낑낑거리며 가지고 나왔다.

"와! 진짜 엄청나네. 언니 같은 사람이 당근마켓 해야 돼요. 싸게 빨리빨리 팔아요. 핸드폰 이리 줘봐요." 중고 물건 거래 재미에 푹 빠져 있는 후배는 중고거래가 코로나 시대의 트렌드라 주장하며 자신만의 꿀팁을 꺼내놓기 시작했다. 정면, 측면 등 물건의 특성을 잡아 사진 찍는 방법, 센스 있는 제목 다는 방법, 구매자와 협상하는 법, 택배와 무료나눔까지 상세히 알려주고 판매할 물건을 직접 등록도 해주었다. 그녀가 열 개째를 올리는데 '당근! 당근!' 하며 계속 알림이 왔다. 테스트용으로 올린 물건 중 여섯 개가 한꺼번에 팔려서 그날 나는 후배와 거래 물건을 나누어 들고 팔고 들어오기를 반복했다. 후배의 도움으로 순식간에 당근마켓 여사장으로서 첫 테이프를 끊은 후 당근마켓 고수들의 유튜브 영상을 보고 나름의 판매 전략도 세웠다. 현관 입구쪽에 물건 상자를 끌어다 놓고 아이템별로 분류해 놓고 예쁜 당근 그림과 함께 '당근마켓 여사장 김소정'이라 쓴 명패도 현관에 붙였다. '자! 지금부터 당근 시장으로 나가 보는 거야.' 그렇게 시작한 당근 사업은 거래 장소 선택과 편의점 택배 등의 방법에서 약간의 시행착오를 거치며 나만의 비법을 갖게 되었다. 이는 당근 판매의 서비스와 신용을 말해주는 '매너온도' 올리는 데 매우 효과적이었고 온도가 올라가면서 물건이 판매되는 속도도 더 빨라졌다.

당근마켓은 나와 가까운 동네 주민들과의 거래를 기반으로 하고 있어, 이웃을 만나러 간다는 편안한 기분을 자아냈다. 딸아이의 백팩을 거래하면서 실제 아는 얼굴을 만나 웃음 터진 적도 있고, 나와 체형이 비슷하여 옷 거래를 자주 하게 되면서 '언니, 동생'으로 호칭이 바뀐 사람도 있다. 물건 받으러 나왔다가 식구들 안부도 묻고, 한참을 공원에 앉아 수다를 떨다 헤어진 적도 있다. 거래 약속 직후에 코로나에 감염되는 바람에 시간이 지체되어 미안하다며 현금과 함께 음료수를 건네는 사람도 있었다.

아이가 쓰던 물건, 지인에게 받은 선물을 비롯해 해외여행에서 충동적으로 구매한 것들, 이사 때마다 새로 산 인테리어 소품까지…. 온 집 안에 얼마나 많은 물건이 쌓여 있었던가. 추억이 깃든 물건이고 큰 마음 먹고 거금을 들여 산 것이라도 지금 쓰지 않고 필요 없다 느낀다면 모두 짐일 뿐이다. 쌓여만 가는 물건 속에서 일상을 보내는 답답함을 덜어주는 중고거래 플랫폼 '당근'에서의 수익 창출도 놀라운 경험이지만, 거래가 쌓일수록 '당신은 지금껏 열 그루의 나무를 심으셨습니다'라고 하는 칭찬 메시지가 뿌듯함까지 안겨준다. 어딘가 연결되어 뭔가 좋은 일을 하고 있다는 느낌이다. '플래포노미아'라는 신조어까지 등장한 시대에 이미 누구나 아는 국민 플랫폼이 되긴 했지만 '매너온도 80'에 도달하기까지 쌓은 나의 노하우가 누군가에겐 도움이 될 수도 있을 것 같아 여기에 정리해본다.

1. 판매는 토요일 오후, 월요일, 목요일, 일요일의 순으로 잘된다.

2. 시간의 손실을 막기 위해 거래 요일과 시간대를 정해놓으면 좋다.

3. 단골이 생기면 거래 물건과 함께 나눔 물건을 서비스한다. 단 상대방에게 받을 의사가 있는지 반드시 물어보아야 한다.

4. 구매자가 택배 배송을 원하는 경우, 거래 금액이 높으면 무료로 서비스한다. 비닐에 넣어 깔끔하게 포장한 후 감사의 메모와 따스한 글로 마음을 나누면 직거래하는 느낌이 유지되어 좋다.

5. 가구나 주방기구를 판매할 때는 여러 각도로 사진을 찍어 올린다. 사용감의 정도를 자세히 보여주고, 용달차가 오는 경우, 기사에게 흠집 부분을 다시 설명하여 보낸다.

6. 무료 나눔 물건을 올리면 한꺼번에 여러 명의 요청
   이 있을 수 있으니 채팅 순번에 따른 거래 질서를
   안내하여 다른 요청자의 불만이 없도록 주의한다.
7. 당근에서 물건을 구매할 때는 내 물건을 구매해준
   판매자의 물건을 우선적으로 살펴본다.
8. 전자제품이나 시계 등을 거래할 때는 환불 가능 조
   건을 제시해둔다. 직거래시 배터리를 충전한 상태
   에서 거래자와 함께 작동 이상 유무를 확인한다.

  판매한다고 올려놓은 물건에 구매자가 나타나도 반갑
기는커녕 오히려 팔고 싶지 않아 집착하는 자신을 보게 되
기도 한다. 다른 길로 가지는 않는지 매번 내 마음의 움직
임을 살피려 노력한다. 소통이라는 가치에 중심을 둔 작은
실천임을 마음에 새기고, 이런 활동 속에서 조금씩 성장해
가는 나를 느끼는 것으로 만족한다.

갱년기 아니고 갱신기

현대를 살아가는 우리에게 백세를 넘기는 건 너끈한 일
이라고 하니 중간에 한번은 갱신해야 한다. 오십이라는 나
이에 이른 은퇴를 선택하고, 그 나이를 잘 살아내려 애쓰
면서 나의 갱년기는 '갱신기'라 불러줘야 한다는 걸 깨달
았다. 인생 중반까지 온갖 책임과 의무를 어깨에 짊어지고
내달렸다면 나이 오십 즈음이면 탈진 상태가 된다. 물 한
잔 마시고 숨도 깊게 내쉬고 얼만큼 달려왔나 뒤도 한번
돌아봐야 한다.

나이 오십이란 아이들도 곁을 떠나고 눈만 뜨면 나가
일하던 일터도 떠나야 하는, 온통 이별뿐인 시기인가? 내
스스로 한 선택이건만 주체할 수 없는 공허함과 고립감은
형벌같이 느껴졌다. 감정이 예민해지고 눈물도 많아지면

서 '내가 어쩌려고 이러지?'라는 말을 중얼거리며 처음으로 자세히 나를 쳐다봤다. 그러곤 나에게 주문을 걸었다. '내가 무슨 환자도 아닌데 왜 나이탓을 하고 갱년기라 덮어씌우고 자포자기하는 거야? 난 이거 갱신기라고 부를 거야. 이제 너도 혼자서 뭐든 해봐. 너한테 그럴 기회를 준다. 뭐 이렇게 받아들이는 거지.'

새로 찾은 일터로 몸과 마음을 돌리면서 새로운 사람들과 어색한 관계 맺기를 시작했다. 일터는 놀이터로, 긴장은 짜릿한 즐거움으로 재해석하기로 했다. 나는 이제 갱신기로 갈아탔다. '이제 겨우 열 살밖에 안 됐어. 넘어지고 상처 입는 건 당연해! 그냥 계속 가봐야 해! 뭐든 막 해보는 거야.'

퇴직 후 달콤한 휴식을 누리며 이런 시간이 영원할 것 같은 때도 있었다. 그런데 왜 무기력의 늪에 빠져버렸을까. 이 질문 앞에서 어찌할 줄 몰라 하며 걸어온 10년의 시간이었다. 하지만 이 시간 속에서 나도 몰랐던 내 얼굴을 만날 수 있었다. 전반전의 인생에서는 언제나 다른 사람이 주인공이었고 직업, 결혼, 출산 그리고 육아의 의무끼지, 주어진 숙제가 너무 많았다. 어느덧 목표치에 다다랐다고 느끼는 순간, 내게 들이닥친 감정은 오히려 공허함이었다.

그리고 남은 시간에 대한 두려움이 함께 따라왔다. 잠시의 휴식기 뒤에 인생의 전환 지점을 갱신기로 재해석하고 나니, 차디찬 땅에 새싹이 올라오는 것을 느꼈다. 이제 내가 이토록 잘 보이니 어디로 가야 할지, 가다가 넘어지면 어떻게 털고 다시 일어날지를 알 것 같다. 바람이 언제나 잔잔하지는 않겠지만 비바람도 찬바람도 그 뒤에 부는 봄바람도 모두 즐거움으로 받아들이리라.

나는 여전히
쓸모 있는 사람

이제 나는 회갑이라는 나이를 맞이했다. 자유롭고 멋진 50대가 나를 기다린다는 착각으로 사표를 던지고 흔들리는 마음을 부여잡고 달려온 10년을 지금 되돌아본다. 지금의 나는 많이 단단해졌을까. 그때 나는 왜 그렇게 불안에 시달렸던 걸까.

내 또래 사람들은 흔히 하루에 수천, 수만 가지 생각이 들었다 사라졌다 한다고들 말한다. 나 역시도 조금만 지루하면 없는 걱정을 끌어다 한다거나 과거의 불쾌했던 감정을 떠올리는 버릇이 있었다. 하지만 지금부터는 사람을 만나 대화하는 시간보다 나 자신과 생각으로 마주하는 시간이 점점 더 많아질 것이다. 곁에서 지루함을 달래줄 사람들이 늘 있는 것은 아니니까 말이다.

그랬다. 자유는 나 스스로 견뎌내는 시간의 힘으로부터 오는 것이었다. 자유는 능동적으로 판단하고 살아내는 힘을 요구했다. 다시 말하면 지금까지와는 다른 환경과 세상의 다른 시선 속에서도 내 길을 고수하며 걸어갈 수 있는 마음의 힘을 갖추어야 자유가 선물이 될 수 있다.

50대는 남은 인생을 자기만의 방식으로 슬기롭게 살아갈 내공 쌓기를 시작해야만 하는 나이이다. 젊은 시절보다 더 아름답고 빛나게 살아갈 힘을 기르기 시작해야 한다. 지금껏 익숙해진 것, 의지해왔던 것과 이별하면서 타인이 아닌 내 자유의 빛깔이 어떤 것인지를 찾아가야 할 때다. 50세 무렵에 진정으로 필요한 건 생각의 힘을 키우는 훈련이다. 그리고 생각의 성장은 책과 배움에서 온다는 것을 깨달았다.

나는 늘 여러나라 언어를 배우는 것에 관심이 많았다. 지금은 '70세에 라틴 아메리카 배낭여행'이라는 다소 무리한 목표를 내 맘대로 세워놓고 '스페인어 하루에 한마디 배우기'를 시도 중에 있다. 무언가를 배우고 있다고 말하면 '그런 걸 배워서 어디다가 쓰려고 하냐. 나이도 많은데 애쓰지 말고 편히 실아라' 하며 말리기부터 하는 사람들이 있다. 당장 돈이 되지 않는 비생산적인 활동은 삶에서 모두 쓸모없다고 생각하는 사람들도 많이 보았다. 내가 언어 배우기에 빠진 이유는 언어는 그 언어가 속한 문화와 역사와 재미있는 이야기를 품고 있기 때문이다. 새로운 언어를 배우면서 그 언어를 쓰는 나라와 관련된 역사책을 읽기 시작했다. 그렇게 쌓은 지식을 바탕으로 외국의 소설과 영화도 나의 상상을 더해 더 흥미진진하게 감상할 수 있었다. 작은 배움의 시도가 내 삶을 더 재밌게 만들어준다. 어학 점수를 따기 위한, 또는 당장 자격시험에 합격하기 위한 공부가 아니라면 숨차게 달릴 필요도 없는 것이다. 그저 학습의 과정을 즐기며, 새로운 단어 하나하나를 음미하며 그렇게 배움의 매력에 빠져들기만 하면 되는 것이다.

책 읽는 일상을 보내는 훈련도 필요하다. 나이 들어가면서 이유 없이 불안하고 기분이 처지고 타인의 말에 의기소침해지면서 고립감을 느낄 때가 많다. 전 같으면 전화번호를 뒤지며 그런 마음을 터놓을 사람을 찾는데 시간을 쏟았을 테지만 이제는 재빠르게 책 한 권을 집어 든다. 한두 번 읽었던 책이라도 다시 읽는다. 책에 빠져들면서 금세 기분이 화사해진다. 뭔가 의욕이 살살 올라옴을 느낀다. 기억력이 약해져가는 나이에 책 읽기만큼 삶에 의욕을 주는 일도 없는 것 같다. 책 속의 주인공으로 나를 밀어넣고 그동안 못 가본 길을 끊임없이 가본다.

얼마 전 한 여행사에서 함께 일해보자는 제안을 해왔다. 이사라는 직함과 함께 상당히 유혹적인 숫자의 연봉을 제안받았다. 순간, 아니 내가 아직도 사회적으로 이 정도의 쓰임새가 있나 하고 놀랐다. 스스로 주류에서 탈퇴했다고 생각했지만, 그런 제안을 받으니 차장이란 직함으로 퇴사한 지난 사회 경력이 지금도 평가받고 있다는 느낌이 나쁘지 않았다. 살짝 들뜨기까지 했다. 그러다가 바로 든 생각은 그 명함에 쓰인 사회적 이름을 내가 감당해낼 힘이 있는가, 무거운 타이틀을 벗어 던지고 구속 없는 삶을 위해 내 몸과 마음을 훈련하고 있건만 다시 욕망에 사로잡혀 나를 얽어매고 구속할 이유가 있는가, 하는 것이었다. 자신을 더이상 속이지 말자 싶었다. 쉽고 편하게 일하게 하면서 많은 돈을 줄 리는 없지 않은가. 그 직함에 쓰임새 맞는 사람이 되려면 또 얼마나 원치 않는 많은 관계들과 엮여 살아가야 하겠는가.

사람들이 가끔 묻는다. 먹고살 만한데 왜 먹이를 찾는 하이에나처럼 일거리를 찾아다니느냐고. 이 또한 욕망일 수 있으나 나는 여전히 내가 쓸모 있는 사람인지 궁금하고 확인해보고 싶다. 주민센터에서 자원봉사자로 활동할 때나 지역아동센터에서 아동복지교사로 일하는 지금이나 일에 대한 나의 자세는 언제나 성실하고 진지하다. 나를 필요로 하는 다양한 공간에서 나는 충분히 쓸모 있는 사람이라고 나 자신에게 말할 수 있다. 그러니 정체를 알 수 없는 욕망 앞에서 더이상 흔들리지 말자 다짐한다. 그리고 무슨 일이든 내가 행복한 일을 하자고.

어릴 때는 동네 할머니가 60대라고 하면 곧 돌아가시겠구나 하며 죽음이 멀지 않은 나이라 생각했다. 바로 그 나이에 지금 내가 와 있다. 갑자기 웃음이 난다. 금방 죽을 것 같지는 않고, 아침에 눈을 떠 주름진 나의 얼굴을 볼 때면 살아낸 날들이 느껴져 내가 그렇게 기특할 수가 없다. 뭔가 거창한 계획을 세워놓고 있지 않아도 아침 햇살과 공기만으로 행복을 느끼는 지금 이 나이가 좋다. 윤동주의 시처럼 하늘과 바람과 별… 이런 것들이 왜 이리도 아름답고 소중하게 느껴지는지.

탱탱한 피부와 싱그러운 젊음이 부럽지 않다면 거짓말이겠지. 허나 크고 대단하고 화려한 것만 쳐다보고 살았던 젊은 시절에도 그 나이가 주는 좌절이 있었다. 타인을 지나치게 의식하던 시절들, 남과 비교하고 비교당했던 날들, 목표도 불분명한 경쟁을 하느라 자신을 소진시켰던 시간들. 그때의 마음을 돌아보면 창가에 새소리, 이마에 스치는 바람, 길가의 작은 풀꽃에 마음이 가는 지금이 너무 좋다. 젊음이 주는 열정적인 에너지는 빠져나갔지만 내 곁에 머무는 모든 작은 것들이 귀하고 소중하게 보이는 지금이 참 좋다.

내 앞에 남은 앞으로의 시간이 내게 행복만을 줄 리는 없다. 누구든 원하는 것만 하고 살 수는 없다. 하지만 지금 나는 내가 어디로 가고 있는지 알 것 같다. 나름 잘 살아낼 것 같은 이 느낌, 이 시간, 이 나이가 참 좋다. 퇴직 후 10년을 좌충우돌하며 여기까지 왔듯이 앞으로도 세상은 내게 새로운 경험을 던져줄 것이다. 어떻게 살아가야 할지를 알고 기대와 설렘을 잃지 않는 것만으로도 살아갈 이유는 충분하지 않겠나. 내 삶에서 가장 멋지고 아름다운 것이 나의 미래에 있다고 믿는다. 파도는 잔잔해졌고 나는 젖은 옷을 말리며 햇빛 속으로, 아주 천천히 걸어가기만 하면 된다.

합정동 당근녀의
인생 갱신기

2023년 10월 30일 초판 1쇄 발행

지은이 김소정

펴낸 곳 읽고쓰기연구소
발행인 이하영
일러스트 홍윤이
제작 정우P&P 이승재
도서문의 02-6378-0020 **팩스** 02-6378-0011
등록 제2021-0000169호
주소 서울특별시 마포구 동교로 136 서강빌딩 202호
이메일 editor93@naver.com
블로그 blog.naver.com/editor93

© 김소정, 2023
ISBN 979-11-980067-5-2 (03810) **값** 18,000원